## Raphaëlle Giordano

Depuis toujours, Raphaëlle Giordano peint, écrit, crée. À vingt-quatre ans, elle sort diplômée de l'École supérieure Estienne. Après quelques années en agence de communication, sa vie connaît un tournant décisif : un événement l'incite à revenir vers l'art. Entre mots et images, son cœur balance. Elle explore les deux voies, tout en dirigeant une entreprise d'événementiel artistique et de coaching créatif. Formée à la psychologie depuis petite, elle croit en l'intelligence émotionnelle et souhaite transmettre ses idées à travers des textes créateurs de déclics et inspirateurs de changements de vie. En 2015, elle publie son premier roman, *Ta deuxième vie commence quand tu comprends que tu n'en as qu'une* (Eyrolles), un best-seller international, salué comme un phénomène d'édition, suivi de trois autres titres à succès, *Le jour où les lions mangeront de la salade verte* (Eyrolles), *Cupidon a des ailes en carton* (Eyrolles/Plon) et *Le Bazar du zèbre à pois* (Plon).

**Retrouvez toute l'actualité de l'auteur sur :**
**www.raphaellegiordano.com**
**www.instagram.com/raphaellegiordano**
**www.facebook.com/raphaellegiordanoauteure**

**Soyez accompagnés dans la transformation de votre vie et suivez les mêmes préceptes que les personnages des romans de Raphaëlle Giordano, grâce au coaching de Stéphanie Giordano, sœur jumelle de l'auteur, avec des consultations francophones internationales à distance :**
**www.femina-coaching.fr**

# LE BAZAR
# DU ZÈBRE À POIS

## ÉGALEMENT CHEZ POCKET

TA DEUXIÈME VIE COMMENCE QUAND TU COMPRENDS QUE TU N'EN AS QU'UNE

LE JOUR OÙ LES LIONS MANGERONT DE LA SALADE VERTE

CUPIDON A DES AILES EN CARTON

LE BAZAR DU ZÈBRE À POIS

*N'ayez pas d'ambitions modestes :*
*elles sont aussi difficiles à atteindre que les grandes.*

« Ils ne savaient pas que c'était impossible, alors ils l'ont fait. »

Mark Twain.

« Le poète fait abstraction de la réalité, alors, ce rêveur compte les étoiles et va même jusqu'à les imaginer. »

Giacomo Bardi.

« Ce n'est pas ce que nous sommes qui nous empêche de réaliser nos rêves ; c'est ce que nous croyons que nous ne sommes pas. »

Paul-Émile Victor.

## *Scène d'exposition*

Toute vie commence par un premier acte, et surtout par un lever de rideau. Qui sait si ces instants n'impriment pas un pli au reste de son existence ?

*All the world's a stage,*
*And all the men and women merely players*
Shakespeare.
« Le monde entier est une scène de théâtre,
et tous les hommes et femmes y jouent,
purement et simplement, les acteurs. »

Voilà pourquoi la manière de faire son entrée a toute son importance.

Un homme. Une femme. Ensemble, ils attendent dans une salle de consultation plongée dans la pénombre pour ménager la pudeur. Obstétrique oblige. Assis côte à côte, ils se jettent des regards furtifs et esquissent des sourires maquillés d'une confiance qu'ils sont loin de ressentir.

Le médecin en blouse blanche entre et invite sa jeune patiente à s'installer, en quelques directives bienveillantes. Elle s'exécute et ravale discrètement son besoin d'empathie, proportionnel à son insondable désir d'être rassurée. Elle s'allonge sur le papier blanc qui, immanquablement, se déchire. Sans raison, elle s'agace de cette feuille censée protéger le lit d'examen qui ne tient pas en place.

Le docteur lui demande de relever son haut au-dessus de la poitrine et regarde sans l'ombre d'un froncement de sourcils l'énorme bosse à découvert. Enfin, bosse. Ballon. Montgolfière. Exoplanète. Elle ne s'y fait toujours pas. Elle écarquille les yeux devant cette chose qui avant était son ventre et qui, maintenant, est devenue étrangère à son corps. Une protubérance qu'on regarderait comme une étrangeté dans un cabinet de curiosités.

Elle regarde la ligne brunâtre qui relie dorénavant son nombril à son pubis. Le premier dessin de son enfant pour elle. Elle aurait préféré que son fils trouve un autre mur que son corps pour taguer son amour. Elle ne lui en veut pas. Elle sent juste poindre de nouveau une crainte familière. Retrouvera-t-elle jamais ce joli petit ventre plat qui, hier encore, savait faire des ravages ? Elle n'a pas envie d'être déjà rangée dans une autre catégorie : sera-t-elle dorénavant mère avant d'être femme ? Elle ferme les yeux pour ne pas y penser. Pas maintenant. Pas encore.

Son homme s'enquiert : *Ça va ? Oui, ça va*. Le docteur, lui, à son rôle, se penche pour appliquer le gel froid sur son abdomen. Frissons. Tout bon porteur de stéthoscope aurait parlé d'horripilation ou de réflexe pilomoteur. Les autres – *vous-et-moi* – de chair de poule…

La sonde commence son travail d'exploration. Le silence s'installe. Il y a des moments où les mots n'ont pas leur place. Le regard de la femme aussi sonde et tente de décrypter la moindre parcelle d'information sur les traits lisses et concentrés de l'obstétricien. Soudain, le visage de l'homme se trouble. Là, n'est-ce pas la ride du lion qui se crispe entre ses deux yeux ? Elle retient son souffle et plante ses ongles dans la paume de son mari. L'inquiétude laisse quatre petites marques rouge sang dans sa chair. Il ne bronche pas, lui-même galvanisé par les images surréalistes du petit être qui apparaît sur l'écran.

Les secondes paraissent interminables. Puis le verdict tombe. Première délivrance quelques mois avant l'heure.

*Tout va bien.* Trois petits mots lâchés nonchalamment, avec un léger sourire flottant de praticien satisfait. Le cœur des heureux parents explose de joie. Mais pas trop bruyamment quand même, pour ne pas troubler l'ambiance chargée d'une médicale déférence.

*Vous voulez connaître le sexe ?* Oui. Ils veulent. C'est plus rassurant pour préparer la venue de l'enfant. La couleur du papier peint, les layettes premier âge…

La sonde s'agite de nouveau sur l'abdomen. Le médecin cherche. Tente. Tique. *Désolé. On ne voit rien. Je ne pourrai pas vous le dire aujourd'hui…*

L'œil humide de déception, la mère jette un ultime regard sur l'écran où s'affiche encore le postérieur narquois de son bébé.

## *Scène 1*

Je m'appelle Basile. J'ai commencé ma vie en montrant ma lune.

Est-ce pour cela que j'ai toujours eu l'impression de venir d'une autre planète ?

Après quarante-deux ans d'existence, je crois savoir mieux, aujourd'hui, de quel bois je suis fait. Certainement plus un bois de Geppetto que de meuble Ikea.

À cinq ans, j'aimais m'entraîner à lire tout seul.

À six ans, après une course-poursuite effrénée dans la cour de récréation avec mes camarades de classe, je m'arrêtai, essoufflé, en portant deux doigts à ma jugulaire pour prendre mon pouls et m'exclamai :

— Oh ! Mon cœur bat trop vite !

La fille dont j'avais la faiblesse d'être amoureux – j'étais également atteint d'une forme de précocité sentimentale – se retourna vers moi en s'esclaffant d'un air moqueur :

— Mais non, espèce d'idiot ! Il n'est pas là, le cœur, il est là ! dit-elle en frappant sa poitrine au bon endroit.

Le fou rire général fit son œuvre de petit poignard, et l'incident me valut une réputation de crétin fini qui me poursuivit tout le reste de l'année scolaire.

Il faut dire, j'étais de ces enfants gauches qui n'attirent guère la clémence de leurs congénères.

Droitier du cerveau et gauche du corps. Si maladroit dans mes relations avec les gamins de mon âge. Je ne savais jamais quoi leur dire, comment leur parler, comment me faire accepter.

Pour encourager ma vie sociale, mes parents me poussaient à accepter un maximum d'invitations aux goûters d'anniversaire et toute occasion de me trouver avec ce que les adultes appelaient « mes semblables ». Imaginaient-ils un instant qu'il ne pouvait pas y avoir plus dissemblables que ces semblables ? Que je n'arrivais pas à me sentir bien parmi ces enfants dont je ne partageais aucun des jeux ni aucune des préoccupations ?

Parfois, je m'obligeais à entrer dans une bataille à l'épée avec la horde des « copains ». Un jour, l'un d'eux manqua de m'éborgner. Cela fit bien rire les autres sans que j'arrive à comprendre pourquoi. Tenant d'une main mon œil blessé, je me souviens d'avoir souri pour donner le change et laissé penser que je m'« amusais ». Jean qui rit et Jean qui pleure. Parfois encore, je me réfugiais dans la cuisine pour tenter d'avoir une conversation avec les parents. Je savourais ces interactions qui me mettaient d'égal à égal avec des cerveaux adultes. Eux me regardaient d'un œil étonné, curieux. Ils se prêtaient au jeu de la discussion quelques instants, puis finissaient par faire tomber la sentence de mon bannissement :

*Tu ne veux pas aller jouer, mon grand ?*

Dieu, que cette phrase a pu m'énerver. Dire à un enfant *mon grand*, c'est lui rappeler combien il est petit ! Un cauchemar.

Par la force des choses, j'ai appris à me suradapter en répondant par la réaction qui semblait la plus socialement acceptable. Expressions sur commande. Afin de mieux saisir les humeurs de mes camarades et d'anticiper les risques inhérents à la fréquentation de cette cruelle tranche d'âge, j'actionnais en permanence mes capteurs d'hypersensible. Ce qui créa chez moi un état de vigilance presque constant. Exténuant.

Je ne saurais dire tout ce que j'ai tenté pour grandir plus vite. Je crois que je suis l'enfant qui a mangé le plus de soupe au monde. Qui s'est tenu le plus droit sur sa chaise. Pendant que mes frères et sœurs jouaient comme chiens et chats à des jeux de leur âge, je me planquais dans un coin pour lire le dictionnaire et tout apprendre du parler adulte.

Parallèlement à ce programme d'accélérateur de croissance, je tentais aussi de satisfaire ma curiosité insatiable pour tout ce qui touchait à l'électronique et à la mécanique.

Il m'arrivait de partir en excursion dans une décharge voisine pour piquer des appareils divers et variés et, revenu chez moi, je les démontais pour voir comment ils étaient faits. Je lisais la consternation dans les yeux de mes frères et sœurs. Ma mère, elle, me grondait. *Tu veux attraper le tétanos ? Je t'interdis de retourner là-bas ! Et si tu te coupes ? Et si tu tombes ? Et si tu te fais mordre par un rat ? Et si tu te fais compacter comme une carrosserie de voiture ?*

L'imagination des mères est incroyablement prolifique. Mais je l'aimais plus que tout malgré ces quelques effets de zèle surprotecteur. Elle seule entrevoyait quelque chose de prometteur dans mes gribouillis bizarres de rêveur. Très tôt, je couvris mes carnets de croquis d'inventions improbables, de réflexions métaphysiques, de poésies…

Quand je lisais dans la cour de récré des livres de grands maîtres de la science-fiction, comme *Les Robots* d'Isaac Asimov ou *Dune* de Frank Herbert, je surprenais des propos moqueurs de certains camarades de classe dénués-de-classe, dont le jeu était de trouver les bons mots qui font mal. Les malveillants veillaient toujours à parler suffisamment haut et fort pour être entendus de leur victime. *Laisse-le, il est bizarre.*

Je percevais le mépris. Mais aussi une forme de peur qui suscitait mon étonnement. En quoi pouvais-je bien les effrayer, moi qui n'aurais pas fait de mal à une mouche ?

Je cherchai la définition de « bizarre » dans le dictionnaire. *D'un caractère difficile à comprendre, fantasque.* Je n'étais donc pas, aux yeux des autres, tout à fait « normal ». Je me suis beaucoup interrogé. Qu'est-ce que ça pouvait bien être, la normalité ? Sûrement un truc qui rassure. *Si seulement je comprenais mieux en quoi ça consiste*, avais-je souvent songé.

Il m'était même venu à l'idée, en dernière année d'école élémentaire, de me créer un observatoire de la normalité. Je pris la chose très sérieusement, tenant un carnet où je notais les stratagèmes envisageables : *Partager quelques bonbons avec les copains à la sortie des cours. Moins lever la main,* et *Ne surtout pas donner trop de bonnes réponses à l'oral. Oser une petite insolence avec la maîtresse. Aimer le foot et les jeans à trous. Avoir une amoureuse* (mot *Avoir* raturé. Remplacé par *S'inventer*). *Recracher bruyamment ses épinards à la cantine en ayant l'air de trouver ça le plus dégueu possible. Acheter du faux sang pour*

*Halloween. Graver ses initiales aux ciseaux sur sa table sans se faire attraper…*

Malgré mes nobles tentatives, je restais celui avec qui il n'était « pas cool » de traîner.

Les choses ne se sont pas arrangées quand je suis entré au collège. D'objet de curiosité, je suis passé à bouc émissaire. Et là, j'ai compris qu'il me fallait réagir.

Je devais trouver un moyen de me faire accepter. Ne serait-ce que pour faire cesser les micro-harcèlements qui devenaient franchement pénibles, et parfois les castagnes des petites brutes du bahut, qui me valaient des collections de bleus au corps comme à l'amour-propre. L'amour-propre, qui guérit moins vite que le corps…

J'avais la chance d'avoir un père bricoleur. Il avait une passion pour les vieilles motos. Il en achetait, les retapait entièrement et les revendait ensuite. J'avais donc à portée de main tout un attirail d'outils qui me fascinaient. J'aimais passer un maximum de mon temps libre dans ce lieu paisible et inspirant. Seul. Tranquille dans mon univers, en tête à tête avec mes rêveries. Enfin chez moi. C'est là que j'ai créé mes premières *bestioles* articulées. Des araignées mécaniques. J'installai un accéléromètre couplé à un capteur de présence. Ainsi, dès qu'une main s'approchait à une certaine vitesse pour attraper l'araignée, elle détalait. Je peaufinai mon prototype en rajoutant une led rouge qui s'allumait pendant l'action. C'était du meilleur effet !

J'appelai mes spécimens des SpiderTrick. Elles connurent un franc succès dans la cour de récré. Grâce au bouche-à-oreille, j'eus même des commandes passées sous le manteau par des petits caïds des lycées du quartier, avides de bonnes affaires. Ils m'achetaient les SpiderTrick une bouchée de pain pour les revendre trois fois plus cher. Je me trouvai enrôlé malgré moi dans le trafic. Le proviseur finit par avoir vent de ce marché noir d'ados pas blanc-bleu. Cela fit toute une histoire. Convocation des élèves. Des parents. Passage de savon mémorable. Finalement, exclusion temporaire.

Je réalisai un gros effort de composition pour ne pas exploser de joie à l'annonce de ce renvoi qui sonnait le glas de mon impopularité, j'en étais persuadé. C'est en effet auréolé d'une certaine gloire que je fis mon retour au collège quinze jours plus tard, désormais en « rebelle » respecté.

Autant dire qu'avec cette mésaventure j'étais, à douze ans à peine, définitivement piqué par le virus de l'invention.

## *Scène 2*

Arthur, un genou à terre, absorbé par sa tâche, prête à peine attention aux paroles de son camarade.

— Allez, viens, dit l'autre. On se taille !

— Ça va, tranquille, mon frère ! Continue à surveiller pendant que je termine…

Médine se dandine en faisant le pied de grue. Arthur voit bien que son pote le maudit intérieurement. Il n'a peut-être pas tort de s'inquiéter. S'ils sont pris, ils sont morts. Leur ardoise à conneries n'étant déjà plus très blanche, ils ne peuvent se permettre d'en rajouter une couche. Mais Arthur a cette manie d'être confiant et d'avoir un sang-froid à toute épreuve.

— Dépêche-toi ! s'agace encore Médine, de plus en plus nerveux.

Arthur est agenouillé et agite sa bombe pour continuer son tag. Ça fait deux semaines qu'il travaille sur le projet. Il a repéré la bonne bouche d'égout à grille. Il a passé beaucoup de temps à préparer son pochoir. Planqué dans sa chambre, alors que sa mère le croyait endormi, il se relevait pour travailler le dessin, minutieusement, avant d'en venir aux découpes sur la plaque de polypropylène à l'aide d'un X-ACTO, cette lame fine particulièrement acérée qui lui permet d'évider certaines parties du pochoir avec une grande précision.

— Attends ! Faut que je fasse les finitions.

Arthur voit bien que son pote est à bout. Il a l'air furieux.

Malgré tout, il est trop tard pour reculer : il faut finir. Tant pis pour les humeurs de son comparse. Arthur troque sa bombe noir mat pour un bleu lighting. Il retire la *fat cap*, embout trop large, et opte pour une *skinny cap*, plus adaptée aux détails. Et ressent un vrai bonheur à illuminer son graffiti d'effets de halo. Le moment si excitant de la révélation est arrivé. D'un geste rapide, il enlève le pochoir.

— Alors ? lâche-t-il avec une certaine fierté.

Médine est *ébahi*. Sous ses yeux, la bouche d'égout s'est transformée en squelette, avec la grille pour cage thoracique surmontée d'un message qu'Arthur est fier d'avoir trouvé : « Dégoût et des couleurs ». Il est content d'avoir pu exprimer à travers cette création un peu de sa révolte contre le système qui l'opprime à force de vouloir le faire entrer dans un moule trop petit pour lui ! Estampillé cancre, marqué au fer rouge de l'échec scolaire, il a parfois l'impression d'être déjà bon à jeter aux égouts… Si seulement il trouvait sa place !

En rangeant le matériel, un pan de son manteau traîne malencontreusement sur le tag pas encore sec.

— P… ça a bavé ! s'énerve Arthur.

Médine le tire par la manche, franchement inquiet, à présent. Un adulte se pointe. Pire. Un agent. Arthur attrape son matériel au vol, et les deux amis détalent à toutes jambes, entendant dans leur dos les interjections braillardes de leur poursuiveur. Arthur jette un regard à son ami qui semble avoir du mal à suivre le rythme et maudit un instant les quelques kilos en trop qui le ralentissent.

— Je sais où aller, suis-moi !

S'ils ne courent pas plus vite, ils vont se faire attraper ! Ils arrivent devant le grand hôtel de la ville.

Arthur entraîne Médine dans l'arrière-cour, l'entrée des fournisseurs. Là, attendent des chariots remplis de draps blancs prêts à être envoyés au pressing. Il saute dedans, suivi par Médine, et tous deux s'ensevelissent sous le linge.

L'agent municipal arrive peu après, à bout de souffle.

— Vous n'avez pas vu deux ados passer par là ?

La femme de chambre hausse les épaules. L'agent soupire et rebrousse chemin.

C'est ce qui s'appelle se mettre dans de sales draps, se marre Arthur, content de sa prouesse du jour.

Soudain, il sent le chariot bouger.

— Hey !

La femme de chambre pousse un cri de frayeur quand elle voit deux énergumènes hirsutes sortir de là. Elle les chasse sans ménagement. Ils attendent d'avoir dépassé le coin de la rue pour se bidonner.

Ils se dirigent vers la boulangerie. Toutes ces émotions, ça creuse. Ils en ressortent chacun avec un pain au chocolat et un Coca, et déambulent dans le quartier en savourant ce plein de sucre au bon goût d'après-exploit.

Le téléphone d'Arthur sonne.

— Attends, c'est ma daronne. (Changement de ton.) Allô, maman ? T'inquiète, j'rentre, là. Mais non, je traîne pas, je suis avec Médine, on mange juste un truc. Mais oui, je vais les faire, mes devoirs ! Je gère, je te dis ! Je peux pas te parler plus, je suis dans la rue, là. J'arrive…

Quand il raccroche, Arthur a le visage fermé. Médine se marre. Arthur le fusille du regard. Ils se séparent à l'habituel croisement après avoir échangé un check.

Arthur fourre les mains dans ses poches et rabat la capuche de son sweat-shirt. Il trace le long de la rue marchande. Il ne veut pas contrarier davantage sa mère. L'ambiance est suffisamment tendue à la maison. Il remarque néanmoins un nouveau magasin qui fait l'angle. Depuis des semaines, l'emplacement était caché par les travaux. Il se demande qui a bien pu s'installer. Un opticien ? Une boutique de téléphonie ? Un coiffeur ? songe-t-il, désabusé d'avance. Rien de tout cela. Quand il approche, la devanture l'intrigue au plus haut point. Il lit en grosses lettres calligraphiées, blanches sur fond noir :

*Le Bazar du zèbre à pois.*

## *Scène 3*

*Basile, ta présentation laisse encore à désirer*… me dis-je avec mon perfectionnisme habituel. J'apporte les dernières finitions à la boutique depuis des heures. Il faut dire, j'ai le temps. Difficile d'attirer le chaland en nombre dès le premier jour. Rien d'anormal. Pour l'heure, les gens repèrent. Ils passent, s'arrêtent quelques secondes devant la vitrine, s'interrogent.

Revenir à Mont-Venus, six mois auparavant, avait été pour moi un authentique retour aux sources. Mont-Venus… Le nom me fait sourire aujourd'hui encore. Je revois ma mère, quand elle dictait notre adresse, préciser avec un sérieux désarmant : « Venus, sans accent, s'il vous plaît, du verbe “venir”. » Oui, l'enfant du pays est de retour. Un aller simple. Je reviens ici dépouillé de mon passé, en homme assassiné qui marche encore debout. Un homme qui avait tout dans les mains et qui a trouvé le moyen de perdre son essentiel. Et c'est bien ce que je suis venu chercher ici : un essentiel. Repartir de zéro et, dans un élan fondateur, me réinventer dans un projet qui a du sens. Renaître de mes cendres. Fini la course folle et égotique après l'argent et la renommée. Je n'aspire plus qu'à une forme de calme, de paix et de joies simples. Je n'ouvre pas une boutique. Je m'offre un nouvel art de vivre. Plus épuré. Plus authentique. Les objets que j'invente titillent l'imagination, la créativité, et poussent l'esprit à s'éveiller à un mode de pensée plus audacieux. Ils ne sont d'aucune utilité pratique… C'est ce qui m'amuse. Sur la porte, j'ai peint en jolies lettres cursives la mention : *Boutique d'objets provocateurs.*

J'en ai conscience, lancer une telle affaire à Mont-Venus est une grosse prise de risque. Dieu sait pourtant que je l'aime, cette jolie commune de France, avec ses cinquante mille habitants, fiers de garder un pied dans un glorieux passé de coutumes… Mais, il faut bien le reconnaître, la ville n'est pas vraiment réputée pour être une plateforme de l'avant-garde. Et le bazar pourrait bien détonner sur la grande rue marchande où se concentrent les commerces traditionnels.

Bien sûr que ma formule de *concept store* commencera par dérouter. Mais j'ai confiance. Et j'adore l'idée de contribuer à démontrer que l'esprit d'invention n'est pas l'apanage des grandes métropoles.

Qu'importe si, au départ, les gens d'ici sont interloqués. L'objectif est de les surprendre, de les amener à céder à leur curiosité en franchissant le seuil pour découvrir mon univers. Dehors, j'ai recyclé une vieille enseigne en fer forgé, afin d'y placer mon logo de zèbre à pois, visible de loin. Un logo rond avec, à l'intérieur, une évocation très stylisée de zèbre avec des points en guise de rayures. J'avais cherché une image pouvant exprimer graphiquement l'idée d'atypisme. Le zèbre m'est apparu comme l'un des animaux les plus graphiques avec ses incroyables rayures. Mais, les rayures, c'était encore trop attendu. Alors qu'un zèbre à pois, tel un mouton à cinq pattes, me semblait plus singulier. De même, tout le décor de la boutique a été pensé dans un esprit contemporain, que je conçois comme le choc d'un joyeux mélange des genres. D'où un parti pris très design à l'extérieur, et décalé-vintage à l'intérieur, façon loft-atelier d'artiste. Oser le contraste me paraissait indispensable ! D'abord, la façade en bois noir, modernité d'une esthétique sobre et élégante que j'affectionne : lignes épurées, lettres de l'enseigne peintes en élégantes minuscules blanches aux pleins et déliés indémodables – la police Elzévir est à la typographie ce que la petite robe noire est à la mode. La grande vitrine met en scène, au premier plan, les créations phares, et permet d'apercevoir, au second plan, l'intérieur : différents espaces, comme des écrins pour présenter chaque ligne d'objets en série limitée, afin d'en souligner la poésie, le mystère ou la provocation. Là, un pan de mur en brique, là, un mur blanc et un autre noir, et en haut de la mezzanine, mon bureau-atelier auquel on accède par un escalier d'acier en colimaçon. Tout l'avant de la boutique est baigné de lumière grâce à sa verrière et à son incroyable hauteur sous plafond.

Le visiteur circule entre les étals comme dans une exposition, et s'arrête, au gré de ses envies, devant les inventions qui l'interpellent. Pour autant, pas de vraie parenté avec une galerie d'art. Le Bazar du zèbre à pois se veut un lieu qui « donne à vivre » autant qu'à voir. On y vient, on s'y étonne, on s'y amuse, on s'y assoit, on y grignote, on y sirote, on y papote…

Tel un temple de la curiosité qui n'imposerait pas le chuchotement.

Je suis même allé jusqu'à improviser un mini-coin salon de thé, cosy et accueillant avec son mobilier rétro, et annoncé par une pancarte en métal peint qui détourne le « *Home sweet home* » en « *Shop sweet shop* ».

Tandis que le soir tombe en ce début d'automne, je m'approche de la vitrine pour contempler le logo en fer forgé de mon zèbre qui se balance légèrement au gré du vent. Fierté.

Soudain, le carillon de l'entrée retentit. Un grand garçon entre. Quel âge peut-il avoir ? Quinze, seize ans ?

— Bonsoir ! Bienvenue !

Son regard arrête ma cordialité dans son élan. Je m'efface pour lui laisser de l'espace et tout le loisir de fureter à sa guise. Tout en faisant ensuite mine de ranger afin de l'observer du coin de l'œil.

Je note le manteau maculé de peinture noire. Des taches qu'il a aussi sur les doigts. Avec sa capuche rouge remontée sur la tête, il se donne des airs frondeurs comme pour clamer une rébellion sans doute moins bien assumée qu'il n'y paraît. Je détaille furtivement son visage rond aux traits harmonieux en dépit d'une légère déviation de la cloison nasale, ses yeux noirs brillants avec un je-ne-sais-quoi de fuyant, ses cheveux d'un brun foncé à la coupe soignée qui tranche avec le négligé de sa tenue. La mode dicte ses effets de style comme des figures imposées aux jeunes garçons de sa génération : le plus souvent, un dégradé, avec les cheveux très courts sur les côtés et plus longs sur le dessus, sans oublier une raie de séparation marquée par un trait tracé à la tondeuse.

Je souris à ce conformisme capillaire, qui me rappelle mes propres paradoxes : comment appartenir au groupe tout en trouvant sa singularité ?

L'ado s'avance vers le premier étal où trônent les bestioles de mon enfance. Les SpiderTrick nouvelle génération. Il ne comprend pas comment ça marche. Ça l'énerve. Je laisse faire. Si je lui montre, son plaisir de la découverte sera gâché. Il fait l'effort de lire le petit carton de présentation qui livre les secrets de mon insecte à pattes mécaniques. Il comprend le système du détecteur de présence et de l'accélérateur de vitesse qui déclenche le mouvement à l'approche de la main qui veut se saisir de l'insecte. Il sourit discrètement et recommence deux, trois fois.

J'ai l'impression d'avoir passé le premier tour face à un jury exigeant.

Redevenu méfiant, il poursuit son exploration du côté des objets de prêt-à-penser. Le voilà devant mes « boîtes de conserve pour ouvrir l'esprit ».

La première porte le message : « Les rêves ne poussent pas dans les boîtes à sardines. »

À l'intérieur, quatre petites sardines alignées, en bois peint. Chacune porte une inscription avec deux antonymes, censés faire réfléchir à la conception de la vie qu'on veut avoir. « Généreux ou étriqué ? » ; « Constructif ou critique ? » ; « Audacieux ou frileux ? » ; « Volontaire ou passif ? »

L'ado se gratte la nuque. Je jurerais que ça cogite, là-dedans.

Je me réjouis intérieurement. Il s'empare d'une autre boîte, et je vois ses lèvres en lire l'intitulé : « Conserve politisée ». Il l'ouvre et sursaute tandis qu'un message jaillit façon diable dans la boîte « Non aux idées conservatrices ! » Il se tourne vers moi et lâche, goguenard :

— Elles servent à rien, ces boîtes !

Je m'amuse de sa réaction :

— D'un point de vue pratique, non, en effet. Après, est-ce que tu estimes que ce n'est rien, un objet qui te fait réfléchir, ou même un objet qui te fait juste sourire ?

Ses yeux se plissent comme pour me scanner. Sur le point de surenchérir, il ravale sa réplique et fait mine de porter son attention sur la boîte de conserve de Heinz Baked Beans vintage revisitée avec le slogan d'Obama « Yes, we can[1] ! ».

Son visage s'éclaire sitôt qu'il pige.

— Bien trouvé, pour celle-là !

Je lui souris.

— Tu veux que je t'explique mieux le concept de la boutique ? tenté-je.

— Non. Merci. Je regarde simplement.

Il passe rapidement devant la *lampe-palindrome* – le mot RÊVER qu'on peut lire dans les deux sens avec l'inscription sur le socle « rêver donne du sens », et s'arrête devant l'horloge-sabliers.

— Et ça ?

— C'est *l'horloge fil-du-temps.* Tu vois, il y a douze sabliers agencés sur deux rangées. Dans chacun d'eux, le sable s'écoule en une heure. Tu peux ainsi avoir en un clin d'œil une idée de l'heure qu'il est… Mais c'est surtout un bel objet qui permet de garder à l'esprit la valeur du temps qui passe.

— Pas mal…

L'horloge lui plaît.

— Ça vaut combien ?

— Quatre-vingt-neuf euros

---

1. *A can* (en anglais) : « une boîte de conserve ».

— Ah ouais, quand même…

Il la repose.

Puis son regard se porte sur un cadre noir accroché au mur.

À l'intérieur… Rien. Il fronce les sourcils, se tourne vers moi, interrogateur.

— Euh, là, je ne comprends pas ! Il n'y a rien à voir ?

— Précisément, souris-je. Là, ce qu'il y a à voir, c'est le « rien ». Prends ça comme de l'art conceptuel. L'objet t'invite à réfléchir à l'utilité du rien. Le cadre est vide. Métaphoriquement, c'est une manière de dire au spectateur qu'il est bon de laisser place au vide dans son existence, sans chercher à la surremplir. Le temps du rêve, le temps de l'être… Le temps du rien ! Par exemple, s'asseoir juste pour se sentir vivant. Présent au présent. Imagine une partition de musique sans aucune pause, sans aucun silence. Ce serait une insupportable cacophonie ! Pourtant, combien de gens aujourd'hui saturent leur vie d'activités, d'agitation, de faire-à-tout-prix ? Tout va trop vite, on court après le temps, on voudrait « prendre le temps », comme on prendrait un crédit à la consommation : sans s'en donner vraiment les moyens. Or le temps s'écoute comme un silence. Il ne prend forme que si on s'autorise à le regarder être. Sinon, il vous glisse entre les doigts.

Et j'ajoute, malicieux :

— Ce n'est peut-être rien, mais ça change… tout !

Je vois qu'il tilte. Ça me fait plaisir. Il va pour parler, mais son téléphone sonne. Il le cherche fébrilement dans ses poches en lâchant quelques jurons. Visiblement, il est attendu. Il ne finira pas son tour de la boutique. Dommage, il était sur le point de découvrir mes plus belles pièces. Une autre fois, peut-être. Je le regarde partir, touché qu'un grand ado ait été sensible à l'esprit du bazar. Quant à la SpiderTrick qu'il a glissée dans sa poche, je feindrai de n'avoir rien vu.

## *Scène 4*

Giulia vit un matin de semaine comme les autres, où l'ordinaire dicte les gestes et fixe la cadence. Elle s'apprête à quitter la maison et attrape le trousseau de clés sur la console en wengé de l'entrée. Avant de sortir, elle ne peut s'empêcher de jeter un coup d'œil à son reflet dans le miroir. Elle note l'apparition de deux ridules au coin de ses yeux. Et se demande si elle peut encore plaire. Elle inspecte ses pommettes hautes, sa peau diaphane, sa bouche aux volumes doux, et les longues franges de ses cils noircis de mascara, qui soulignent joliment le bleu des yeux. À la naissance de son cou, un grain de beauté, semblable à une mouche en taffetas noir, trahit son tempérament passionné derrière son côté discret. Oui, elle a encore ses atouts.

— J'y vais ! crie-t-elle à son fils.

Elle l'entend marmonner depuis sa chambre. Elle sait bien qu'il n'est pas prêt. *Il va encore être en retard au lycée*, songe-t-elle, irritée.

D'aussi loin qu'elle se souvienne, son fils n'a jamais été dans les clous pour respecter les règles, les consignes, le cadre. Elle songe à toutes ces années de patience pour l'aider à s'adapter au système scolaire et réussir l'impossible : faire rentrer un carré dans un rond. L'incompatibilité avec le système se voyait moins dans les petites classes. À l'époque, son garçon savait surfer comme personne sur ses facilités pour s'en sortir avec le moindre effort. Malheureusement, en grandissant, la supercherie ne passait plus. De déconfiture en déconfiture, il avait fallu se rendre à l'évidence : Arthur n'était pas scolaire. Alors le parcours éducatif s'était peu à peu transformé en chemin de croix. Et, entre elle et lui, les relations s'étaient tendues à l'extrême, jusqu'à devenir « balkaniques ». Prêtes à exploser à tout instant… Giulia reconnaissait que le départ du père d'Arthur et leur séparation n'avaient rien arrangé. Son ex-mari avait-il fui les responsabilités qu'implique l'éducation d'un enfant atypique quand il grandit comme une herbe folle ?

Perdue dans ses pensées grises, Giulia pousse un cri quand elle manque de se faire écraser par un automobiliste qui l'incendie copieusement. Elle s'excuse platement. Elle ne peut s'empêcher de mettre son manque de vigilance sur le compte du stress et de l'indicible sentiment de morosité qui monte en elle depuis le matin.

À peine un pied hors du lit, elle s'est levée fatiguée. Une sensation qui ne la quitte plus désormais. Vers la machine à café bénie, elle a successivement buté sur les sneakers en vrac d'Arthur – enlevées, cela va de soi, sans que les lacets en soient défaits –, sur le sac à dos d'Arthur – pas ouvert depuis la veille au soir –, sur les chaussettes en vrac d'Arthur – elle découvrirait probablement les esseulées dans quelque endroit incongru de la maison un jour prochain, lors du grand ménage de printemps –, enfin sur Arthur lui-même et son mètre quatre-vingts. Un grognement rauque en guise de bonjour et un rapide bisou donné à l'arrache sans interrompre le rap en roue libre dans ses oreilles. À ce degré d'écoute intensive, ce ne sont plus des écouteurs, mais des greffes auditives…

Giulia attrape le bus *in extremis*. Le long du trajet, elle a soudain envie d'écrire une lettre virtuelle à son fils, de faire parler son cœur, trop souvent tiraillé entre amour et agacement. Le propre de l'adolescence ? Les mots défilent dans sa tête en même temps que le paysage.

*Arthur… Je t'aime, moi non plus. C'est l'air que nous jouons, toi et moi, ces derniers temps.*

*Bien sûr que je t'aime. Alors pourquoi ai-je si souvent envie de t'étrangler ? Peut-être est-ce pour cela que j'ai tant ri en regardant la série* Les Simpson, *avec la manie du père, Homer, d'étrangler son fils Bart.*

*Ce pétage de plombs, comme il est tentant, parfois ! Mères sous tension. Femmes au bord de la crise de nerfs. Mon fils, j'ai l'honneur de te dire que tu mets de l'Almodóvar dans ma vie.*

*Avec toi, l'ordinaire domestique ressemble au mythe de Sisyphe. Un éternel recommencement de suppliques pour t'éduquer aux gestes élémentaires du bien-vivre ensemble. Un ensemble de petites exigences légitimes qui restent trop souvent lettre morte.*

*Ces choses si simples demandent-elles donc un master en domesticité ?*

*Peux-tu concevoir que la lunette des toilettes n'est pas plus jolie levée, que plier tes affaires, ce n'est pas les mettre en boule, que le linge propre n'aime pas atterrir au sale, ni le linge sale être rangé avec le propre, qu'il y a mieux pour dormir qu'enfiler ton plus beau polo bien repassé, que mettre la table, ce n'est pas seulement y jeter deux couverts, que quoi que tu en penses, les éponges ne sont pas des rats morts et les miettes à nettoyer pas davantage des insectes répugnants, que la poubelle est ton amie, et que tes biscuits préférés ne repousseront pas des emballages jonchant le sol de ta chambre…*

*Je sais qu'au fond de toi tu rechignes à exécuter ces tâches par peur de perdre tes privilèges. Sans doute penses-tu que, si tu me montres que tu peux, plus jamais je ne le ferai pour toi. Sans doute pressens-tu aussi que tu vis là tes dernières minutes d'enfance et retiens-tu quelques instants de plus l'insouciance de cet âge d'or où d'autres « prennent en charge ».*

Une dame monte dans le bus avec une poussette. *Encore tant d'années pour élever sa progéniture !* songe Giulia, compatissante. Elle se rappelle une publicité pour France 5 : « Éduquons ! C'est une insulte ? » Éduquer, ce n'est pas un gros mot, mais une grande responsabilité. Ni facile ni amusant. Elle ne s'était pas imaginé devenir un jour un moulin à messages contraignants. Tous ces *Fais pas ci, fais pas ça* qui rentrent par une oreille et ressortent par l'autre.

*Mon fils, la semaine passée, j'étais à deux doigts de prendre rendez-vous chez l'ORL pour faire vérifier ton audition. Tu as une écoute-gruyère et il y a des trous partout dans nos dialogues de sourds. Pourtant, je ne veux pas jeter l'éponge. Je sais que l'acné de nos réactions épidermiques s'estompera avec le temps… et avec l'âge.*

Giulia descend à l'arrêt habituel. Elle ne prête pas attention au charme des ruelles qu'elle traverse d'un pas pressé, à ces immeubles bas aux façades colorées dans des camaïeux d'ocre, aux jolis balcons ouvragés en fer forgé, à l'arcade du jardin botanique qu'elle dépasse sans un regard pour sa célèbre fontaine de Vénus à la tresse. Elle n'a d'yeux que pour sa montre. Ne surtout pas être en retard à la visioconférence très importante avec la direction de Paris qui veut soumettre un nouveau brief « de la plus haute importance », lui a-t-on rapporté. Chaque fois que le siège appelle, il souffle un vent de panique dans leur petite équipe de sous-traitants. Elle connaît cette façon de mettre la pression, de prendre au sérieux et presque au tragique l'arrivée de toute nouvelle demande client.

*Pourtant, il n'y a vraiment pas de quoi*, songe Giulia, à fleur de peau. Elle ne veut même pas y penser maintenant. À ce creux au fond d'elle-même, sur lequel elle essaye de ne pas s'attarder. Parce qu'il faut que ça tourne. Qu'elle ne peut s'offrir le luxe d'imaginer que les choses pourraient être autrement. Regarder en face son vide de sens, elle n'en a pas les moyens. Elle vient travailler là tous les jours parce qu'elle le doit. C'est tout. De loin, sa situation peut même paraître enviable, voire gratifiante… Mais alors pourquoi Giulia se sent-elle désabusée de la sorte quand elle pense à sa carrière ? *Ce n'est pas si mal…* tente-t-elle de se persuader. Des pensées cache-poussière. Elle sait faire.

Elle entre dans le petit hall d'Olfatum où se tient une réceptionniste intérimaire qui lève à peine le nez pour la saluer. En face d'elle, un canapé bleu nomade, avec deux coussins jaune et argent, attend d'accueillir les rares visiteurs. Au mur, des rangées de tablettes translucides présentent les quelques produits phares dont la maison est à l'origine de la conception. Giulia pose rapidement ses affaires dans son bureau tout blanc, aux murs blancs, aux porte-mouillettes blancs. Un décor redoutablement épuré, comme si aucun autre sens que l'odorat n'avait le droit d'y être sollicité. Olfatum n'autorisait pas la personnalisation de la décoration, et il régnait alentour une ambiance plus propice à inspirer des âmes de laborantins que de créateurs. Quelle ironie du sort quand on sait que le mot *fatum*, en latin, signifie « destin ». Ce n'était pourtant vraiment pas ce destin professionnel qu'elle avait imaginé. En choisissant cette voie, au départ, c'est le nom qui l'avait séduite : compositeur-parfumeur. Créer des opéras de parfums ! Devenir virtuose du sens olfactif ! Orchestrer l'agencement de fragrances aussi précieuses qu'enivrantes ! Nez. Trois lettres qui l'embarquaient dans mille rêves de possibles. Tout sauf rester cantonnée à des gammes de senteurs bon marché. Jamais elle n'aurait cru que ses créations olfactives finiraient sous les aisselles !

Quand on l'avait embauchée, l'enjeu paraissait séduisant : travailler à distance pour un groupe parisien, en intégrant une équipe à taille humaine, sans avoir à quitter sa région. Certes, il s'agissait d'intervenir sur des produits de soin, mais leur discours laissait à penser que l'innovation aurait toute sa place dans les projets. Un argumentaire bien rodé, exprimant le besoin d'un vrai rajeunissement pour sortir les produits des ornières fleuries classiques dont les consommatrices s'étaient, disait-on, lassées. L'esprit de la vahiné ne faisait en effet plus fureur. La femme moderne voulait qu'on l'embarque dans un autre type de voyage.

*Réinventer l'exotisme* : l'idée avait conquis Giulia. Et, malgré son beau diplôme à l'ISIPCA – l'Institut supérieur international du parfum, de la cosmétique et de l'aromatique alimentaire – et une première expérience comme aide-chimiste de parfumeur dans une enseigne connue pour ses savons, les opportunités de postes s'étaient faites rares et les places chères. Alors Giulia s'était retrouvée dans la branche des parfums pour soins corporels, avec l'intention d'y faire un bref passage.

Mais l'arrivée d'Arthur avait renouvelé le bail du provisoire-qui-dure. À l'époque, son mari voyait l'emploi fixe comme un *sine qua non* de la paix des ménages. Elle abondait alors dans son sens, comblée par sa vie de jeune maman et de femme amoureuse.

Cahin-caha, ils avaient tenu quatorze ans. Deux cycles de sept ans. Puis il en avait rencontré une autre qui, en quelques semaines, avait tout emporté, la raison et les sentiments. Autant d'années de vie commune évaporées à la façon d'une vulgaire eau de toilette sans âme ni nom. Depuis, Giulia vivait en points de suspension, sans avoir eu le courage de réappuyer sur lecture. Elle se sentait figée de l'intérieur, comme dans une mauvaise scène de freeze, où tout mouvement est suspendu. Peut-être était-ce le « phénomène coup de couteau » post-trahison qui l'empêchait de se remettre en mouvement : car ce n'est qu'au moment où l'on bouge que l'on commence à ressentir la douleur, lorsque l'air pénètre dans la plaie. Deux ans après l'abandon de son mari, la blessure était encore si vive que Giulia préférait garder la posture la moins pénible : une sorte d'immobilisme anesthésiant.

Sans perdre de temps, Giulia fonce en direction de la salle de réunion. Dans le couloir, elle croise Paul, un vacataire qui s'occupe de la maintenance informatique depuis des années. Ici, tout le monde l'appelle Pollux. Comme le chien de l'émission pour enfant d'autrefois, « Le Manège enchanté ». Un surnom affectueux, pas méchant, qui vient à la fois de ses cheveux mi-longs d'un blond paille et de sa gentillesse un peu gauche. Pollux lui fait la bise. Elle note mentalement : « Odeur corporelle à forte imprégnation. » Déformation professionnelle. Elle le détaille tout en reculant pour reprendre la bonne distance intime : massif, des paumes qui font deux fois les siennes, des yeux bleus étrangement translucides, des bajoues, qui trahissent un léger embonpoint et une quarantaine qui touche à sa fin… Giulia s'en veut de cet examen sans concessions, et met d'autant plus de cœur à lui parler gentiment.

— Ça va, ce matin, Pollux ?

— Toujours quand je te vois, Giulia ! Je dois faire une mise à jour importante sur ton ordinateur. Je peux passer vers 11 heures ?

— Plutôt 11 h 30. Ma réunion marketing ne sera pas finie avant.

Il acquiesce d'un air enjoué. Elle le remercie et se hâte vers la salle de réunion.

Elle y retrouve Nathalie, sa coéquipière évaluatrice, qui l'attend avec un café à la main. Pile à ce moment-là, l'appel de Paris arrive et le visage de la directrice marketing apparaît sur l'écran noir accroché au mur. Elle se lance sans tarder et présente le nouveau projet. Heureusement, Giulia peut compter sur le sérieux de Nathalie pour noter tous les détails. Elle sait décrypter les désirs du client et accompagner Giulia dans chaque étape de son travail de création.

Ce n'est pas encore aujourd'hui qu'elle fera sa petite révolution olfactive, songe-t-elle pourtant en découvrant le cahier des charges. Car elle connaît la ligne du groupe et le positionnement suiveur du secteur des produits d'hygiène. Elle sait que, pour ce type de projet, l'audace tiendra une place aussi petite qu'une goutte d'ylang-ylang dans la formule des composants.

## *Scène 5*

Il est à peine 7 h 30 du matin, mais Louise Morteuil, déjà à plein régime, est décidée à traverser à vive allure les rues de Mont-Venus, non sans être arrêtée tous les dix mètres par son joli teckel rouge à poil ras, qui, lui, ne l'entend pas de cette oreille.

— Opus ! Dépêche-toi !

Louise se dit souvent que son teckel doit avoir du sang de koala, car son caractère est aussi doux et paisible que le sien est nerveux. Louise Morteuil tire sur la laisse pour inciter la bête à se presser davantage. C'est à peine s'il bronche, habitué à n'en faire qu'à sa tête. Louise sent son esprit bien affûté, résultante positive d'une hygiène de vie irréprochable. Elle a l'habitude de mettre à profit ces heures matinales pour réfléchir aux différents sujets qui la préoccupent, faire le tri dans ses idées, prendre des décisions qui engagent. *Le monde appartient à ceux qui se lèvent tôt.* Elle aime cet adage et se félicite de faire partie de ceux qui se donnent les moyens de l'appliquer avec discipline.

Ce matin plus que d'autres, l'autoroute de ses pensées est bien chargée. Elle veut à tout prix passer à l'association avant de se rendre au bureau. Louise

Morteuil peut se targuer d'être une femme polyactive. Outre son travail de rédactrice en chef de *La Dépêche du Mont*, elle a créé, voilà cinq ans, un organisme à but non lucratif qui lui tient particulièrement à cœur : Civilissime. Un petit groupe de volontaires, engagés comme elle pour porter haut les valeurs, parfois à la dérive, de leur belle civilisation occidentale. Louise Morteuil se fait une haute idée de sa mission. Pour elle, une certaine démission est à déplorer au « niveau des responsabilités dans l'éducation, la transmission, la morale », un lent relâchement qui a fini par flouter les bords d'un cadre qu'il est « grand temps de rétablir pour permettre aux nouvelles générations de marcher droit ! ».

Le laxisme ambiant la désespère. *Remettre les esprits dans le rang*, redonner des repères : une discipline stricte, le goût de l'effort et de l'engagement – la vie se dessine sur des lignes et des carreaux, se plaît-elle à dire… Elle aime le grand C du mot « Civilisation ». Or, pour elle, une grande civilisation construit ses piliers avec d'autres grands C : Convictions, Compétences, Coopération. Et, surtout, il faut en passer par une certaine mise au pas, se conformer aux règles, revenir à un esprit de traditions, indispensables racines des peuples.

Galvanisée par sa propre exaltation matinale, Louise Morteuil s'est laissé emporter par Opus, soudain décidé à cavaler. Elle ne peut éviter l'homme les bras chargés d'un énorme paquet planté au beau milieu de son chemin. La collision envoie balader le tout au sol. L'individu pousse un juron qui écorche les oreilles de Louise. Opus aboie pour couronner le tout.

— Tais-toi, Opus ! Chut !

L'homme s'est agenouillé devant son carton comme auprès d'un grand blessé, en ouvre les pans comme s'il avait peur de découvrir quelque terrible hémorragie. Un livreur sentimental, songe Louise, agacée. Néanmoins, elle se fait un devoir de s'excuser pour le comportement de son chien. Le livreur grommelle que ce n'est pas grave. Elle gronde Opus tout en le couvrant de caresses.

Le type lui jette un regard piquant qui l'irrite. Elle le scrute et juge son aspect négligé. Des cheveux bruns mal coiffés, bouclés de surcroît, le menton fier et pas rasé, la pupille vert-de-gris qui s'est allumée, elle le jurerait, d'une lueur moqueuse en les observant, son chien et elle.

Louise ferme son visage et prend congé, non sans se retourner une dernière fois, la bouche pincée, sur le magasin dans lequel l'inconnu s'engouffre. Le quoi ? Le Bazar du zèbre à pois ?

Quelle étrange boutique est-ce là ?

Louise tique. Un concept marginal, comme si on avait besoin de ça ici ! La municipalité devrait être plus vigilante sur la location de ses boutiques. Favoriser les commerces utiles : une épicerie, un maraîcher… Un droguiste, à la rigueur ! Elle se promet d'en toucher un mot au maire.

Bientôt arrivée à l'association, elle passe devant l'école à la façade vieillissante où demeure l'inscription d'origine « École publique Sainte-Félicité », au-dessus de laquelle flotte le drapeau de la République. Devant les grilles, les élèves affluent déjà. Opus a la prétention de lever la patte contre l'un des panneaux municipaux qui bordent l'entrée du bâtiment. Louise Morteuil va pour l'en empêcher quand son regard s'arrête sur l'affiche vandalisée du candidat n° 3 aux prochaines élections. Un tag, comme un mot-image, fait au pochoir. On voit en grosses lettres noires stencil le mot « POLITI » dont le « QUE » a été transformé en véritable queue de poisson graphique !

L'encre a dégouliné sur quelques écailles, dessinant malencontreusement comme une bave noire aux lèvres du candidat.

Louise a déjà remarqué ces pochoirs dans d'autres endroits de la ville. Le style est facilement reconnaissable, les graffitis sont signés – un certain ARTh'. Comme s'il s'agissait d'œuvres d'art ! Ce tagueur prend les murs de Mont-Venus pour un exutoire à ciel ouvert… Il n'y a décidément plus de respect ! songe-t-elle, dépitée.

Voilà un autre sujet à aborder dans la journée avec monsieur le maire. Perdue dans ses pensées, elle ne prête pas attention au mince filet jaune qui s'écoule lentement sur le bitume.

## *Scène 6*

Arthur marche vite, les poings enfoncés dans les poches de son jogging de marque. D'une main, il triture nerveusement l'araignée mécanique qu'il a piquée l'autre jour au Bazar du zèbre à pois. Il se demande comment il va faire pour la remettre sans que l'autre s'en aperçoive. Il allait faire ça bien comme il faut. Pour que sa daronne soit contente.

La scène de la veille au soir avait été terrible. En général, Arthur aimait en découdre, mais, devant sa mère en furie, il n'en menait pas large. Il jouait tranquillement aux jeux vidéo quand elle avait fait irruption dans sa chambre sans frapper. Elle venait de rentrer du travail, sur les dents, comme à peu près tous les jours depuis la séparation d'avec son père. Sans doute ne s'en rendait-elle pas compte, mais, lui, il avait une boule dans la gorge de la voir au bout du rouleau, à fleur de peau en permanence. Elle lui avait lancé un *Salut !* froid, contrariée de le trouver encore devant un écran. S'était ensuivi le ping-pong de leur habituel dialogue de sourds :

— Et tes devoirs ?

— J'allais m'y mettre, t'inquiète ! Il reste deux minutes !

— Elles durent toujours deux heures, tes deux minutes ! Tu pourrais me regarder dans les yeux quand je te parle !

— J'peux pas, j'suis en pleine partie…

Un seul coup d'œil aux vêtements sales jonchant le sol ou roulés en boule sur le lit défait et sa patience avait cédé, comme une digue emportée par une coulée de boue. Elle avait déversé sur lui un torrent de colère dévastateur. Dans ces cas-là, il serrait les dents et encaissait sans broncher, comme un boxeur sur le ring. Mais, à l'intérieur, ça faisait des petites miettes de lui. Dans un ultime accès de rage, elle s'était emparée de la grosse pile d'habits et la lui avait jetée au visage. La SpiderTrick devait être au milieu de ce fatras, et c'est à ce moment-là qu'elle était tombée bien en évidence sous ses yeux.

— Qu'est-ce que c'est que ça ?

Elle avait essayé d'attraper l'araignée mécanique, mais l'ingénieuse créature s'échappait dès que la main de sa mère approchait du capteur de mouvement. Le comique de la scène avait arraché un rire étouffé à Arthur, ce qui avait achevé de mettre sa daronne hors d'elle.

— Où as-tu eu ça ? J'attends des explications !

Elle n'avait rien lâché sur l'interrogatoire et avait fini par obtenir les aveux du larcin. Son flot de colère avait laissé place à un calme plus inquiétant encore. Il lisait dans son regard l'étendue de sa déception. Un lac gelé de désillusions.

— C'est bon, j'vais lui rendre ! avait-il lâché en faisant le malin.

— Y a intérêt ! avait-elle rétorqué d'une voix épuisée par le découragement.

Elle avait quitté la pièce en refermant la porte sans un regard pour lui, l'enfermant dans la cale de ses remords.

La décevoir était finalement le pire des châtiments. Mais la pente à gravir pour remonter dans l'estime maternelle lui semblait si grande que la mission paraissait impossible. Il partait de trop loin. Jamais il ne réussirait à combler ses attentes.

Arthur approche du Bazar du zèbre à pois. Il remonte le col de son blouson en frissonnant, plus de tristesse que de froid. Une fois devant la porte de la boutique, son regard se pose un bref instant sur la pancarte manuscrite : *Ouvert*. Il prend une profonde inspiration, comme il l'a appris dans ses cours d'arts martiaux, et entre. Un carillon à vent en aluminium l'annonce. Personne. Bizarre. Mais ça l'arrange. Il pourra remettre la bestiole en toute discrétion. Il s'apprête à le faire lorsqu'une voix grave résonne dans son dos.

— Bonjour.

Surpris, il se retourne brutalement, non sans avoir d'abord jeté l'araignée dans le bocal.

L'homme se tient à trois pas. Sa stature est plus imposante qu'il ne lui avait semblé la première fois.

— Je vois que tu t'intéresses à mes créations, ça fait plaisir.

— Euh, oui, en effet. Très marrantes, ces petites bêtes !

C'est lui qui se sent bête, pour le coup. Il ne faut pas qu'il traîne ici. La plaisanterie a assez duré. Il balance ses bras d'avant en arrière, salue la compagnie imaginaire et va pour sortir quand une large main se pose sur son épaule.

— Je crois que tu oublies quelque chose.

— Quoi ? déglutit Arthur.
— Des excuses, par exemple.
— Je ne comprends pas…
— Tu comprends très bien.

*Pourquoi ai-je l'impression qu'il est en train de s'amuser ?* s'énerve Arthur intérieurement.

— Nan, m'sieur, j'vois pas.
— Je crois que tu essayes de me prendre pour… pour ce que je ne suis pas.

Arthur est interloqué. À sa grande surprise, l'homme lui tend la main.

— Je m'appelle Basile, et toi ?

Il change de sujet ? C'est un piège ?

— Euh, moi, Arthur.

Basile lui sourit franchement à présent.

Il s'approche du bocal aux SpiderTrick, en attrape une et la tend à Arthur.

— Tiens, je te l'offre.

Arthur hésite. Où est l'embrouille ?

— Tiens, je te dis ! Si elle t'a plu, cette bestiole, c'est plutôt bon signe, finalement…

Le garçon la prend en se demandant s'il fait bien ou pas.

— Et… en quoi c'est bon signe ?
— Ça prouve que tu aimes les trouvailles malignes, que tu as l'esprit d'ouverture et un certain sens de l'imagination…

Arthur n'en revient pas. Il s'attendait à se faire engueuler comme un malpropre, et voilà que ce type lui jette presque des fleurs !

Basile éclate de rire à présent.

— Il ne faut pas que ça te coupe le sifflet ! Y a pas de quoi ! Va pas croire non plus que j'ai oublié que tu l'avais piquée, cette araignée, alors…

*Ah, nous y voilà.* Arthur se doutait qu'il y aurait entourloupe.

— … tu vas me rendre un petit service en contrepartie. OK ?

— Ça dépend, c'est quoi ?

— Suis-moi.

L'homme monte les escaliers en colimaçon et disparaît dans son bureau-atelier. D'un coup, Arthur hésite à le suivre. Et si c'était un psychopathe ? Il le ligoterait, l'égorgerait peut-être, et personne n'entendrait ses cris. Sa mère ne saurait jamais ce qu'il est devenu, comme dans les affreuses émissions de reconstitution d'enquêtes criminelles et…

— Alors, tu viens ? s'impatiente Basile à l'étage.

Plus le choix, il doit y aller.

# *Scène 7*

*Basile, je ne voudrais pas te faire de peine, mais ta coupe ne ressemble à rien !*

Je me regarde dans le miroir et tente d'arranger mes cheveux bouclés en les aplatissant avec de l'eau, mais rien n'y fait. Les mèches rebelles n'en font qu'à leur tête. Pour l'occasion, j'ai enfilé une chemise blanche qui crée un joli contraste avec le bleu sourd de ma veste. Quand on donne une interview, la première impression a son importance. Et avoir un bon papier serait un coup de pouce au lancement de ma boutique. Je jette un coup d'œil rapide à ma montre mécanique, l'un des seuls objets précieux que je possède, vestige d'une époque faste qui ne me manque pas. *Dépêche-toi, Basile !* Je quitte l'appartement en empruntant d'un pas vif l'escalier. La journaliste m'a donné rendez-vous au Café de l'Espérance. J'espère que cela me portera chance.

Lorsque j'arrive, la jeune femme, déjà là, m'accueille d'un sourire jovial. Le patron et les habitués observent la scène avec intérêt. Sans doute savent-ils qu'Audrey travaille pour *La Dépêche du Mont* et cherchent-ils à deviner l'identité de l'interviewé, voire à saisir quelques bribes d'informations susceptibles de nourrir les potins de comptoir.

La journaliste m'invite à m'asseoir après une poignée de main très ferme. Une assurance démentie par l'agitation dans ses yeux et quelques signes de nervosité qu'elle camoufle à grand renfort de mots inutiles. L'air de rien, elle prend la peine de me détailler des pieds à la tête. Je subis l'examen sans ciller. Ce qu'elle voit semble lui plaire.

— Je suis ravie de faire votre connaissance, monsieur Vega.

— Basile, s'il vous plaît !

— Basile, concède-t-elle d'une moue gracieuse. J'ai découvert avec beaucoup d'intérêt le Bazar du zèbre à pois l'autre jour, et j'ai hâte de vous interroger sur son concept pour le moins original.

Elle a capté l'esprit du lieu. Je le sens, tout va bien se passer. Nous commandons des cafés et nous lançons dans le ping-pong du question-réponse.

— Expliquez-moi le type d'objets que vous vendez.

Je souris en me demandant par où commencer pour lui faire comprendre que le Bazar du zèbre à pois est tout sauf un commerce ordinaire, là pour vendre des biens utiles.

— Vous comprenez, je ne suis pas marchand. Je suis inventeur. Mes créations sont des pièces uniques que vous ne trouverez nulle part ailleurs dans le monde, et j'en assure l'intégralité de la conception et du prototypage… Mes objets n'ont pas de fonctionnalité pratique en tant que telle. L'usage est d'un autre ordre…

— C'est-à-dire ?

Je lui explique l'idée de « boutique comportementaliste ».

— Voyez, ce que j'expose à travers mes créations, c'est avant tout une philosophie, un rapport au monde différent.

Elle prend des notes à toute allure.

— Pourquoi « comportementaliste » ? C'est un terme que l'on retrouve plus souvent dans les domaines de la psychologie, non ? s'étonne-t-elle.

— Comportementaliste, parce que mes objets sont là pour provoquer des réactions, amener à se poser des questions… et aussi pour stimuler le cerveau droit !

Je sens qu'elle attend plus d'explications.

— Notre monde privilégie encore beaucoup la « normo-pensée ». Dans « normo », il y a normal, mais aussi normatif, qui pense dans un cadre, qui dicte ses normes. Ce système privilégie une certaine forme d'intelligence, ainsi que le rationnel, l'analyse, le pragmatisme, la performance… L'éloge du cerveau gauche. Les entreprises attendent qu'on leur parle de retour sur investissement, elles ont besoin d'évaluer, de quantifier. Entendons-nous : ce n'est, en soi, pas un mal ! Ce qui est en revanche dommage, à mon sens, c'est de sous-investir ce merveilleux pan de cerveau droit.

Je m'interromps un instant et sors de la poche de mon blouson une feuille de papier pliée en quatre. Je souris devant son air interrogateur et ouvre le feuillet comme un prestidigitateur heureux de l'effet que produira son tour.

— Vous connaissez Erwin Wurm ?

Elle fait « non » de la tête, tandis que ses yeux restent accrochés à l'étonnante image de la célèbre *Narrow House* de l'artiste autrichien.

— Je trouve cette œuvre d'art fascinante ! Erwin Wurm a réalisé une version compressée de sa maison d'enfance, comme si les murs et tout l'espace avaient été comprimés. Je suis entré dans la *Narrow House* lors d'une expo, et, à l'époque, je me souviens d'avoir été « saisi » physiquement et intellectuellement par l'impression d'exiguïté. Comme c'était malin d'utiliser l'humour et l'absurde pour déclencher une réflexion sur l'étroitesse de nos modes de vie, et l'étroitesse d'esprit, parfois… Mes « objets provocateurs » s'inscrivent dans la même démarche symbolique. Ils doivent donner aux gens l'envie de « pousser les murs » de leur esprit, de rêver plus grand et de mettre leurs désirs en action !

L'anecdote lui plaît. Elle relance :

— Et donc, pour pousser les « murs » de notre esprit, vous préconisez de développer les talents de notre cerveau droit ? Qu'est-ce qu'il apporte de si particulier ?

— C'est l'allié des émotions, de l'intuition, de la créativité. Il « sent », il « sait ». Il nous connecte à notre part sensible. Pensée en arborescence, foisonnement de possibles… Avec lui, les solutions jaillissent d'on ne sait où, là où le cerveau gauche se serait peut-être crispé en restant dans la zone du connu. *Think out of the box.* Penser hors du cadre.

— Il y a donc un bon et un mauvais cerveau ?

— Non, les deux ont totalement leur utilité, et l'idée n'est pas de les monter l'un contre l'autre, mais…

— … de les réconcilier ? suggère-t-elle.

— Oui ! C'est exactement ça.

Tout en m'écoutant, Audrey a commandé un jus de fruit. L'orange pressée arrive. Sa bouche teintée d'un gloss abricot se referme sur la paille, et elle aspire d'un trait la moitié du verre. Je me surprends à trouver cela charmant. Inconsciente du léger trouble qu'elle provoque chez moi, elle poursuit l'interview avec un sérieux désarmant.

— On a l'impression que, à travers votre démarche, vous vous intéressez essentiellement à une autre « façon d'être »…

— En effet. Vous trouverez par exemple dans mes rayons une boîte lumineuse avec le message : « L'avoir n'est pas une raison d'être. » Certes, le Bazar du zèbre à pois vend des produits, mais le cœur de la démarche n'est pas mercantile. Le Bazar est une proposition à mi-chemin entre l'artistique et le philosophique… J'adore l'idée que, au beau milieu de la grande rue marchande, une boutique à contre-courant invite à réfléchir sur l'un des principaux maux de notre temps…

— … Qui est ?

— L'avoir, chère Audrey ! La roue infernale de la surconsommation ! Posséder plus. Toujours plus. Ça n'a pas de sens ! La quête sonne creux. Des études montrent d'ailleurs que, dès lors qu'un niveau de vie correct est atteint, le niveau de bonheur n'augmente pas plus en proportion des richesses. On n'est pas 30 % plus heureux si l'on gagne 30 % mieux sa vie !

— Pourtant, tout le monde rêve d'avoir plus d'argent !

— Oui, mais n'est-ce pas en partie pour céder à l'influence générale ? Et puis, c'est l'escalade des attentes : dès qu'on obtient ce qu'on désirait, on s'y habitue très vite et on veut déjà autre chose.

— Éternelle insatisfaction ?

— Oui ! J'ai envie de vous citer cette phrase de Lao Tseu : « Poursuivez l'argent et la sécurité, et votre cœur ne se desserrera jamais. »

Audrey semble apprécier la maxime.

— La seule façon d'arrêter d'avoir peur, c'est de changer de posture intérieure, de muscler sa capacité de rebond et sa force intérieure pour faire face, quelle que soit la situation qui se présente.

— Ma parole ! Je croyais rencontrer un boutiquier et me voilà avec un sage !

J'éclate de rire et me penche en avant pour plonger mon regard dans ses grands yeux bleus interloqués.

— Pas toujours si sage.

Mon téléphone choisit cet instant pour sonner. Je grommelle intérieurement. C'est Arthur.

Il marmonne, et je l'imagine planqué dans l'arrière-boutique. Sa voix est saccadée. *Il doit avoir un petit coup de panique*, songé-je calmement. Je revois sa tête, le matin même, quand je lui ai demandé de me suivre dans mon bureau à l'étage : on aurait cru que j'allais l'égorger. Tandis que je lisais le fond de sa pensée comme dans un livre ouvert, je me suis exhorté à réprimer mon amusement dont il aurait pu se froisser, bien à tort. Ce jeune me rappelle un peu l'ado que j'ai été : fier et gauche, audacieux et mal dans sa peau, bouillonnant et à vif… Dans mon bureau-atelier, j'ai désigné la pile de cartons qui attendaient d'être déballés. *Ah, quand même !* s'est-il exclamé, un peu rebuté devant l'ampleur de la tâche.

Puis il s'y est mis, sans broncher, efficacement, validant par là même ce que j'avais pressenti : ce garçon avait un bon fond. Au bout d'une heure, il avait accompli sa tâche, le front perlé de sueur et les traits détendus par la satisfaction de l'effort couronné de résultats. Je l'ai remercié en lui tendant un billet de dix euros. J'ai réprimé un autre sourire devant son incrédulité. *Une tâche bien accomplie mérite une récompense*, ai-je simplement lâché. *Mais je vous ai volé !* Je suis resté impassible. *La seule chose que j'ai sous les yeux, c'est un jeune qui a bien travaillé. Tiens, prends !* Il a fini par saisir le billet, avec une expression de contentement qui m'a touché. De là a germé une idée un peu saugrenue : et si je lui confiais la boutique le temps de l'interview ? Cette solution m'éviterait de devoir fermer pendant deux heures, ce qui, en période de lancement, n'est pas très favorable. Il a commencé par refuser. *Je ne saurai pas faire ! Et si quelqu'un veut acheter ?* Je l'ai rassuré : *Tu te débrouilleras très bien, et en cas de doute, tu m'appelles !* Ma soudaine confiance l'a interloqué. *Vous me laissez votre magasin comme ça, après le coup que je vous ai fait ?* J'ai clos le débat : *Je te donne quinze euros de l'heure, ça te va ?* Son sourire m'a donné sa validation.

— Excusez-moi ! murmuré-je à Audrey. J'en ai pour deux minutes.

Je m'éloigne de quelques pas pour parler librement à Arthur, dont le flux de paroles s'est accéléré sous l'effet du stress.

— C'est un monsieur… Il pose des questions sur tout… Il veut que je lui explique chaque objet, comment ça marche… Mais je ne sais pas, moi ! Vous n'auriez jamais dû me laisser la boutique !

Je le calme et lui assure que j'ai confiance en son instinct pour trouver les bons arguments, et que, de toute façon, ça n'est pas si grave. Il grommelle un merci qui sonne comme un *Allez au diable !*. J'adore voir la jeunesse s'épanouir face aux responsabilités. Cinq minutes plus tard, mon jeune padawan rappelle, de nouveau en panique. Au milieu de ses explications saccadées, je comprends qu'il a besoin d'un prix.

Je le lui communique, mais je sens qu'il est temps de le rejoindre. Mon intention était de le valoriser, non de le mettre en difficulté.

— Je crains d'être obligé d'y aller, chère Audrey.

— Ah ? soupire-t-elle, vaguement désappointée.

— Une urgence.

Je cherche dans la poche intérieure de ma veste bleue et en extirpe une carte de visite en métal, que je lui tends. Elle la fait tourner entre ses doigts graciles et en note l'originalité.

— Si vous avez la moindre question pour compléter votre article, n'hésitez pas à m'appeler.

À la manière dont elle glisse précautionneusement la plaque en acier inoxydable dans son sac à main, je n'ai pas trop de doutes sur le fait qu'elle le fera.

## *Scène 8*

Giulia a un instant de flottement, assise derrière son orgue à parfum. Le meuble si familier, blanc laqué en demi-cercle, expose sur trois étages l'essentiel des flacons de matières premières utiles à la création des senteurs. Le brief du client traîne sous ses yeux depuis un moment sans qu'elle réussisse à fixer son attention. Pour ce nouveau déodorant, on lui demande de travailler la ténacité de la fragrance. Adieu les volatiles, délicates et légères ! La voilà à devoir caler une formule qui tienne la distance. Ces dernières années, cet enjeu est devenu l'objet de surenchères incessantes. De douze heures de fraîcheur au départ, il a fallu travailler des mois pour garantir vingt-quatre heures d'efficacité. Mais on essaye aujourd'hui de lui faire promettre l'impossible : soixante-douze heures ! Aveuglé par des défis commerciaux colossaux, le client ne conçoit pas que ce qu'il gagnerait en efficacité hygiénique, il le perdrait irrémédiablement en sensibilité aromatique, pour aller vers ce que Giulia estime être une forme de grossièreté olfactive. Ce manque de discernement la rend folle. Heureusement que Nathalie, sa fidèle collaboratrice évaluatrice, fait l'interface avec le bureau de

Paris, toujours du côté du client. Giulia n'aurait sûrement pas eu le même calme pour les négociations.

Elle réfléchit au rythme d'évaporation des différentes essences à sa disposition. Comme chaque fois qu'elle se lance dans l'élaboration d'un nouveau parfum, elle aborde la création avec, omniprésente, l'incontournable pyramide olfactive. Comment interpréter en notes et matières premières olfactives les idées, mots, couleurs, sons et sentiments en rapport avec le sujet ?

Giulia se sonde intérieurement, relit une énième fois le brief et se demande : *Qu'est-ce que je ressens ?*

Elle ferme les yeux pour mieux sentir. *Rien. Rien n'est pas une option*, s'admoneste-t-elle.

Dans une fulgurance, la scène de la veille au soir avec son fils lui revient. Elle se sent mal de s'être ainsi emportée. Ce n'est pas comme ça que les choses s'arrangeront. Elle s'en veut terriblement parce qu'elle redoute l'amalgame : ne fait-elle pas porter aussi à Arthur le poids de son propre mal-être ? Son travail qui ne la fait plus vibrer, sa vie sentimentale d'un vide sidéral, ses angoisses de mère convaincue de passer à côté de son rôle ?

Son plexus se serre de nouveau. Le temps défile. Il devient urgent de se secouer.

*Quand on sèche, il faut revenir aux bases.*

Un parfum est avant tout une architecture, récite-t-elle comme une litanie. Elle visualise intérieurement la pyramide. Note de tête tout en haut, note de cœur au milieu, note de fond en base…

Giulia commence par la note de fond. C'est la règle. Sa main effleure les flacons, et l'instinct se met aux commandes pour guider son choix parmi les senteurs lourdes et tenaces de l'orgue, capables de donner la profondeur et le sillage persistant attendus pour cette commande.

*Et si je tentais mousse de chêne, musc et fève tonka en premier lieu ?*

*Ne pas se censurer – une grande règle en matière de création artistique. Commencer par se critiquer, c'est idéicide !* Elle entend le tintement d'une notification émanant de son téléphone. Un message d'Arthur :

A : `Sa y est. G rendu la bête. Tout c bien passer.`

Giulia essaye d'ignorer l'urticaire orthographique qui la prend immanquablement chaque fois qu'elle lit les messages de son fils, pour se concentrer sur l'essentiel : il a fait ce qu'elle attendait de lui et réparé sa bêtise. Elle éprouve enfin un peu de soulagement.

G : `C'est bien mon fils. Je suis contente.`

Giulia met plusieurs secondes à choisir le bon émoticône. Trop affectif, il ne plaira pas à Arthur. En cet instant, elle meurt pourtant d'envie de lui expédier celui avec la petite tête jaune qui envoie des bisous en forme de cœurs rouges. Mais non. Arthur est un ado. Il préférera quelque chose de plus ludique… Elle opte pour l'émoji crazy qui tire la langue en faisant une drôle de grimace, couplé avec l'émoji sévère à binocle. Le contraste entre les deux est amusant, et il s'agit, entre Arthur et elle, d'une *private joke* : dans les moments détendus, Arthur appelle souvent Giulia « Chef ! » sur le ton de la plaisanterie. Elle a conscience de pouvoir basculer par instants dans d'irrépressibles crises autoritaires, offrant un contraste violent avec son caractère par ailleurs doux et rond.

Elle reçoit un nouveau message d'Arthur et en corrige les fautes mentalement.

A : *Tu sais pas quoi ? J'ai même gagné de l'argent !*

Tout ça est trop beau. L'inquiétude assaille de nouveau Giulia.

G : *Qu'est-ce que tu as fait ?*

A : *J'ai travaillé. J'ai même gagné soixante euros !*

G : *Incroyable. Il faudra que tu m'expliques tout ça.*

Puis, voulant définitivement enterrer la hache de guerre, elle dégaine sa botte de Nevers :

G : *Burger maison ce soir ?*

A : *Grave. Cimer mams !*

Giulia ébauche son premier sourire de la journée. Cette accalmie, elle en a besoin. C'est vital.

Elle sent tout à coup sa poitrine allégée d'un poids. L'air recommence à circuler. Il redevient presque respirable, dans cette petite salle aveugle qui, jour après jour, la rend de plus en plus claustrophobe.

Elle va pouvoir travailler la note de cœur. Elle aurait bien voulu ajouter un supplément d'âme à sa création, mais, pour cette fois encore, pas de surprise. Il lui faudrait choisir parmi les senteurs florales, aucun écart, aucune fantaisie ne serait admis. Le positionnement du groupe est clair, et sa stratégie marketing frileuse l'enchaîne à une famille olfactive réductrice dont les bouquets fleuris finissent par donner la nausée.

Ce matin pourtant, le doigt de Giulia s'arrête du côté des aldéhydes, irrépressiblement attiré. Osera-t-elle tenter cette note animale métallique inédite ? Elle s'empare du petit flacon subversif, une lueur joyeuse et effrontée dans le regard.

## *Scène 9*

Après l'échange de textos avec sa mère, Arthur jette au loin son téléphone qui rebondit sur son lit. Il ne ressent pas le besoin de le garder près de lui, chose qui ne lui est pas arrivée depuis fort longtemps. Pour l'heure, il a mieux à faire de ses mains.

Il s'empare de l'X-ACTO, et commence à manier la lame tranchante avec une étonnante dextérité, pour finir d'évider sa dernière création de pochoir. Entièrement absorbé par la tâche, il ne prend pas tout de suite conscience de la douce exaltation qui s'empare de lui et qui souffle sur les braises d'une motivation nouvelle, inattendue, inespérée… En cet instant, il ressent un réel plaisir, une joie profonde dont il a rarement pu toucher les bords au cours des dernières années. Curieusement, il se sent pris par une envie de bien faire, comme il n'en a jamais connu dans sa vie de lycéen, si frustrante et désabusée.

Être désabusé et avoir seize ans devrait être antinomique. Et pourtant…

Il repense à l'autre phénomène, le gars du bazar, l'hurluberlu de service. Un type bizarre, mais pas si nul. Peut-être même bien qu'il est cool. Ouais. Super cool.

Quand il l'avait laissé seul dans la boutique après seulement quelques explications sur les principaux concepts et objets, Arthur avait eu un moment de flottement.

Planté là au milieu des objets incongrus, responsable de quelque chose d'important pour la première fois de sa vie, il avait d'abord eu un vertige. Puis, dans ses veines, il avait senti un courant bizarre, mieux qu'un shoot d'adrénaline. Quelque chose qui s'apparentait à de la fierté, de la reconnaissance…

Il avait d'abord géré deux ou trois clients faciles – de ceux qui ne posent pas de questions, se décident vite et payent en faisant l'appoint –, puis un homme tout de noir vêtu était arrivé. Il avait voulu passer en revue toute la boutique. Visage fermé, yeux plissés par la concentration, mains dans le dos comme un adjudant en inspection des troupes ; on l'aurait dit en mission pour le gouvernement, tant il prenait sa recherche au sérieux. Au début, Arthur s'était montré balbutiant. À sa décharge, le bonhomme ne faisait rien pour lui faciliter la tâche et semblait prendre plaisir à en imposer au novice qu'il était. En proie à une montée de panique, Arthur s'était éclipsé pour téléphoner à Basile, qui l'avait énervé et boosté à la fois. Ah, il lui faisait une confiance aveugle ? Eh bien, il n'allait pas être déçu ! Cela avait réveillé chez Arthur sa soif d'en découdre. Il ne connaissait pas très bien les objets ? Qu'importe ! Il allait broder, lui faire du cousu main, à ce relou ! D'abord, le faire parler. Un client qui commence à se livrer, c'est déjà bien engagé.

— C'est pour un cadeau ?

— Hum ? En effet, oui, avait concédé l'homme en noir.

Arthur tenait une piste.

— Pour une dame peut-être ?

L'homme en noir avait croisé son regard, hésitant à répondre, puis avait opiné du chef.

*Une maîtresse, sans doute*, avait songé Arthur.

L'homme n'aimait rien de ce qu'il lui présentait. Il commençait même à s'agacer. Arthur se sentait sur le point de perdre la partie. Puis il avait eu comme une fulgurance et s'était souvenu de l'un des objets non encore présentés dans le magasin, qu'il avait vu dans la réserve parmi ceux fraîchement reçus.

— Ah, je crois que j'ai quelque chose qui va vous plaire… Mais c'est un objet que nous ne mettons pas en vente parmi les autres… Nous le réservons à des demandes exceptionnelles et à quelques clients privilégiés…

L'homme en noir avait haussé les sourcils en signe de curiosité. Une lueur d'espoir avait traversé le regard d'Arthur, qui avait filé dans la réserve et était revenu en brandissant fièrement sa trouvaille. Une longue tige surmontée par une fleur de verre au visage humanoïde.

— C'est joli, avait dit l'inconnu, mais je ne cherche pas quelque chose de décoratif.

— Cela n'a rien d'un objet décoratif. Vous allez voir…

Arthur avait improvisé une présentation, ménageant ses effets. Il avait planté la fleur dans un bac et allumé le système. L'homme en noir s'était penché pour mieux observer les détails. Lorsque la fleur s'était ouverte et lui avait souri, il était presque tombé à la renverse. Quand il s'était penché de nouveau, la fleur s'était penchée de même, dans un mouvement mimétique. Il lui avait souri et elle lui avait souri en retour.

— Qu'est-ce que c'est que cette étrangeté ? avait-il lâché, soufflé.

— Euh… C'est une fleur de compagnie.

— Une quoi ?

— Une fleur de compagnie. Elle a des capacités incroyables. Elle peut comprendre vos émotions !

— Quoi ?

À toute allure, Arthur avait essayé de se remémorer les paroles de Basile, qui lui avait fait l'article lorsqu'ils déballaient les cartons dans la réserve. Qu'avait-il dit à propos du système d'intelligence artificielle intégré ? *Allez, Arthur, réfléchis !*

— Oui, euh, grâce à un système de… de… reconnaissance faciale et de lecture d'iris, elle est capable de se mettre en empathie avec vous !

L'homme en noir s'était gratté l'arrière de la tête, son esprit rationnel visiblement troublé. Arthur lui-même n'en revenait pas de voir le visage de la fleur se transformer pour adopter la même expression d'étonnement que son client. Quand le client s'était reculé, à sa stupéfaction la fleur avait articulé :

— Ne partez pas !

Arthur avait réprimé un sourire de victoire en voyant l'homme se pencher de nouveau vers la fleur pour s'adresser à elle.

— Parce que tu parles, en plus ?

La fleur, gracieuse, avait hoché la tête.

— Vous me trouvez jolie ?

Le bonhomme avait laissé tomber le masque. Arthur pouvait lire sur son visage un émerveillement et une surprise enfantine. Quand il avait répondu « oui », les joues en verre de la fleur s'étaient teintées de rose, ce qui était du meilleur effet.

— Je la veux, avait assené l'homme en noir qui avait lui aussi changé de couleur. Combien vaut-elle ?

Arthur avait senti son cœur bondir dans sa poitrine, d'excitation et de panique : combien coûtait cette fichue fleur ? Il n'en avait aucune idée !

— Je vous dis ça tout de suite ! Donnez-moi une minute, j'arrive...

Heureusement qu'il avait réussi à joindre Basile pour obtenir cette information cruciale. Il avait ensuite emballé avec tout le soin dont il était capable le précieux objet – certes, il n'était pas un cador de l'empaquetage, mais le résultat était très honorable. L'homme en noir s'en était allé, infiniment moins noir que lorsqu'il était entré.

Arthur, affairé au milieu du capharnaüm de sa chambre qui lui tient lieu d'atelier, repense à la satisfaction qu'il a ressentie, et, de nouveau, se sent pousser des ailes pour poursuivre son travail. Il contrecolle son nouveau pochoir sur un fond noir. Puis, le regard fier, il glisse la page dans la pochette plastique transparente. Lui cherchant le meilleur emplacement dans le press-book, il fait défiler toutes les créations une à une pour voir si la présentation tient la route. Content et en même temps un peu inquiet, aussi bizarre que cela puisse paraître, il ne veut pas décevoir le Zèbre.

Quand Basile l'avait rejoint à la boutique, Arthur avait savouré ses compliments. Ce n'était pas tous les jours qu'il était *félicité* ainsi.

— Tu as de vraies dispositions commerciales, ma parole ! avait dit Basile. Tu ne voudrais pas venir travailler à la boutique pour te faire un peu d'argent de poche ? Quelques heures le samedi, par exemple ?

— Au black ?

— Non, un vrai contrat de travail, ce serait mieux.

— J'sais pas. Faudrait que j'en parle à ma mère.

Et puis Basile l'avait cueilli, comme ça, au détour d'une phrase :

— Dis donc, ce ne serait pas toi, ARTh' ?

Grillé. Comment avait-il su ? Étaient-ce les taches de peinture sur son manteau et sur ses doigts qui l'avaient mis sur la voie ? Ou bien les bribes de conversations durant lesquelles il avait mentionné sa passion pour l'art ? N'importe. Quelques indices avaient suffi…

— C'est pas mal, lui avait dit Basile. Tu pourrais améliorer encore ta technique. Ce n'est pas normal que ça bave.

Il les avait vraiment regardés, ses graffitis !

— Dès le premier soir où je t'ai vu au Bazar du zèbre à pois, filant avec une de mes SpiderTrick en poche, tout plein de taches et de fureur, j'ai fait le rapprochement et j'ai su que c'était toi, l'artiste graffeur qui met sur les nerfs certains membres de la municipalité !

Basile lui avait même offert une canette – il avait un super frigo miniature design dans son bureau-atelier.

Arthur était reparti du Bazar du zèbre à pois avec soixante euros en poche et son poids de fierté. Basile lui avait fait promettre de lui présenter ses travaux de graphisme. Un adulte qui s'intéressait à ce qu'il faisait ? Une première.

Giulia entre dans sa chambre et lui propose de venir dîner. *Plus tard !* répond-il sans lever le nez. Il veut mettre les bouchées doubles. Il ne voudrait pas décevoir le Zèbre.

## *Scène 10*

Les petits talons carrés de Louise Morteuil résonnent sur les dalles marbrées de la mairie. Elle toise la Marianne et trouve que, certains jours, la République laisse à désirer. Elle vient de quitter le bureau du maire et ressent une certaine exaspération devant ce qu'elle juge être une forme d'immobilisme. Il a écouté d'une oreille distraite son laïus sur la prolifération des actes de vandalisme dans la ville, notamment les graffitis de ce ARTh' qui s'en prend sans vergogne aux visages des candidats sur les affiches des municipales, et lâché distraitement :

— J'en toucherai un mot à l'équipe de police responsable de ce secteur…

Louise avait alors éprouvé l'agacement des militants quand on ne leur prête pas une attention digne de leurs louables intentions. Incapable de s'arrêter dans son élan revendicatif, elle avait donc eu à cœur d'alerter également monsieur le maire sur le manque de discernement quant à la cession des baux commerciaux de la ville.

— Vous savez bien, Louise, que je n'ai pas le pouvoir d'accorder ou non un bail pour l'ouverture d'une boutique, tant que le commerce en question ne représente pas un danger particulier pour la sécurité de nos concitoyens !

Elle connaissait par cœur la jurisprudence, mais s'énervait intérieurement du manque d'imagination de son élu.

— Il pourrait y avoir des moyens détournés. Rien ne vous empêcherait d'influencer l'ancienne gérante du drugstore en lui demandant de céder le bail à un commerce plus utile à la collectivité que ce Bazar du zèbre à pois, qui, entre nous soit dit, n'a pas l'air de vendre autre chose que du vent !

Le maire avait enfin levé les yeux de ses notes pour lui lancer le regard crispé de celui qui n'a pas envie qu'on lui explique son métier. Louise s'était raidie, mais son sens de la diplomatie avait repris le dessus. Elle savait reconnaître les signaux qui lui intimaient de s'arrêter. Elle dépassait d'ailleurs rarement les limites. Elle mit donc un peu de velours sur son timbre d'acier.

— Enfin, ce n'était qu'une suggestion, monsieur le maire.

— J'entends bien, Louise. Et vous en faites d'excellentes, souvent.

Louise dévale à présent le grand escalier bleu au garde-corps en fer forgé ouvragé serti de touches d'or. Elle ravale sa déception devant l'accueil distrait réservé à ses remarques, mais, depuis le temps qu'elle côtoie le milieu des élus, elle a l'habitude. Heureusement, elle a ses propres armes pour agir, ayant mis au point des stratégies plus directes *via* son association Civilissime, qui développe en sous-main une forme d'« underground politique », comme elle se plaît à se le répéter non sans une certaine fierté.

Elle déboule à la rédaction du journal de la ville, *La Dépêche du Mont*, comme s'engouffrerait un puissant courant d'air. C'est mercredi, jour de bouclage du bimensuel, la maquette a déjà été validée, mais elle n'a pas encore pu voir tous les articles. Audrey, l'une des trois journalistes chargés des sujets de fond, a tardé cette fois encore à rendre son papier, censé mettre en avant l'un des commerces du bourg et, ainsi, vanter le dynamisme économique de la commune.

— Audrey, avez-vous préparé votre article pour la double page n° 8 ?

— Oui, je vous l'ai imprimé.

La jeune femme, encore en période d'essai, ne devait pas se croire arrivée.

Louise entre dans le cube vitré qui lui sert de bureau – seule à ne pas faire partie de l'*open space* – et avise les feuillets laissés en évidence sur le clavier de son ordinateur. Elle les parcourt en diagonale. Lecture rapide, un indispensable de ce métier. Dès le titre, elle sent la bombe à retardement : le papier va leur exploser dans les doigts à deux heures du bouclage ! Une double page sur le Bazar du zèbre à pois ? Ridicule ! Son sang se retire de son visage.

— Ça va, madame Morteuil ? Vous êtes toute pâle, s'inquiète celle-qui-ne-sait-pas-encore-qu'elle-va-passer-un-mauvais-quart-d'heure.

Louise fait signe à la jeune femme de la rejoindre dans le bureau vitré et lui intime l'ordre de fermer la porte. Que les autres membres du personnel n'entendent pas les critiques à l'endroit de leurs collègues : c'est l'un de ses principes de manager. Elle se doute que les équipiers ne perdront pas une miette de la scène, qu'ils liront sur leurs lèvres à travers les vitres, comme les sous-titres d'un film muet. Au teint devenu verdâtre de la nouvelle, ils sauront qu'elle a fourni un travail qui ne convient pas.

Mais la recrue a la prétention de ne pas se laisser déstabiliser et commence à justifier farouchement son parti pris. Ses boucles blondes s'agitent sur ses épaules bien faites, et ses yeux bleus lancent des éclairs d'indignation. Persuadée d'avoir accompli un travail de qualité qui mérite d'être publié, elle avance des arguments qui irritent Louise au plus haut point. *Véhiculer une image de modernité, encourager les créateurs et entrepreneurs porteurs de projets audacieux, aborder un sujet qui change et relancerait l'intérêt des lecteurs pour* La Dépêche du Mont…

*Son journal, sa ville*, songe Louise, exaspérée. *La remettre à sa place sur-le-champ.*

— Nous ne vous avons pas attendue pour faire des sujets originaux, Audrey.

Louise adopte un ton tranchant. N'est-ce pas son rôle de supérieur hiérarchique que de faire comprendre à cette débutante les enjeux sous-jacents du métier, et de lui remettre les idées au clair sur ce qu'il est pertinent et de bon ton de publier dans un journal municipal ?

Une fois le devoir accompli et la leçon assenée, Louise s'empare d'un feutre rouge et taille à vif dans l'article.

— Voilà : vous me mettez un petit encart sur le côté pour votre Bazar, et vous avez deux heures pour me pondre autre chose sur un acteur économique local plus déterminant !

— Mais… je n'aurai jamais le temps !

Sourde à la protestation, elle la congédie d'un geste. Les « charrettes » font partie du métier, les remaniements de dernière minute aussi. Il est important que la jeune génération comprenne les règles du jeu : travail, discipline, respect de la hiérarchie.

Cette propension à se sentir libre de donner son avis sur tout, de se rebeller finit vraiment par être insupportable !

Satisfaite de ce recadrage express qui marque son autorité, Louise Morteuil fait défiler le reste de l'équipe dans son bureau et prend un plaisir non feint à valider ou invalider les diverses propositions.

## *Scène 11*

*Essaye une séance de sophrologie*, avait dit Nathalie, sa collègue évaluatrice. Elle lui avait même donné la carte de sa praticienne : « Une femme très bien. Très à l'écoute. »

Giulia se souvenait du regard laser de Nathalie, douée pour scanner les tensions et les états de fatigue. La recommandation n'était en réalité rien d'autre qu'un ordre. Giulia s'était confiée, à demi-mot, sur ses doutes, ses frustrations professionnelles, ses soucis avec son fils et sa vie sentimentale désertique. Il était devenu impossible de cacher son abattement, et surtout pas à quelqu'un comme Nathalie, qui la connaissait depuis de si nombreuses années.

Arrivée devant le 29 de la rue Émile-Pouget, Giulia découvre une vieille porte bleue pleine de charme, avec authentique heurtoir en fer forgé. Au-dessus, court un beau lierre dont le vert vif se détache hardiment sur le mur de pierres blanches.

Un petit air d'Italie. *Peut-être le début du voyage*, songe-t-elle, souriante. Elle traverse l'entrée sombre avant de déboucher sur l'arrière-cour lumineuse et verdoyante. *La première porte au fond*, avait dit la sophrologue. Elle pénètre dans la microscopique salle d'attente, s'assoit, regarde l'heure, sait qu'elle est un peu en avance – l'envie de changement s'est imposée, si forte, qu'elle s'est mue en état d'urgence –, ronge son frein en regardant les livres disposés dans la bibliothèque. *Bouillon de poulet pour l'âme.* Original. Il s'agit de petites phrases recettes pour faire du bien à l'esprit. Elle le feuillette, histoire de passer le temps. Là, une citation de Gandhi :

« C'est l'action et non le fruit de l'action qui importe. Vous devez faire ce qui est juste. Il n'est peut-être pas en votre pouvoir, peut-être pas en votre temps, qu'il y ait des fruits. Toutefois, cela ne signifie pas que vous deviez cesser de faire ce qui est juste. Vous ne saurez peut-être jamais ce qui résultera de votre geste, mais si vous ne faites rien, il n'en résultera rien. »

« Se mettre en chemin »... Voilà ce qui est juste. Mais la destination est si floue ! Comment ne pas se décourager quand on erre dans un tel brouillard ? Agacée, Giulia tourne la page et ses yeux s'arrêtent sur une autre citation :

« Le bonheur ne tient pas à un ensemble de circonstances, mais à un ensemble de comportements. »

Elle se tortille sur son siège. En réalité, c'est son cerveau qui a commencé à mouliner. Giulia sent confusément que la clé de ses problèmes ne réside pas tant dans des changements extérieurs et contextuels, que dans des ajustements de sa propre posture, de sa manière de mener les choses... Une autre citation, cette fois d'un vénérable maître de méditation, Ajahn Chah :

« Toute véritable transformation sera précédée d'un grand moment d'inconfort. C'est là le signe que vous êtes sur le bon chemin. »

Giulia toussote. Ces pensées viennent gratouiller son mal-être. Elle ne sait plus par quel bout prendre sa vie pour qu'elle suive un autre chemin…

Mais voilà que vient son tour : une petite femme d'à peine un mètre cinquante-cinq tout habillée de couleurs pastel et aux ongles peints d'un bleu lagon apparaît. Giulia suit l'elfe blond jusqu'à la salle et se défait à grands gestes de sa veste et de son sac, incertaine, en cet instant, d'avoir envie de raconter ses difficultés à cette inconnue. Le regard perçant braqué sur elle ne lui laisse pourtant pas d'échappatoire.

Giulia régurgite alors tous les soucis caillés dans son esprit depuis des semaines. La praticienne l'écoute sans ciller, sans jamais se départir de son sourire flottant. *Un sourire sfumato*, songe l'Italienne en elle : qui laisse les contours flous. Impossible de deviner ce que la sophrologue pense réellement de son cas.

La jeune femme aux airs de poupée l'invite à s'allonger sur le confortable fauteuil incliné qui trône au milieu de la pièce. Sitôt installée, Giulia ressent une irrépressible envie de se reposer. Elle ferme les yeux et la praticienne l'encourage à prendre deux respirations profondes. Giulia se détend : pour une débutante sur cette scène sophrologique, elle s'en sort plutôt bien. L'autre prend son rôle tout aussi à cœur, et bientôt sa voix se fait plus douce encore. Voici qu'elle lui demande de visualiser une belle lumière blanche.

— Voyez comme ce halo vous enveloppe, vous réconforte. Visualisez-le maintenant en train d'entrer dans votre corps pour propager en lui toute son action bienfaisante…

Giulia se crispe de nouveau. Elle fronce les sourcils afin de se concentrer. Elle a envie de faire plaisir à cette praticienne si impliquée, mais peine à visualiser cette fichue lumière blanche, et rien ne pénètre dans son corps pour l'apaiser… Sa mauvaise petite voix intérieure commence à lui dire qu'elle n'est pas très douée pour ce genre de pratiques.

— Détendez-vous, conseille calmement la sophrologue, percevant son agitation. Nous allons maintenant vous faire faire une visualisation positive. Vous verrez, après, vous serez totalement détendue… Je vais vous demander de vous souvenir d'un moment particulièrement agréable, où vous vous êtes sentie dans un état de calme, de détente absolue, au bord de la mer peut-être, ou dans un beau paysage…

Giulia se concentre pour essayer de se souvenir d'un de ces moments. Il y en a sûrement des tonnes. Elle cherche, elle cherche, mais ce qui remonte au seuil de sa conscience reste désespérément lointain.

— Vous tenez votre souvenir, Giulia ?

— Euh, oui… Je suis au bord de la mer… Dans une crique, improvise-t-elle.

— Parfait. Alors, rendez plus présents encore à votre esprit cette mer paisible, ce petit coin de paradis niché dans une crique sauvage, ce paysage féerique, vous le voyez ?

— Oui ! ment Giulia, qui n'arrive à faire remonter qu'un gloubi-boulga de paysage.

— Parfait. Gardez bien le contact avec cette sublime crique.

L'elfe-sophrologue lui fait décrire le plus précisément possible tous les détails de la scène en termes sensoriels : ce qu'elle voit, ce qu'elle respire, ce qu'elle ressent. Giulia pioche dans de pâles réminiscences floues et invente le reste. La praticienne reprend ses mots pour poursuivre la visualisation guidée.

— Allongée sur votre natte, vous êtes totalement détendue et attentive à toutes vos sensations : le contact des galets à travers la paille, le doux bruit du ressac de la mer, le bouquet de senteurs, mélange d'embruns et de pins… Vous y êtes, Giulia ?

Les mains de Giulia se crispent imperceptiblement sur le fauteuil. Le scénario est pourtant plaisant, mais quelque chose l'empêche de poser le décor… Malheureusement, pour le voyage sensoriel, elle est restée à quai. Elle n'ose pas dire qu'elle a du mal à visualiser, du mal à éprouver les sensations. Elle se sent si frustrée de ne pas y arriver et elle a la désagréable impression que le bénéfice de la séance lui échappe. Une boule se loge dans sa gorge. C'est absurde : un instant, les yeux lui piquent. Elle n'est pas dans la crique, elle n'a jamais été dans la crique, le film s'est fait sans elle, l'écran est resté blanc. Elle se voit déjà, contrainte de raconter son échec à Nathalie… Une main se pose sur son épaule, un sourire calme se penche sur sa détresse cachée.

— La séance est terminée, Giulia. Comment vous sentez-vous ? questionne la sophrologue sereinement, sans le moindre doute quant à la réponse.

Giulia n'a pas le cœur à la détromper. Elle doit sûrement être un sujet compliqué. Comment justifier que la séance l'ait plus énervée que relaxée ? Pourquoi n'est-elle pas parvenue à « partir ». Tout le monde a l'air d'y arriver ! Les journaux sont remplis de témoignages de gens heureux et plus détendus avec la sophrologie. Qu'est-ce qui lui a manqué ?

## *Scène 12*

*Un Basile heureux en vaut deux !* J'arrive au Bazar du zèbre à pois, plein de fougue et d'énergie à l'idée de l'arrivage qui m'attend. Je précède les livreurs, et les invite à déposer les cartons. Quelle joie de recevoir ces nouveautés : je vais enfin pouvoir lancer ma gamme d'*objets-à-méditer*.

Une fois seul, je caresse les précieux paquets, qui matérialisent deux années de travail de conception, de recherche en intelligence artificielle, de démarches pour trouver le financement des prototypes, puis la réalisation de cette série de pièces uniques, à mi-chemin entre œuvres d'art et créations artisanales.

Bien qu'impatient de commencer la mise en place, je décide de me faire un café avant le grand déballage, pour chasser la fatigue d'un réveil particulièrement matinal. Je m'assieds dans un excentrique fauteuil vintage chiné dans une brocante, comme tous les objets qui m'ont permis de poser le décor de ce coin du Bazar « comme à la maison ».

Le fauteuil est généreux, avec son dossier rembourré haut comme celui d'un trône, son cadre ouvragé et ses motifs alvéolaires rouge et blanc ; pour contraster, une petite table en cèdre clair invite à la simplicité, et un tabouret en fausse fourrure bleue aux pieds en fer forgé, une lampe à abat-jour héritée de mon arrière-grand-mère, un miroir-soleil aux rayons en osier, une boîte à cookies frais en libre-service de gourmandise, des tasses dépareillées à côté d'une thermos toujours pleine complètent le tout.

Plus qu'une boutique, j'ai depuis le départ rêvé d'un lieu à vivre.

Je repose la tasse fumante et entreprends d'ouvrir le courrier. Après quelques menues factures, une enveloppe kraft qui porte le cachet de la mairie. Je crois savoir ce que c'est. Je l'ouvre à la hâte et découvre *La Dépêche du Mont*. Sur la couverture, un Post-it rose fluo signé d'Audrey. *Merci pour notre échange, et désolée…* « Désolée » ? Je feuillette le journal rapidement, vaguement inquiet, à la recherche de la double page censée m'être consacrée. Rien. Je reprends le magazine page par page, lentement, pour ne pas passer à côté de l'article. Je tombe sur une belle double qui fait l'éloge du dynamisme économique local grâce à des entrepreneurs de talents : on y voit la photo d'un apiculteur souriant qui a lancé une gamme de miel à la rose, puis un autre heureux, venant de créer une enseigne de burgers végétaliens, enfin, une jeune femme au triomphe radieux devant ses bijoux-fioles philtres d'amour. Sérieusement ? Chacun a droit à une pleine colonne qui fait son éloge, et moi à deux lignes seulement, perdues au milieu de tout ça, annonçant l'ouverture du Bazar du zèbre à pois, ne disant rien sur le concept du lieu, si ce n'est ce commentaire pathétique : « Objets originaux pour les petits et grands enfants. » Voilà qui va sûrement m'amener foule !

Extrêmement déçu, je me lève pour arpenter la pièce, me demande ce qui a bien pu se passer, repense au très bon contact avec la journaliste, à notre conversation riche, à la matière première que je lui ai donnée. Pour aboutir à ça ? Je ne comprends pas et décide d'en avoir le cœur net. Je vais pour l'appeler lorsque mon téléphone sonne le premier.

C'est mon banquier. Avec la voix des mauvais jours, il m'annonce un découvert qui ne peut perdurer sur mon compte pro et m'intime de prendre rendez-vous au plus vite pour parler de trésorerie. Je grommelle des excuses sans conviction. Nous convenons d'un rendez-vous le lendemain.

Ma bonne humeur du matin a déjà perdu dix points. Et il faut que j'appelle Audrey pour tirer au clair cette histoire d'article tronqué. Mais mon téléphone retentit de nouveau. Appel masqué… J'hésite à décrocher. Démarcheurs, enquêteurs, téléprospecteurs ? Allais-je avoir droit au bal des casse-pieds ?

Je réponds d'un « Allô » par très engageant. Une voix de femme au timbre profond se présente comme étant la mère d'un certain Arthur.

— Je pense que vous vous trompez de numéro, madame.

Je m'apprête à raccrocher, mais elle insiste. Quand elle évoque son fils Arth', tout se remet en place. L'image de l'ado tête brûlée me revient. Je m'adoucis. Malgré tout, mon temps de réaction semble avoir refroidi l'interlocutrice, qui me parle à présent avec un ton sec.

— Il paraît que vous lui avez proposé de venir travailler avec vous les samedis en demi-journée. Vous pensez bien que je ne peux accepter sans en savoir plus sur vous et sur la mission que vous lui proposez !

Je tiens à m'assurer des fréquentations de mon fils… Et puis, il faut songer à un vrai contrat de travail, un vrai contrat de travail ! répète-t-elle avec emphase.

Je prendrais bien sur moi pour répondre aimablement, mais elle tombe mal, et une mère poule remontée comme une pendule est vraiment la dernière chose qu'il me faut en cet instant.

— Écoutez, je vais manquer de temps, là. Passez donc à la boutique pour vous faire une idée, d'accord ?

Ma question ne laisse pas beaucoup de possibilités de réaction. C'est « à prendre ou à laisser ».

— Très bien, je passerai, me répond-elle sur un ton incisif. Au revoir, monsieur.

Sec. Sec. Sec. Je regarde l'écran de mon téléphone d'un œil rancunier : a-t-il décidé de m'envoyer tous les fâcheux ?

Je finis par joindre Audrey, qui se confond en excuses et me prie instamment de la laisser m'expliquer. Autour d'un verre ? *Ce sera plus convivial.* Ma colère retombe. La convivialité a de sacrées vertus. Nous convenons qu'elle passe me prendre le soir même à la fermeture. Cette perspective met soudain une note joyeuse dans ma journée, et c'est l'humeur plus légère que je m'attaque au grand déballage du nouvel arrivage.

J'ouvre le premier carton et extirpe avec émotion le précieux objet d'un sarcophage de polystyrène et de papier Bullkraft. Je le tiens dans mes bras avec la tendresse d'un père concepteur envers son nouveau-né, et le dépose sur le bureau. Je recule de quelques pas pour l'admirer dans la lumière. Sublime. Et je ne l'ai pas encore allumé. D'une main tremblante, j'effectue les branchements et une grande émotion me saisit : j'ai sous les yeux la reproduction fidèle de ce que j'avais imaginé. Le rendu dépasse mes espérances ! J'ai poussé le vice jusqu'à peaufiner le packaging, tel un écrin précieux destiné à un objet unique en son genre. Je regarde avec fierté le nom logotypé de ma nouvelle gamme : Carpe DIYem©. Objet-à-méditer. Entièrement personnalisable grâce à la valeur ajoutée du *Do It Yourself*. J'ai hâte de voir son effet sur mes premiers clients…

## *Scène 13*

Giulia sort d'une journée en laboratoire qui la laisse exsangue. Elle tourne en rond avec sa formule. Nathalie, son évaluatrice, l'a clairement mise en garde sur les risques qu'elle prend en introduisant une note métallique dans la composition du prochain déodorant féminin : *Ça ne passera pas...* Giulia a passé une heure en salle de repos, le moral en berne, se sentant improductive, désorientée. Pollux – de la maintenance informatique – lui a tenu compagnie un moment, n'ayant de cesse de lui dire combien elle est un nez talentueux. Il en fait un peu trop, mais, aujourd'hui, sa manière de se soucier d'elle lui fait du bien. Les gens qui donnent une vraie attention aux autres ne sont pas si courants.

Giulia est de nouveau dans le bus, celui du retour, mais avec un arrêt supplémentaire : elle souhaite passer au Bazar du zèbre à pois avant de rentrer à la maison. Le contact téléphonique avec le propriétaire du magasin ne lui a pas fait le meilleur effet. *Dans quel plan Arthur s'est-il encore fourré ?* soupire-t-elle, craignant le pire. Le roulement du bus la plonge dans un début de somnolence. Elle décide de résister et de sortir son nouveau carnet pour griffonner quelques idées. La séance de sophrologie, sous ses airs d'échec, a été plus positive qu'il n'a semblé de prime abord. Elle a au moins provoqué une sorte de déclic. Giulia a pris conscience d'être arrivée à un point de butée. Sa vie semblait bloquée, et l'impression de stagnation lui faisait horreur. Elle voyait son existence comme une petite flaque boueuse et inerte, oubliée du grand fleuve… Bizarrement, les images négatives lui venaient à l'esprit plus facilement que les positives.

Giulia se fait la réflexion que le plus important est de *se mettre en chemin*, même si elle ne sait pas encore où elle va. Sonner le glas de l'inertie, voilà déjà un grand pas. *Seuls ceux qui cherchent ont une chance de trouver*, répète-t-elle en boucle comme pour se donner la force d'avancer. Car avancer dans le brouillard n'est pas chose aisée. Accepter l'idée du flou, comme un mal nécessaire, est inconfortable. Giulia se souvient, durant ses années d'études, de cours de créativité très intéressants, qui l'ont éveillée au concept de *sérendipité* : la capacité, l'aptitude à faire par hasard une découverte inattendue et à en saisir l'utilité. Se mettre en quête et trouver autre chose que ce que l'on cherchait initialement, et en tirer un bénéfice fructueux. C'est Christophe Colomb qui découvre l'Amérique en cherchant les Indes, une colle ratée qui a permis d'inventer les célèbres Post-it, la pénicilline découverte accidentellement par Fleming.

Giulia se dit que ce concept de sérendipité serait tout aussi intéressant à appliquer à son projet de mutation personnelle.

Mais comment devenir un heureux sérendipiteur ?

En préparant son esprit aux associations d'idées improbables, aux solutions étonnantes. Mais aussi en sachant les reconnaître, repérer le potentiel, la graine rare d'une piste à creuser.

Le chercheur cultive une posture de curiosité et reste toujours à l'affût, dans un état de grande réceptivité, l'esprit branché en continu sur son sujet, comme en arrière-plan dans sa tête.

Calant le carnet sur ses genoux, Giulia griffonne et laisse courir sa main. *Garder l'esprit ouvert sur l'improbable. Ce que l'on n'attend pas. La troisième voie.*

Elle poursuit en écriture automatique, et tout ce qui encombre son esprit se retrouve couché sur le papier. Elle déroule le fil de ses pensées sans chercher aucune logique. Son travail de compositeur de parfum hygiénique qui ne la comble pas. Pourquoi ? À bien y réfléchir, elle se dit qu'elle aurait voulu avoir un impact plus grand dans la vie des gens. Les aider à sentir bon, c'est louable, mais pas suffisant par rapport à ses aspirations profondes. Voudrait-elle pour autant tenter d'évoluer autrement dans son univers de prédilection ? Se battre pour courtiser une belle enseigne dans la parfumerie de luxe ? Se hisser au rang des nez prestigieux ? Elle sonde son âme et cherche à voir si l'idée résonne en elle… Même pas. Elle analyse de nouveau sa séance chez l'elfe-sophrologue. Tente de comprendre sa frustration de ne pas avoir réussi le « voyage sensoriel et mémoriel » et d'être passée à côté de son bien-être. Quel dommage ! Elle songe aux parfums et à leur puissant pouvoir. Pourquoi les limiter à un basique rôle de sent-bon ?

Giulia en est là de ses cogitations lorsque le bus stoppe à la station Ambroise. Perdue dans ses rêveries, elle a failli rater l'arrêt et se précipite dehors, une seule manche enfilée dans le manteau, le carnet périlleusement tenu par deux doigts, le stylo entre les dents et le sac en bandoulière, béant. Pour la sérénité, on repassera.

Elle profite des deux cents mètres qui la séparent de la boutique pour remettre un peu d'ordre dans sa tenue et marche d'un bon pas dans la rue principale où tous les commerçants sont en train de fermer. Le crépuscule est doux, et elle hume avec délice les particules de printemps qui flottent dans l'air.

Quand elle arrive, elle prend le temps d'observer la vitrine, qui l'interpelle : trois têtes de mort sont mises en avant, non pas réalistes, mais totalement transfigurées, non pas tristes, mais étrangement joyeuses, chacune offrant une décoration peu commune. Elle pousse la porte et se retrouve dans l'antre du Bazar du zèbre à pois. Il n'y a personne. Elle reste trois secondes en suspens. L'atmosphère du lieu l'enveloppe, la caresse. Jamais elle n'a vu pareil endroit. Elle est soudain encombrée par les a priori négatifs avec lesquels elle s'est présentée là. Elle ne sait plus quoi en faire, car, spontanément, le lieu lui plaît. Son œil curieux se promène, papillonne, ne sait où se poser pour satisfaire sa soif d'exploration. Avant de voir des objets, Giulia est saisie par la richesse des formes, des couleurs, la diversité des propositions, le souci du détail, jusque dans ce joli coin accueillant et confortable où elle aperçoit une thermos et quelques cookies. Quel sens de l'accueil ! Et surtout quel contraste avec la tonalité de l'échange téléphonique du matin avec le propriétaire.

— Il y a quelqu'un ? tente-t-elle.

Elle s'avance vers la table d'exposition des têtes de mort aperçues en vitrine. L'inscription sur le socle attire son attention : *N'oublie pas que tu es vivant.*

Giulia se demande si elle sait encore ce que cela veut dire, « se sentir vivant ». Certes, elle vit. Mais c'est plutôt comme si sa prise de joie de vivre était débranchée. Elle n'arrive plus à « connecter ». Elle pousse un soupir un peu triste et s'empare du dépliant mis à disposition pour aider à mieux comprendre le concept.

Carpe DIYem.

Les crânes de la ligne Carpe DIYem sont tout droit inspirés des *vanitas* de l'Antiquité, omniprésentes dans l'histoire de l'art, pour rappeler aux humains leur humble condition de mortels. La vocation de cette série limitée prend le contre-pied plutôt moralisateur et anxiogène des *veritas* de l'Antiquité, et propose de réfléchir à un *Carpe diem* joyeux et éclairé, pour réapprendre à profiter de l'instant et à aimer la vie sous toutes ses formes.

DIY, *Do It Yourself* : vous personnalisez intégralement votre objet-à-méditer, qui devient VOTRE œuvre d'art à haute valeur symbolique.

Votre crâne Carpe DIYem est luminescent, et sa surface est conçue comme un vitrail, dont vous pouvez moduler la structure à volonté selon votre inspiration : toutes les pièces en simili-verre de couleur sont amovibles. Comme dans l'art du mandala, suivez votre inspiration afin que formes et couleurs dégagent l'énergie dont vous avez besoin.

*Cela doit être amusant à faire*, songe Giulia. *Mais, franchement, qui a du temps à consacrer à ce genre de futilités ?* Non qu'elle n'aimerait pas, mais n'y a-t-il pas toujours « plus important à faire » ? Giulia lève un instant les yeux du flyer et se demande à quand remonte la dernière fois où elle s'est autorisée un moment de liberté durant lequel se consacrer à une activité sans utilité immédiate apparente. Un temps de retour à soi pour laisser flotter les réflexions, les pensées, les sensations… Ressourcer la part poétique, artistique, sensible en soi… la part vivante ?

Elle aperçoit une petite cavité à la base du crâne, avec une surface réfléchissante semblable à un capteur. La brochure explique :

> Écho-du-cœur : à l'emplacement prévu à cet effet, posez votre index. Le système capte votre rythme cardiaque et le diffuse en version stéréo *via* le haut-parleur intégré. L'idée est de vous reconnecter à une émotion primale : être en vie !

Cela lui fait penser à un reportage vu sur Arte… Comment s'appelait cet artiste déjà… Ah oui ! Boltanski ! Son œuvre *Le Cœur* l'avait marquée. C'était une installation dans un couloir sombre, au bout duquel on pouvait voir suspendue une simple ampoule lumineuse, reliée au plafond par un fil, qui s'allumait et s'éteignait au rythme des battements de cœur enregistrés de l'artiste. *La vie ne tient qu'à un fil ?* avait-elle songé en voyant les images. « Vie, mort, vie, mort », semblait dire le clignotement, pour rappeler la fugacité de l'existence, à la manière d'une vanité.

Mais l'œuvre qu'elle avait sous les yeux, bien qu'inspirée aussi des vanités, semblait de vocation différente : elle cherchait à relier les gens à la vie et non les faire penser à leur finitude. La démarche se voulait résolument positive. Le dépliant expliquait d'ailleurs comment se servir de Carpe DIYem pour harmoniser cœur et esprit.

Le cœur communique directement avec le cerveau. Si vous calmez le cœur, vous calmez l'esprit. Il suffit de respirer pour harmoniser les deux ! 555 : inspire 5, expire 5, pendant 5 minutes. Le rythme cardiaque ralentit et apaise directement le système nerveux.

Giulia ne résiste pas à l'envie d'essayer et pose le doigt sur le capteur, qui s'allume aussitôt. La lumière rouge irradie le bout de son index. Surprise, elle sursaute lorsque le haut-parleur commence à diffuser les battements de son cœur, mais immédiatement l'émerveillement dessine un sourire sur ses lèvres.

— Ça vous plaît ?

Elle se retourne et pousse un cri : la voilà nez à nez avec un être étrange aux yeux énormes et dont le front expulse une lumière violente !

— Pardon, je vous ai fait peur !

Quand elle reprend ses esprits, Giulia comprend qu'il s'agit d'une lampe frontale et de lunettes grossissantes. L'homme les enlève d'un geste leste, ce qui lui permet de découvrir son vrai visage. Elle ne s'attendait ni à ces fossettes charmantes ni à ces yeux rieurs !

— Je peux vous aider ?

— Non, euh, oui. Je suis la mère d'Arthur.

Il marque un temps d'arrêt. Il doit faire le lien avec l'échange téléphonique plutôt sec du matin. Néanmoins, il lui tend la main. Un courant électrique passe.

— Désolé, c'est l'électricité statique. Je vous en prie, asseyez-vous.

— Non merci, je ne vais pas rester longtemps.

— Ah.

— Alors comme ça, vous voulez faire travailler mon fils les samedis ?

— En effet. Suite au petit incident que nous savons…

Giulia s'excuse de nouveau.

— C'est oublié. Suite à cet incident, donc, j'ai eu l'occasion de le voir à l'œuvre, et je lui trouve plutôt de bonnes dispositions, tant commerciales que créatives.

— C'est de mon Arthur que vous parlez ?

Basile lui adresse un sourire indulgent, comme si elle faisait partie d'une peuplade à œillères incapable de voir les talents cachés chez les spécimens humains rares. Elle en conçoit une contrariété inattendue. Elle ne sait pas pourquoi, mais cela l'agace que cet homme puisse porter un tel jugement sur elle.

— Oui, c'est bien de lui. Nous avons donc besoin de vous pour mettre le projet en place.

Elle revêt son masque de mère protectrice.

— Ah oui ? Et quel type de missions comptez-vous lui confier dans la boutique ?

— Rien de compliqué au départ : je ne vous cache pas que j'ai avant tout besoin d'un coup de main pour la manutention. L'arrivée de marchandises et la disposition en rayon, mais pas seulement…

— Quoi d'autre, alors ?

— Il a un potentiel qui m'intéresse. Alors… je pourrais, avec votre accord, l'impliquer davantage au sein du Bazar, en le mettant peu à peu au contact des clients. Mais, surtout, j'aimerais l'associer à mes recherches d'inventeur, car je sens en lui un talent créatif et artistique qui ne demande qu'à s'exprimer.

Giulia, peu à peu, se rassure. Mais elle n'a pas encore fini son interrogatoire.

— Et vous lui ferez un vrai contrat de travail ?

— Absolument.

Giulia voit ses réticences fondre. L'homme paraît sincère.

Un instant, elle sonde les yeux vert d'eau de ce personnage quelque peu fantasque. Ils s'accrochent du regard quelques secondes, en silence. Il ne cille pas, la laisse faire, comme s'il savait ce que la mère de famille soucieuse est venue chercher là : l'assurance de son sérieux et de sa fiabilité.

L'examen s'avère positif. Ils se sourient enfin. L'affaire est entendue.

Giulia ne voit rien d'autre à ajouter. Il est temps pour elle de partir. Elle le remercie de l'opportunité qu'il offre à son fils. Lui la raccompagne à la porte. À cet instant précis, une jeune femme fait irruption. Les protagonistes se scrutent. La nouvelle entrante cherche à décoder la situation. Basile, une main dans le dos de Giulia, lit de l'incompréhension dans le regard de la jeune femme. Lèvres maquillées, regard lumineux, jupe courte et talons hauts. Assurément, un rendez-vous galant. Giulia ne veut pas déranger plus longtemps et prend congé. En passant devant la vitrine, elle jette un dernier coup d'œil vers l'intérieur et aperçoit Basile baiser la main de la jeune personne, un geste suranné qui, sans qu'elle sache pourquoi, prend soudain une saveur délicieusement contemporaine. Elle s'éloigne en pressant le pas.

## *Scène 14*

Arthur sort du collège, morose. Une sale journée de plus dans l'enceinte scolaire. Il s'est encore fait « allumer » par le prof principal, devant tout le monde, qui l'a humilié avec des paroles blessantes. Tout ça pour deux exercices oubliés ! Le prof n'a même pas vu tous les efforts qu'il a faits pour se mettre au travail depuis une semaine. C'est toujours la même histoire : ce n'est jamais assez.

Il avait pourtant commencé la semaine plein de bonnes intentions, boosté par son passage au Bazar du zèbre à pois. Outre la fierté d'avoir gagné de l'argent en faisant du business honnête, il avait eu l'occasion de montrer son book de graffeur à Basile. Arthur avait appréhendé ce moment, car, même s'il ne l'avouerait pas, sous sa carapace il se savait très à vif, hypersensible à la critique.

Arthur avait apprécié la façon dont Basile l'avait mis à l'aise – il semblait comprendre spontanément combien il est difficile de se mettre à nu en montrant ses créations –, il n'en avait fait ni trop ni pas assez. Arthur n'aurait pas aimé qu'il soit dégoulinant de gentillesse. Il ne supportait pas l'idée qu'on veuille l'aider par compassion pour ses échecs scolaires. Il était peut-être nul à l'école, mais il avait sa fierté. Heureusement, Basile était resté sobre tout en lui accordant, l'air de rien, un vrai temps d'attention. À bien y réfléchir, un temps comme Arthur n'en avait pas même connu avec son père. Le boss du Zèbre s'était montré très encourageant sur son potentiel artistique. Il avait ressenti l'équivalent d'une bouffée d'oxygène qui arrive à cent mètres sous l'eau, ou comme une corde qui permet de passer de l'autre côté du mur. Basile lui avait aussi donné quelques astuces pour s'améliorer lors du bombage afin d'éviter les coulures, et l'avait incité à mieux caler ses concepts et ses cœurs de message pour être le plus percutant possible. Pour une fois, il avait eu envie de l'écouter, cet adulte-là, et, pour une fois, son smartphone était resté dans son sac tout au long de leur échange.

Aujourd'hui, c'est une autre affaire. La colère a repris la place. L'abattement aussi. Jamais il ne s'en sortira. Les profs vont lui maintenir la tête sous l'eau, à la façon des films noirs où les gars meurent noyés, le visage déformé par la souffrance de l'asphyxie. Ouais. Son impasse n'a rien à envier à celle de ce vieux cinéaste américain, Brian de Palma. Personne ne lui donnera sa chance. L'étiquette est si bien collée à sa peau qu'elle a pénétré sa chair.

La gorge serrée par le sentiment d'injustice, Arthur shoote dans la canette de Coca qu'il vient de boire et qu'il a nonchalamment jetée au sol.

Il remonte la capuche grise de son sweat-shirt et traverse la rue en enfonçant rageusement les mains au fond de ses poches. Quand il rentre chez lui, sa mère n'est pas là. Il balance son sac dans un coin du salon et s'enferme dans sa chambre en claquant la porte.

Il envoie valdinguer les fringues entassées sur son lit et se jette de tout son long sur le matelas. Les yeux collés au plafond, il rumine.

L'envie de *bad* irrigue de nouveau ses veines. Ça le reprend, comme une pulsion. Ses poings se serrent et se desserrent nerveusement. Il a besoin que ça sorte. Impuissant face au système, il a l'impression d'un nœud coulant autour de sa gorge. Pour retrouver sa voix dans ce qui lui paraît être une voie sans issue, un seul moyen à sa disposition : l'art de rue.

Mû par un élan irrépressible, Arthur bondit hors du lit et s'empare de son sac de matériel.

Arth' sait déjà où réaliser la peinture. D'après ses repérages, l'impasse du Rucher se prête parfaitement à son nouveau pochoir. Ce n'est pas très loin de chez lui. Il y sera rapidement.

Il a conscience du risque de l'opération : il ne fait même pas encore nuit – mais il lui faut passer à l'acte, maintenant. Dans la ruelle, il retrouve facilement l'emplacement auquel il avait pensé. Dans la brèche ouverte dans le mur blanchi à la chaux qui laisse entrevoir, au-dessous, des briques rouges. La forme de la brèche rappelle le corps d'une souris dressée sur ses pattes, le museau tendu vers le ciel. Arthur n'a plus qu'à ajouter à la peinture une longue queue, deux petites oreilles rondes, une pointe de museau et deux traits pour les moustaches. Il le sait, ces quelques détails noirs se détacheront bien sur le mur blanc et suffiront à faire apparaître le rongeur révolté dressé sur ses pattes.

Arthur réalise rapidement cette première étape. Nerveux, il regarde constamment autour de lui. Personne à l'horizon.

Il sort le pochoir. Il adore la typographie qu'il a trouvée, et ressent une vraie jubilation au moment d'appliquer le stencil. Il est sur le point de tagger lorsque quelqu'un s'engouffre dans la ruelle. *Merde*.

Arth' s'arrête aussi sec et tente de cacher le pochoir derrière son dos. Une dame passe près de lui. Leurs regards se croisent brièvement. Elle traîne un chien qu'elle veut obliger à avancer plus vite, mais l'animal ne l'entend pas de cette oreille et semble désireux de faire connaissance. C'est peut-être un amateur de *street art* ? Il vient le renifler et semble l'apprécier, mieux il saute avec ses pattes sur son genou à terre pour lui offrir quelques gracieusetés canines. Dans sa fougue, il renverse Arthur qui bascule sur les fesses en relâchant bombe et pochoir.

— Hey ! T'es sympa, toi ! ne peut-il s'empêcher de dire en caressant l'animal.

Sa maîtresse, elle, paraît beaucoup plus pète-sec. Et son nez pointu ressemblant au museau du souriceau renforce son côté revêche. Elle tire sur la laisse et entraîne de force son chien. Arthur ressent une pointe de sympathie pour ce pote à collier, prisonnier, lui aussi. La femme-souris lui jette un regard désapprobateur auquel il prête à peine attention, tant il est habitué à susciter ce genre de réaction.

Tout de même, l'état d'alerte est enclenché. Il ne faut pas traîner. Sitôt la passante disparue au coin de la rue, Arthur positionne de nouveau le pochoir et s'exécute.

Il est content : ça n'a pas bavé. Les conseils de Basile ont porté leurs fruits.

Il fourre à la hâte les ustensiles dans son sac pour vite se tirer, jette un dernier regard à sa création où les mots de la peinture humide brillent d'un éclat particulier.

« On a tous le droit de faire son trou. »

Content de lui, il s'apprête à passer le coin de la rue. *Sauvé !* songe-t-il.

Soudain, une main l'attrape par l'épaule…

## *Scène 15*

Giulia venait à peine de rentrer à la maison quand elle a reçu le message.

Maintenant, chaque fois qu'elle ferme les yeux, il apparaît, comme un point noir, en réminiscence :

*Maman, viens me chercher. Je suis au commissariat.*

Elle a attrapé son sac d'un geste machinal, jeté son manteau sur ses épaules et s'est lancée dans une course à travers les rues pour arriver le plus vite possible, l'esprit en pleine confusion. Un instant, elle a l'image de l'oie à laquelle on a coupé la tête et qui continue d'avancer. Ce doit être l'effet du choc. Elle porte une main à son cœur. Pour sûr, elle fait une tachycardie réactionnelle. Elle se demande si elle arrive encore bien à respirer. Sans doute, sinon, ses muscles ne la porteraient plus, si ?

Tout de même, quelques pensées la traversent. Qu'a-t-il pu bien faire ? Va-t-elle l'engueuler ? Lui tordre le cou ? Le punir ? Le gifler puis éclater en sanglots ?

Ses foulées la conduisent rapidement devant le commissariat. Elle jette un œil à la bâtisse aux murs qui avaient dû être blancs, ainsi qu'aux fenêtres du rez-de-chaussée et leurs grilles de défense, annonciatrices de l'univers carcéral. Giulia trouve une certaine ironie dans l'appellation du lieu : hôtel de police. Personne ne rêve de se réserver une chambre dans un pénitencier…

Un policier monte la garde. L'uniforme l'impressionne toujours. L'œil qui-ne-plaisante-pas aussi. Elle bredouille qu'elle vient chercher son fils, et il la laisse passer.

Elle s'annonce à l'accueil. Une gardienne de la paix blonde à queue-de-cheval haute l'informe que son fils est encore en déposition.

— Asseyez-vous là. On viendra vous chercher à la fin pour signer le procès-verbal.

Giulia prend place sur le banc mis à disposition, assise entre un homme amoché et une vieille dame visiblement très ébranlée. Cette dernière se tourne vers elle et pose sa main tremblotante aux doigts noueux sur son avant-bras.

— On m'a volé mon sac, vous vous rendez compte ? J'avais tout dedans ! Tout ! se désespère-t-elle.

En d'autres occasions, Giulia aurait fait preuve d'empathie. Mais là, c'est au-dessus de ses forces. Pour échapper aux confidences, elle se lève et fait mine d'aller chercher un verre d'eau à la fontaine.

— Madame Moretti ?

— Oui ?

— Vous pouvez entrer.

Giulia sent son stress monter d'un cran. Le policier – un petit homme brun au buste large à qui elle donnerait une quarantaine d'années – s'arrête à la porte pour l'inviter à passer en premier. Le bureau est minuscule et dans un certain désordre. L'armoire à rideaux en aluminium, restée entrouverte, donne à voir des piles de dossiers accumulés au fil des ans. Assis sur une chaise rudimentaire, c'est là qu'elle le voit. Son bébé. Elle aperçoit son dos voûté et sa tête rentrée dans ses épaules. Quand il se retourne, elle croise son regard et son cœur se serre. Il tente de faire le fier, mais elle comprend qu'il n'en mène pas large. Ses doigts sont encrés de noir. Apparemment, les flics lui ont joué la totale, allant jusqu'à prendre ses empreintes digitales. Sans doute à valeur d'exemple, pour lui faire passer l'envie de recommencer. Un élan maternel viscéral réveille son réflexe de protection envers son tigron. Tirer son fils de là, c'est maintenant la seule pensée qui occupe son esprit.

Le policier en uniforme finit de pianoter sur son clavier sans un mot, puis lance une impression. Il se lève pour aller chercher les feuillets, puis les tend à Giulia.

— Voilà, signez là. Votre fils reconnaît avoir tagué le mur de l'impasse du Rucher. On le soupçonne également d'avoir réalisé d'autres graffitis détériorant d'autres endroits de la ville. Il est donc présumé coupable d'actes de vandalisme récidivants.

— Ah, quand même…

Le flic lui jette un regard sévère.

*Encore une mère inconséquente, qui élève mal son jeune et lui laisse faire n'importe quoi.*

Elle se redresse pour se donner une meilleure contenance.

— Le vandalisme est un délit qui enclenche une procédure judiciaire, madame. C'est pourquoi votre fils sera amené à comparaître devant le tribunal pour mineur.

— Le tribunal ? réagit malgré elle Giulia, en panique.

*Vous vous attendiez à quoi ?* semble dire le regard du policier. Il poursuit sans ménagement :

— Votre fils risque au bas mot une contravention de cinquième classe d'un minimum de mille cinq cents euros si le juge estime que le dommage est relativement léger, article R.635-1 du Code pénal, et jusqu'à trente mille euros et deux ans d'emprisonnement s'il juge le cas plus lourd, selon l'article 322.1 du Code pénal. Sans parler des TIG.

Giulia se sent prise d'un vertige.

— TIG ? balbutie-t-elle.

— Travaux d'intérêt général.

C'est le coup de massue. Elle se tourne vers Arthur, blême. Elle ne peut s'empêcher de saisir sa main moite et de la serrer dans la sienne.

Elle signe le procès-verbal machinalement.

Ils se retrouvent à l'air libre et marchent en silence quelques instants, hagards, sonnés.

— Tu as avalé quelque chose ? Tu as faim ?

Question réflexe de mère qui s'inquiète de savoir si son petit a mangé. Même quand le petit mesure un mètre quatre-vingts.

— Nan.

Il a répondu d'une voix blanche sans la regarder.

— Allons-y quand même. On prend un burger, et tu me raconteras comment c'est arrivé, d'accord ?

Il se laisse entraîner, le corps mou comme un pantin désarticulé. Au début, il touche à peine au burger, puis l'adolescence reprend le dessus et il l'avale en trois bouchées. Il reprend quelques couleurs et lui raconte d'une voix atone, en serrant les dents. Elle l'écoute sans l'interrompre.

De retour à la maison, Giulia va se passer de l'eau sur le visage dans la salle de bains. Son mascara coule. Elle tente de s'essuyer le dessous des yeux, mais le noir est tenace. Elle rejoint Arthur dans le salon. Il s'est jeté de tout son long sur le canapé, sur le ventre. Elle regarde avec un mélange d'émotion et de lassitude son grand bébé plein de poils et de chagrin, et s'assoit près de lui. Elle lui caresse les cheveux, ses cheveux tout doux, comme quand il était petit.

— Maman ?

— Chut, je sais, je sais…

Il ne l'appelle plus « maman » que dans de rares occasions. La main de Giulia continue le mouvement apaisant sur la tête d'Arthur. Soudain, la grande carcasse craque et elle sent le dos de son fils secoué de pleurs qu'il étouffe contre le canapé.

— Laisse aller…

Doucement, elle se serre contre lui comme pour absorber un peu du contrecoup, et ils restent ainsi blottis longtemps, jusqu'à ce que les larmes d'Arthur se tarissent et qu'il s'endorme, écrasé de fatigue. Il n'y a qu'une mère pour rester éveillée dans le noir et veiller son enfant, même quand il l'a déçue.

## *Scène 16*

Dans un demi-sommeil, je tente d'ouvrir mes yeux encore embrumés, et, lentement, le fil des événements de la veille au soir me revient. Audrey s'étire paresseusement à ma gauche et se tourne vers moi, laissant apparaître son visage encore endormi. Elle me sourit à travers les mèches blondes qui tombent devant ses yeux. Je lui dépose un rapide baiser sur la bouche, puis dégage mes jambes des draps emmêlés pour aller préparer du café. Elle tente de me retenir par le bras, je caresse doucement ses cheveux et réussis à m'échapper, soulagé malgré moi. Je disparais dans la cuisine et fais couler un arabica très noir, que tout mon corps réclame à grands cris après cette courte nuit. Audrey ne m'a pas suivi et, silencieusement, je lui en sais gré. J'ai besoin de ce moment de solitude, car c'est elle que j'ai choisie pour vraie compagne depuis tant d'années. Je lui fais quelques infidélités de temps en temps, mais jamais bien longtemps. Dès que je sens que cela pourrait devenir plus sérieux, je reprends mes distances. Créer du lien, s'attacher, s'engager… pour que tout, un jour ou l'autre, parte à vau-l'eau ? Connaître de nouveau la douleur immense de perdre l'être cher, le voir se détourner de vous, revivre le chagrin et la trahison ? Non, je n'en aurais pas la force. Le visage d'Hiroko fait fugacement irruption dans mon esprit. Cela fait si longtemps… Douze ans.

À l'époque, on travaillait ensemble pour le même institut à Tokyo, celui qui m'a formé aux techniques de pointe en intelligence artificielle. Hiroko et moi avions partagé des projets exaltants, exposé dans des salons internationaux prestigieux et nos trouvailles hi-tech avaient fait couler beaucoup d'encre au sein du petit milieu de l'IA. L'amour avait fini par fleurir naturellement. Une belle éclosion, à l'image des cerisiers qui bordaient l'allée de la maison que nous nous étions choisie. De notre union, une fille était née, que nous avions prénommée Sakura, en hommage aux magnifiques arbres en fleur qui avaient été les témoins muets et bienveillants de notre histoire d'amour. Sa naissance avait coïncidé avec l'explosion de mes interventions en qualité d'expert en IA. Très demandé, je multipliais les colloques, parfois même à l'étranger. Tout à ma joie d'être ainsi béni des dieux dans tous les domaines de mon existence, je n'ai pas vu à quel point mes absences et mon indisponibilité creusaient un fossé entre ma femme et moi. Mon amour pour elle était si entier, si profond, qu'il ne me serait pas venu à l'idée qu'elle puisse le questionner. Et pourtant, un long travail de sape avait été entrepris dans l'ombre, au fil des mois. Ironie du sort, c'est lors d'une soirée à l'ambassade de France qu'Iroko avait rencontré son Américain, alors même que je donnais une conférence à New York sur les objets connectés nouvelle génération.

Le coup de foudre avait, paraît-il, été immédiat.

Six mois après, le nouveau couple s'installait aux États-Unis avec ma fille. Hiroko, sans doute afin de protéger son nouvel équilibre familial et donner une stabilité émotionnelle à Sakura, avait tout fait pour me tenir à distance. Son Américain devait avoir place nette pour incarner le nouveau père de la petite. Deux figures masculines auraient « perturbé » notre bébé d'à peine trois ans. Les premières années, j'ai tenté de m'imposer et d'aller la voir aussi souvent que je le pouvais. Je faisais en sorte que nous passions de beaux moments ensemble. Je l'emmenais au restaurant, au cinéma, dans des parcs d'attractions… Tout ce qui pouvait lui faire plaisir. Notre complicité a-t-elle fait peur à Hiroko et à son nouveau compagnon ? Quoi qu'il en soit, ils ont commencé à me mettre des bâtons dans les roues, trouvant de plus en plus souvent un prétexte pour empêcher mes visites. Sakura partait au ski. Sakura était malade. Sakura était invitée chez une amie… Bien sûr, ils n'ont jamais voulu me l'envoyer en Europe. Elle était trop petite pour un tel voyage. Puis, un jour, tout a basculé, lors d'un coup de fil à ma fille, lorsqu'elle m'a appelé Basile. Je lui ai demandé pourquoi elle ne m'appelait pas papa. J'entends encore son ton embarrassé. C'était « l'autre », maintenant, qu'elle appelait papa. « Tu comprends, il fait beaucoup pour moi, il est là au jour le jour… Et il semblait tellement heureux que je l'appelle papa ! » Elle avait marqué un silence au bout du fil avant de m'asséner le coup de grâce : « Basile, je t'aime beaucoup, tu sais, mais ma vraie famille est ici, avec maman et John… » Ce jour-là, j'ai eu le cœur brisé. Rien ne serait plus pareil. J'ai continué bien sûr à entretenir un lien de loin en loin. J'envoyais à chaque anniversaire et chaque Noël un cadeau et une lettre à Sakura. Mais, malgré ces attentions, inexorablement nous nous sommes éloignés l'un de l'autre. Peu à peu, elle ne demanda plus à me voir. J'ai fini par ne plus représenter grand-chose pour elle, si ce n'est le monsieur outre-Atlantique qui rendait triste sa maman et nerveux son « papa américain ». John et Hiroko avaient gagné la partie. Cette enfant perdue, c'était la pierre qu'on avait cousue à l'intérieur de mon cœur, un vide qui prenait encore énormément de place.

Rappelé en France pour une opportunité professionnelle, je choisis de m'y réinstaller définitivement. L'exotisme m'ayant laissé un goût amer, le besoin de retrouver mes racines s'étant fait sentir, l'idée d'arrêter de courir après ce qui m'apparaissait désormais comme des chimères – la renommée, l'argent… – fit son chemin. Tous les sacrifices qu'imposait une carrière de haut vol, tout ça pour quoi, au final ? Revenir dans mon pays natal fut comme un retour aux sources. L'occasion d'une profonde remise en question de ma démarche d'inventeur, la vocation première de mes créations. J'avais perdu ma famille en perdant de vue l'essentiel, aveuglé par le miroir aux alouettes d'un carriérisme grisant pour l'ego, mais asséchant pour l'âme. À cause de mes ambitions, j'avais été pris dans un tourbillon qui ne laissait ni temps ni espace aux êtres chers. J'avais sous-évalué les répercussions de mon indisponibilité chronique, et pas vu qu'elle avait signé d'une main froide et implacable l'arrêt de mort de mon histoire d'amour. Je l'avais appris à mes dépens.

Je souffle sur mon café fumant et chasse ces pensées, qui amènent immanquablement la même douleur dans ma poitrine. Mon regard glisse vers la fenêtre et se perd dans la danse du feuillage de l'arbre dehors. C'est toujours dans ces moments de rêverie que mon esprit entame une idéation prolifique. Les enfants, ça fait penser aux enfants. Et la tête de mon petit protégé refait surface. Arthur m'a touché la semaine dernière quand il a débarqué, le moral défait, à la boutique. Il m'a raconté ses démêlés avec la justice, et j'ai lu entre les lignes son désespoir, non seulement de devoir renoncer à la seule chose qui actuellement lui apporte plaisir et gratification, mais aussi de décevoir une fois encore sa mère en lui créant de nouveaux problèmes.

Je dors sur tout ça depuis quelques jours et, ce matin, un déclic a résonné en moi. Le manque de ma fille m'a fait penser au vide, et le procès d'Arthur à la jurisprudence. L'association d'idées est apparue d'un coup : *vide juridique* ! Voilà peut-être une piste de salut.

Je me lance frénétiquement dans des explorations sur le Net quand Audrey fait irruption dans la cuisine, les pieds nus et le corps moulé dans mon tee-shirt qui lui descend à mi-cuisses. Elle vient se poster derrière mon dos et enroule ses bras autour de mon cou pour se lover. Je la repousse gentiment et l'invite à se servir du café. Je feins d'ignorer sa moue contrariée et me concentre de nouveau sur mon écran. Là, sous mes yeux, je crois avoir trouvé la solution ! En tout cas, ça se tente. Je saisis mon téléphone.

— Salut, cher audaciel !

Arthur ne comprend rien à ce que je dis au téléphone. Heureusement, il commence à s'habituer à mes petites excentricités.

— C'est quoi un audaciel ? grommelle-t-il.

— C'est un audacieux *unique en son genre*.

J'attends que ça fasse tilt dans son esprit. Ça y est ! Il a compris que « les cieux » au pluriel donne « ciel » au singulier. *Un audaciel est donc un audacieux singulier*. Il me répond avec un sourire dans la voix.

— Et c'est moi, ça ?

Je me marre.

— Je sais reconnaître un audaciel quand j'en rencontre un.

— Et à quoi vous voyez que j'en suis un ?

— Parce que tu as de l'audace et de la personnalité. Tu te battras pour trouver ta place. Et tu la trouveras, non pas en dépit mais grâce à tes singularités et à ton atypisme.

— Waouh, j'ai bien fait de me lever pour entendre ça ! Vous avez quelque chose à me demander, des tonnes de cartons à décharger ?

Je savoure la complicité taquine de cet échange.

— Non. En revanche, j'ai une bonne et une mauvaise nouvelle pour toi.

— Ah ?

— La bonne, c'est que je crois avoir la solution pour t'épargner la lourde amende qui te pend au nez dans l'affaire de vandalisme…

— Ah ?

— La mauvaise, c'est que tu vas être sacrément occupé à la boutique les samedis aprèm, car j'ai une nouvelle idée de ce que tu pourras y faire…

— Ah ?

Ses « Ah » sont nombreux. Je suis heureux de le surprendre. Tant qu'on arrive à étonner les jeunes, il y a de l'espoir !

— Rapplique au Bazar tout à l'heure, je t'expliquerai tout.

Je raccroche, plutôt content de moi. Et vais m'excuser auprès d'Audrey de mon manque de disponibilité. Quand mes excuses se font caresses, elle finit par rendre les armes.

## *Scène 17*

Louise Morteuil s'était promis d'aller fureter incognito au Bazar du zèbre à pois. Même si elle ne l'avait pas publié, elle gardait en mémoire l'article d'Audrey sur ce lieu atypique au concept étrange. Il fallait qu'elle se fasse une idée par elle-même. N'était-ce pas l'une des fonctions majeures de son association Civilissime que de garder un œil vigilant sur tous les commerces et activités de la ville susceptibles d'avoir une influence non souhaitable sur les concitoyens, et plus encore la jeunesse ? Son rôle était d'informer, d'alerter au besoin, que ce soit par le biais du site de Civilissime ou par d'autres actions plus de terrain : intervention dans les écoles, distribution de tracts, conférences à thèmes…

Arrivée devant le Bazar du zèbre à pois, elle commence par tiquer en voyant la signature inscrite sur la porte : « Boutique d'objets provocateurs ». Louise se souvient de l'idée de « boutique comportementaliste » mentionnée dans l'article. Elle s'attend à de l'hurluberluesque ; son radar détecteur de marginaux est branché.

Elle ne sait que trop bien où peut mener la marginalité. Son père… Puis son frère… Une enfance dans le plus complet flou artistique. Du grand n'importe quoi en guise de norme quotidienne. L'impression de n'être tenue par rien, d'avoir une éducation aux contours flasques créait chez elle un véritable malaise. Ce désagréable sentiment d'insécurité ne la quittait pas à l'époque. Elle songeait à son père, combien elle l'avait détesté pour ses choix de vie. Éminemment sympathique pour l'extérieur, mais quelle gêne au moment de le présenter à ses amis ! Elle ne pouvait supporter sa dégaine négligée d'artisan-artiste sans le sou, fier de ses brics et brocs, de ses systèmes D et de sa bohème d'automne, bien loin de ses premières gloires de printemps, qui s'acharnait à poursuivre une pseudo-quête artistique qui ne le menait nulle part, sinon à des fins de mois difficiles. Le pire à supporter, pour elle, restait la joie ulcérante qu'il partageait avec son jeune frère, leur complicité écœurante autour de créations qu'ils élaboraient ensemble, tout ça sous l'œil attendri et coupable de leur mère. Peu semblait leur importer la gloire et les honneurs de la reconnaissance, ils paraissaient bêtement heureux de s'exprimer à travers leur art et de consacrer leur vie à cette passion dévorante, quoi qu'il leur en coûte. Ils ne savaient où ils allaient, mais aimaient la route malgré le chemin cahotant. Et elle, si sérieuse, si bonne élève, la seule à avoir un peu les pieds sur terre, s'était sentie comme une paria dans cette famille d'atypiques. Oh, pour sûr, ils étaient gentils avec elle. Une gentillesse pleine de commisération, celle avec laquelle on regarde quelqu'un qui n'a pas la même chance que vous.

Encore aujourd'hui, cette sensation lui est insupportable. Elle songe avec émotion à sa capacité de résilience, qui lui a permis de s'en sortir. Et se dit qu'elle peut être fière de son accomplissement. Son seul regret ? N'avoir pu faire changer de point de vue son père et son frère… Mais, heureusement, grâce à ses fonctions au sein de la mairie et de Civilissime, elle pouvait venir en aide à bien d'autres personnes !

Dans cette énergie de croisade, Louise pénètre dans la boutique de Basile, Opus sur les talons. Dès qu'elle entre, elle aperçoit le maître des lieux et, juste derrière lui, un jeune garçon d'environ un mètre quatre-vingts. Il la regarde dans les yeux et, après quelques secondes, elle le reconnaît : c'est le jeune tagueur qu'elle a surpris dans l'impasse du Rucher. Elle tressaille. L'ado s'est accroupi pour caresser le chien, qui lui fait une fête insensée, cet ingrat.

— Hé, mais je te reconnais, toi ! Salut, mon pote !

L'ado a reconnu le chien. Dieu merci, il ne peut pas se douter…

— Ça suffit, Opus ! Au pied !

— Non, laissez, madame, il ne me dérange pas. Si vous voulez, je le garde pour que vous puissiez faire tranquillement le tour de la boutique.

Souriant et poli ? Louise se raidit. Après tout, elle n'a fait que son devoir de citoyenne quand elle a averti le commissariat du flagrant délit de vandalisme.

Le propriétaire vient à son contact.

— Je peux vous aider, madame ?

— Non, je ne fais que regarder, merci.

Il lui offre son sourire-de-bon-commerçant.

— N'hésitez pas à me solliciter si vous avez besoin que je vous explique les concepts ou si vous voulez essayer les objets !

Sur ces mots, il retourne à ses occupations, visiblement l'installation d'une étrange cabine dans le fond de la boutique, intégralement recouverte de graffitis artistiques. Basile Vega se débat avec un panneau peint à la main, qu'il installe comme une enseigne sur le côté de l'appareil. Louise Morteuil peut y lire :

*Tagbox. Tatouez vos accessoires de mode !*

Basile recule de trois pas pour juger de l'effet. Son contentement lui rappelle celui, si similaire, de son père ; elle se hérisse intérieurement. L'homme se retourne vers elle et veut la prendre à témoin.

— Chouette, non ?

Se souvenant de l'objet de sa visite à visée d'espionnage, elle ravale *in extremis* sa désapprobation et acquiesce avec un sourire forcé.

— En effet ! Expliquez-moi. Qu'est-ce que c'est, exactement ?

Le jeune s'est rapproché du gérant pour écouter. Il a maintenant Opus dans les bras, et son idiot de teckel semble béat. À croire qu'ils sont tombés en amour. Basile Vega lui explique le concept de la Tagbox.

— Vous venez avec l'un de vos accessoires ou vêtement préféré, sac, blouson, chemise, trousse, et vous le personnalisez avec l'une des créations d'Arth'. Ainsi, vous donnez une identité à vos affaires, qui cessent par là même d'être un produit de masse identique à celui du voisin. Se démarquer, telle est l'idée clé de la Tagbox !

Louise Morteuil joue l'extase à la perfection. Son enthousiasme pousse le propriétaire à s'épancher plus avant.

— Regardez ce jeune homme : jamais vous ne l'auriez deviné, hein, mais c'est un artiste d'avenir qu'on a failli perdre en chemin !

— Ah bon ?

— Figurez-vous que, n'ayant trouvé d'autre terrain d'expression, monsieur faisait des graffitis de rue !

— Voyez-vous cela…

— Jusqu'à ce qu'il se fasse prendre par la police… Je l'ai récupéré complètement désespéré, pas vrai, Arthur ? Il était persuadé que plus jamais il ne pourrait tagger.

Le jeune opine du chef, les yeux brillants d'une agaçante reconnaissance envers son bienfaiteur.

— Et là, je lui ai dit : Arthur, si tes graffitis ne vont pas à la rue, alors la rue viendra à eux. C'est mon petit côté « Lagardère » ! s'esclaffe-t-il, tandis que le garçon lève un pouce d'approbation.

— Cela aurait été dommage que ses créations disparaissent sous l'éponge des travaux d'intérêt général. Ici, plus de danger ! Arthur va pouvoir, en toute légalité, continuer à créer. Simplement, le support, ce ne sont plus les murs de la ville, mais les vêtements et accessoires de nos concitoyens…

— Ah, magnifique…

Louise Morteuil serre les dents. Elle, elle n'oublie pas les dizaines de murs que ce voyou a saccagés de ses dessins. Elle se tourne vers lui.

— Et qu'est-ce qu'ils t'ont fait finalement, à la police ?

Le grand dadais se dandine, vaguement embarrassé.

— Hum, eh bien, il va y avoir un jugement… Je ne sais pas encore comment ça va finir. Ça me fait peur, mais… Basile m'a dit de ne pas m'en faire.

Ils échangent un autre regard complice. Basile se penche en avant vers Louise pour chuchoter.

— J'ai trouvé une faille.

— Une faille ? Quelle faille ?

— Un vide juridique. Pour éviter au petit une peine trop lourde !

— Vraiment ? Dites-moi ? Je suis très intéressée !

Basile est sur le point de révéler son astuce quand le jeune lui donne un discret coup de coude dans les côtes. L'homme se ravise et décide de garder pour lui son secret de contre-attaque juridique.

Louise sent qu'elle a perdu la manche. Elle fait le tour de la boutique, jauge les créations et entrevoit mieux ce qui se cache derrière l'expression « boutique comportementaliste ». Cet homme croit pouvoir agir sur l'esprit des gens. Voilà qui apparaît comme éminemment dangereux !

Elle quitte le Bazar du zèbre à pois en arrachant Opus des bras d'Arthur.

— Salut, mon p'tit pote à poils !

Quelle familiarité ! Pour Louise Morteuil, ce jeune garçon est la résultante typique d'une éducation démissionnaire, et ce Basile l'incarnation même de l'adulte permissif qui, croyant aider la jeunesse, la pousse dans ses travers. En encourageant ces activités décadentes, comme le graffiti, trompeusement ludiques et irrésistibles comme un paquet de bonbons, il renforce une vision faussée de la vie et de ses réalités, à savoir les efforts et le travail indispensables pour mériter et s'en sortir.

Elle s'éloigne, l'esprit débordant d'arguments qui valident son point de vue. Une chose est sûre : dorénavant, ces deux-là sont dans son collimateur.

## *Scène 18*

Giulia n'en revient pas de cette douceur et de la tiédeur du soleil d'octobre. Un temps idéal pour une balade dominicale. Arthur est à la maison avec deux copains. Elle a tenté, dans un touchant sursaut d'optimisme, de les inciter à sortir. C'était compter sans la force d'immobilisme spécifique à un ado à l'ADN assez voisin de celui des moules de rocher. Le rocher de l'histoire étant sa chambre et son ordinateur. *Ça lui passera*, songe-t-elle en y croyant aussi fort qu'en l'existence des extraterrestres… Pour l'heure, elle préfère mettre de côté ces préoccupations filiales créatrices-de-cheveux-blancs indésirables pour se focaliser sur le positif : Basile, le propriétaire du Bazar du zèbre à pois, dit avoir trouvé une parade juridique capable d'éviter à son fils d'écoper de la peine maximale dans son affaire de vandalisme. Ils se sont donné rendez-vous au parc des Amandiers afin d'en discuter. Près du bassin, avait suggéré Basile.

Giulia traverse les rues de la ville, ce qui suscite toujours chez elle une véritable promenade des sens. Particularité de son hyperacuité sensorielle : même une balade ordinaire se transforme en festival de couleurs, de parfums et de sons, qui la saisissent au vol à chaque coin de rue. Partout, elle savoure la diversité des teintes et la richesse des matières : ici, des vieilles pierres, là, des balcons en fer forgé, et cette enfilade de jolies petites maisons aux façades colorées, tons tout droit sortis d'une palette de peintre : jaune de Naples, ocre rose, terre de Sienne, laque de garance, bleu de cobalt clair… Mont-Venus peut aussi se targuer d'avoir un bel orchestre de symphonies naturelles, entre son ruisseau chantant et traversant, sa cloche tricentenaire et ses merles noirs au vaste répertoire de vocalises… Mais le plus important, c'est le parfum de la cité. Unique au monde. Une signature olfactive rare, qui l'a fait tomber amoureuse de l'endroit dès son arrivée. Jamais son nez ne se lasse des effluves aux accords de cuir, à la fois animaux et boisés, mêlés aux notes fleuries des dahlias et des zinnias, sans oublier l'imperceptible touche hespéridée du bigaradier… Mont-Venus offre, impudique et généreuse, l'élixir de sa fragrance intime. Peut-être est-elle la seule à le percevoir, mais elle sent quasiment flotter dans l'air des particules de douceur de vivre comme jamais elle n'en a découvert ailleurs, et qu'elle hume aujourd'hui encore avec une intense délectation.

Giulia gagne le parc. Il fait si doux que plusieurs badauds flânent, somnolent sur les chaises en fer forgé. Elle balaye du regard les alentours, mais l'endroit est désert. Et s'il n'était pas venu ? Quelques instants d'attente et toujours rien. Elle scrute les allées pour tenter d'y apercevoir la haute silhouette de Basile Vega. Personne. La boutique qui loue les petits bateaux à voile télécommandés est ouverte. Elle aperçoit alors au bord du bassin un attroupement d'enfants auquel elle n'avait pas prêté attention. En s'approchant, elle reconnaît Basile au milieu d'eux. *Ma parole ! Il pilote l'un des modèles réduits avec une telle dextérité que les gamins sont béats d'admiration, agglutinés autour de lui !*

La télécommande entre les mains est devenue baguette magique, et il réalise avec son voilier d'emprunt des prouesses nautiques qui arrachent à son jeune public des exclamations joyeuses. Giulia, après l'avoir observé quelques instants, décide qu'il est temps d'apparaître dans son champ de vision. Il s'arrête promptement de jouer et cède le boîtier au gamin ravi qui était venu lui demander de l'aide.

— Giulia ! Comment allez-vous ?

Il lui tend la main, et elle a une vague hésitation en se souvenant du contact électrique de leur première rencontre. Pas d'électromagnétisme cette fois.

— Merci de tout ce que vous faites pour nous aider dans cette stupide affaire de vandalisme…

Basile hausse les épaules avec un sourire désinvolte.

— Attendez que ça ait marché avant de me remercier !

— Non, non, d'ores et déjà je vous suis reconnaissante d'avoir pensé à des solutions. Arthur ne jure plus que par vous, vous savez ?

Giulia jette un coup d'œil à Basile, qui n'a pas l'air d'être un buvard à compliments et préfère détourner le sujet.

— Il a bon fond, votre ado, et, pour moi, il ne mérite pas d'être inquiété pour quelques dessins, d'autant que, entre vous et moi, je trouve qu'ils embellissent plutôt ces ruelles tristes ! La police perd son temps avec lui…

Giulia apprécie sa manière de prendre la défense de son fils, de se lancer dans une bataille qui n'est pas la sienne. Elle aime ce que ses réflexions racontent de son tempérament.

— Je vais vous dire ce à quoi j'ai pensé, et j'espère que l'idée vous sera utile. Peut-être pourrez-vous la suggérer à votre avocat ?

Basile raconte comment, au cours de ses recherches, il est tombé sur un vide juridique intéressant :

— Il n'y a pas, dans notre municipalité, de… *legal walls.*

— De quoi ?

— De *legal walls.* On parle aussi de *legal graffiti spots.* En clair, chaque ville est désormais tenue de mettre à disposition des murs dédiés à la liberté d'expression pour les graffeurs ! Je pense que cela ferait un bon axe de défense… Au moins pour éviter le pire !

Giulia est interloquée. Cette idée est brillante.

— C'est très astucieux. Je vais soumettre la piste à notre avocat. J'espère qu'il acceptera d'utiliser l'argument. Merci.

Basile change de sujet.

— Arthur m'a dit que vous étiez nez. Ce doit être fascinant, comme métier !

Le visage de Giulia se rembrunit. Elle parle sans le regarder dans les yeux, tandis qu'ils marchent le long d'une allée bordée d'amandiers.

— Oh, vous savez, l'idée qu'on en a est un peu surfaite. Malheureusement, la magie n'est pas toujours autant au rendez-vous que ce que j'imaginais au commencement de ma carrière…

Giulia raconte alors ses rêves de petite fille, remplis de fragrances extraordinaires tourbillonnant dans son esprit comme autant de merveilleuses couleurs sur la palette d'un peintre. Puis le premier pied dans la réalité lorsqu'elle était entrée en formation. Des milliers d'heures, de travail acharné, et parfois laborieux, étalées sur des années avant de maîtriser l'art complexe du parfumeur. Le second pied dans la réalité lorsqu'elle a été embauchée dans une entreprise sous-traitante d'un grand groupe de cosmétiques pour travailler exclusivement avec le département *bodycare*.

— Des déodorants pour femmes, précise-t-elle.

Basile l'écoute sans l'interrompre, mais Giulia sent qu'il bouillonne de l'envie d'intervenir.

— Donc, si je résume, ça ne vous plaît plus tellement, ce travail tel qu'il est ?

— On peut dire ça…

— Et ?

— Et quoi ?

— Et ? Qu'est-ce que vous allez faire, alors ?

Il s'anime.

— Bouger ? Changer de voie ? Rebondir ? Proposer des aménagements ?

Ses yeux vert-de-gris se sont allumés, et de grands gestes accompagnent le flot de questions qui jaillissent de sa bouche.

— Euh, je ne sais pas du tout…

— Vous n'y avez pas encore réfléchi ? s'étonne-t-il.

— Si, si ! J'ai commencé !

Elle aurait presque été embarrassée de devoir avouer le contraire, tant Basile paraît prompt à se jeter à corps perdu dans les défis, comme s'il ne connaissait pas la peur du changement.

— Racontez-moi !

Il l'entraîne à la buvette du parc et tous deux s'installent pour discuter autour d'un verre. Basile semble captivé par la problématique de Giulia. Curieux, surtout.

Elle fait le récit de sa désillusion, sur la réalité de son métier devenu ennuyeux, sclérosant, après l'euphorie des premières années, la kyrielle de contraintes – les normes de sécurité, l'ennui des briefs qui se suivent et se ressemblent, le manque d'audace de la direction, l'éternelle posture de suiveur sous prétexte de devoir rester dans le cadre imposé par les tendances et dans les mêmes ornières que celles de la concurrence.

— J'étouffe ! Il n'y a rien de neuf. Rien qui m'excite là-dedans ! De moins en moins d'espace pour l'invention, vous comprenez ! Faire toujours le même parfum fleuri finit par me miner le moral.

Voilà si longtemps qu'elle ne s'est pas confiée qu'elle n'arrive plus à se contenir. Elle parle, elle parle, sans pouvoir s'arrêter. Elle a oublié comme cela peut être bon de profiter d'une oreille attentive. Giulia en vient naturellement à sa mésaventure – et déconvenue – chez la sophrologue.

— J'aurais voulu être capable de retrouver ces souvenirs positifs, qu'ils m'aident à ressentir de nouveau un état de calme, de joie sereine… Impossible ! Je n'ai pas réussi à faire revivre ces moments heureux, et encore moins les sensations bénéfiques qu'ils avaient pu me procurer ! Quelle frustration !

— Oui, je vois… Il vous a manqué quelque chose pour partir dans votre voyage sensoriel, non ?

— Exactement, sourit Giulia, heureuse qu'il la comprenne d'emblée. Vous voyez, quand je me suis lancée dans le métier de nez, j'avais l'espoir de réussir à provoquer des voyages sensoriels uniques grâce à mes parfums et à l'univers olfactif que j'allais créer.

Tout comme Baudelaire savait me captiver avec ses fameuses « Correspondances », je voulais, moi aussi, lancer mon « invitation au voyage », embarquer les gens dans mes parfums, leur permettre de revivre de fabuleuses mémoires sensorielles…

Giulia sent Basile suspendu à ses lèvres.

— Comme vous en parlez, c'est très… inspirant.

Elle rosit légèrement.

— Merci.

Ils restent un instant silencieux, Basile plongé dans ses réflexions. Elle l'observe discrètement dans la lumière, son visage atypique, les fossettes qui creusent deux petits trous dans ses joues, ses yeux éclairés d'une brillance inhabituelle, sa moue rieuse, comme si, pour lui, la vie relevait toujours du jeu, et les boucles libres de ses cheveux indisciplinés, affranchis. Elle sursaute quand il la surprend dans son observation indiscrète. Son sourire la rassure, il ne s'en formalise pas. Est-il habitué à susciter ce genre de curiosité ?

— Voulez-vous une gaufre ?

— Une gaufre ?

Décidément, il saute du coq à l'âne.

Sans attendre sa réponse, il se lève et l'entraîne jusqu'à la cabane à bonbons. Un instant plus tard, ils se retrouvent tous les deux avec la chaude gourmandise entre les doigts. Ils reprennent leur balade et se brûlent les lèvres avec ravissement.

— C'est délicieux ! Ça fait du bien, un petit plaisir régressif !

Lui aussi s'en donne à cœur joie, et Giulia sourit intérieurement du sucre blanc qu'il a maintenant sur le bout du nez et autour de la bouche. *Un grand enfant*, songe-t-elle, vaguement attendrie.

— Je trouve très intéressante votre histoire de mémoires sensorielles. Si vous voulez mon avis, il y a là quelque chose à creuser…

— Ah oui ?

Brusquement, un coup de vent souffle sur la gaufre de Giulia comme une mauvaise farce, qui se retrouve avec du sucre glace plein le visage.

— Oh non !

— Laissez-moi vous aider.

Basile sort un mouchoir de sa poche et entreprend de la débarbouiller. Par réflexe, elle a gardé les yeux fermés pour que le sucre n'y entre pas et, quand elle les rouvre enfin, elle se retrouve collée à ceux de Basile, si proches des siens qu'elle peut en analyser l'iris. *Jolie couleur*, songe-t-elle avant de s'apercevoir qu'elle s'attarde une seconde de trop. Elle recule vivement. Tandis que lui continue d'arborer son petit sourire amusé, presque agaçant. L'incident semble lui avoir donné des idées.

— Excellent, ce coup de vent…

— Ah oui ? Pourquoi ?

Giulia a du mal à le suivre.

— Parce qu'il a créé une explosion de sucre, un nuage aromatique qui vous a sauté au nez ! Et, par rapport à votre histoire de voyage mémoriel, je sais maintenant ce qui vous a manqué…

— Vous faites souvent ces associations d'idées d'un tout, d'un rien ?

Il est surpris.

— Je vous taquine ! Alors, qu'est-ce qui m'a manqué ?

Basile l'arrête dans sa marche pour lui faire face et agite son index sous son nez d'un air malicieux.

— Un détonateur. Il vous a manqué… un détonateur !

## *Scène 19*

Le chef d'établissement a rassemblé les élèves de première et de terminale. L'objectif de la réunion : la prévention des risques liés aux activités illicites et, d'une manière plus générale, aux comportements déviants chez les adolescents.

Gilles Blénard avait promis à Arthur de ne pas le nommer. Néanmoins, l'homme ne cesse de se tourner vers lui tout en racontant les détails de cette affaire de vandalisme qui implique un élève de l'école. Personne ne peut ignorer qu'il s'agit d'Arthur.

— Ce camarade risque une lourde peine. Inconscient, il n'avait sans doute pas mesuré les conséquences de ses actes.

Arthur serre les mâchoires, les yeux au loin, dans le vague. Il tente d'ignorer les regards pressants sur lui et ne veut pas leur donner le plaisir de montrer sa détresse. Après son laïus, le proviseur invite au micro une femme restée dans l'ombre jusque-là qu'Arthur reconnaît d'emblée : la dame au chien ! Qu'est-ce qu'elle vient faire ici ? Gilles Blénard l'introduit.

— Nous sommes ravis d'accueillir aujourd'hui Louise Morteuil, de l'association Civilissime, qui a gentiment accepté notre invitation pour venir vous parler des dangers de mettre un pied sur la pente glissante du laxisme. Certains pourraient croire que cela donne un genre de ne rien prendre au sérieux. Mais regardez plutôt où mènent le manque de discipline, le non-respect des cadres établis et des règles structurantes… Nous avons tous un rôle à jouer pour éviter les dérives et les pièges dans lesquels vous pouvez tomber, à l'instar de votre malheureux camarade…

Il montre Arthur dans l'assistance, et se souvient trop tard qu'il a promis de ne pas révéler son identité. Il tente de rattraper sa bévue en bredouillant.

— … votre camarade, dont je ne dirai pas le nom…

Évidemment, tous les yeux se tournent vers lui. Arthur hait ce moment. La colère l'envahit, mais il simule une indifférence flegmatique.

Le proviseur toussote et enchaîne rapidement :

— Je laisse la parole à Louise Morteuil !

Gilles Blénard applaudit chaleureusement, mollement suivi par l'assistance.

La dame au chien s'avance sur l'estrade. Elle n'a plus l'expression souriante et avenante qu'il lui avait vue à la boutique l'autre jour. Elle porte un masque empreint de sévérité. Les mots qu'elle prononce ne le détrompent pas. Cette femme est intolérante à l'atypisme et à la créativité comme d'autres le seraient au lactose. Ça vient du ventre. C'est viscéral.

Elle tient un discours bien rodé sur les vertus de la discipline, du travail, du cadre, et tout ce qui va dans le sens d'un mode de pensée balisé par des valeurs et un code d'honneur strict. Arthur, lui, trouve ces propos caricaturaux. Binaires. Dans sa vision des choses, tout est blanc ou noir. On est dans le moule ou on ne l'est pas. Comme c'est étriqué ! Lui rêve d'offrir à son esprit de grands espaces, des plaines immenses où les idées galoperaient comme des chevaux sauvages. Mais il faut croire que cette Louise Morteuil aime les barrières électriques… Sa façon de penser lui rappelle les repères orthonormés de ses cours de géométrie. Où tout est quadrillé. Où il n'est pas question de fantaisie. Où rien ne doit dépasser.

Arthur tend de nouveau l'oreille lorsque Louise Morteuil mentionne le Bazar du zèbre à pois. Et, tout à coup, l'évidence s'impose : l'autre jour, elle n'était pas là par hasard. Elle s'est infiltrée, en taupe, pour évaluer, juger et préparer son attaque.

Il est choqué. Basile et lui l'ont accueillie si gentiment ! Quelle naïveté. Voilà qu'elle dézingue ouvertement leur nouveau concept de Tagbox. Arthur sent ses poils se hérisser. Non ! Qu'elle ne touche pas à ça ! Le Bazar du zèbre à pois, c'est son asile, son arche de Noé ! Il a une pensée émue pour Basile, cet être rare et plein de poésie, cet adulte qui a le courage d'entreprendre une démarche à contre-courant, et qui se retrouve jugé en place publique, pourtant absent, privé du moindre droit de réponse. Arthur s'insurge en son for intérieur.

Louise Morteuil fait à présent passer des tracts à remettre aux parents. Une publicité à peine déguisée pour promouvoir les actions de son association.

— Il est important que vos parents contribuent à l'action de prévention que nous soutenons. En allant sur notre site, civilissime.org, à la page « Vigilance », ils retrouveront tous les lieux et activités de la ville qui doivent éveiller leur méfiance. Ils peuvent alors se faire leur propre idée, juger selon leur libre arbitre, puis venir voter en donnant un avis favorable ou défavorable à ces commerçants et professionnels. C'est en nous unissant, tous ensemble, que nous pouvons être gardiens des trois grands C qui font notre fierté à Mont-Venus : Cadre, Culture, Civisme.

Applaudissements. La séance est enfin levée.

Arthur quitte la salle, le plexus serré, furieux contre l'autre rageuse et ses principes à la noix. Il tourne et retourne dans sa poche les petites cartes de visite imprimées par Basile pour promouvoir leur Tagbox. Il se demande un instant s'il ne va pas les jeter à la poubelle. La cour s'est maintenant remplie d'élèves. Des petits groupes se forment ici et là pour discuter, fumer, écouter de la musique. Arthur n'est pas d'humeur à se joindre à quiconque. Il s'est adossé à un pylône avec sa tête des mauvais jours et ne compte pas en bouger jusqu'à ce que la sonnerie retentisse pour la reprise des cours. Médine s'approche de lui. Même s'il a envie d'être seul, Arthur est touché par ce signe d'amitié et de soutien.

— T'en fais pas, gros. Ton talent de graffeur, personne pourra te le retirer…

Arthur baisse la tête, maussade, et continue à faire tournoyer dans une main l'un des petits cartons de promotion de la Tagbox.

Des gars de terminale passent devant lui et, à sa surprise, s'arrêtent à sa hauteur.

— Hey, frère. Pas mal ton truc de Tagbox. C'est où ?

Arthur cache son étonnement, ne voulant pas se montrer déstabilisé, et tend nonchalamment les cartes de visite du Bazap.

— Ce sont des tatouages pour accessoires. J'y suis tous les samedis aprèm.

— Cool.

Les garçons s'éloignent. D'autres s'approchent. Le même manège se répète. Tout le monde veut tester cette Tagbox, la nouveauté transgressive du moment. L'idée de ce *must-have* se répand bientôt comme une traînée de poudre. Le paquet de cartes fond en deux temps, trois mouvements.

La sonnerie retentit, et tout le monde s'agite vers les salles de classe. Dans ce désordre, Mila s'approche.

— Il t'en reste une pour moi ?

S'il avait su que ce petit bout de carton serait le sésame pour enfin adresser la parole à la fille qu'il avait dans le collimateur depuis des semaines ! Il remercie le « dieu Basile » tandis qu'il la fixe d'un regard noir impénétrable, vaguement blasé.

— Si je t'apporte mon sac fétiche, tu me feras un truc bien ?

— Grave.

Elle paraît satisfaite de la réponse et lui adresse un combo bye-bye-clin-d'œil-à-tomber qui lui rappelle que, dans son coffre-torse de petit dur, il y a un cœur qui bat.

— En cours, monsieur Moretti !

Le visage fermé du proviseur est autrement moins agréable que celui de la jolie Mila. Il ne l'avait pas vu venir, celui-là. Il fait profil bas, mais, intérieurement, ressent une joie et une excitation comme jamais il n'en a éprouvé. Basile avait raison : un *audaciel* n'a jamais dit son dernier mot.

## *Scène 20*

Giulia somnole depuis vingt-cinq minutes devant sa fiche de formules. Le préparateur lui a rapporté l'essai qu'elle avait demandé. Pour chaque brief, chaque composition de nouveau parfum, elle procède, comme en peinture, par couches : elle crée d'abord un cœur à base d'une quarantaine d'ingrédients, puis ajoute, au fur et à mesure, des dizaines d'autres matières premières, jusqu'à être satisfaite du résultat, qu'elle jugera le plus fidèle aux attentes du client.

Avec le métier – plus de quinze années d'expérience comme nez –, elle peut dès le premier jet inscrire la quarantaine d'ingrédients nécessaires à la formule de base. À la longue, elle a fini par les connaître par cœur, et n'hésite plus lorsqu'il s'agit de savoir lesquels associer…

Chez Olfatum, des milliers de composants sont référencés. Giulia fixe sa fiche de fabrication, et tous les produits sur la feuille se mettent à danser devant ses yeux.

Dans la colonne de gauche, le numéro de référence des composants, dans la case suivante, le libellé du produit, dans celle d'après, la quantité – primordiale –, puis, enfin, la dangerosité, critère incontournable depuis le durcissement des normes de sécurité, qui imposent encore plus de rigueur et de restrictions au métier.

*Mousse arbre SP4579 biolandes ++++++50 % PE, Acetate cedrenyle, alcool cinnamique, Ambrarome +++++50 % PE, Jasmonal H, Salicylate Benzyle, Boisambrene forte, citronellol 95, Geraniol 98, Vertenex, Linalol…*

Les lignes de formules s'étirent sur trois pages. Du chinois pour tout néophyte. Une seconde langue pour Giulia. On ne peut s'improviser apprenti sorcier parfumeur. Elle le sait, le plus important est de bien doser. Tout sera pesé au gramme près. Comme en pâtisserie, la précision est primordiale. Heureusement, ici, elle a la chance de travailler avec un bon préparateur, qui va suivre à la lettre sa composition et lui fabriquer le mélange qui servira de base à ses essais. « Il pèse mes idées », se plaît-elle à dire. Les essais seront nombreux. Pour ce nouveau déodorant, elle a déjà élaboré le cœur du produit. Son préparateur a fabriqué cent grammes de mélange, qu'il a divisé en dix flacons. Elle pourra ainsi composer plusieurs variantes, entreprendre des tentatives diverses sans avoir besoin de refabriquer le cœur du parfum. Giulia sait d'avance que la formule finale contiendra plus de soixante-dix composants !

En ce moment, elle travaille sur plus de dix créations en même temps. Des dossiers verts qui s'empilent. Des dossiers verts qui la mettent tout le temps dans le rouge… C'est sa grande frustration : ne pas avoir le temps de faire les choses comme elle le voudrait. Toujours la course contre la montre. Toujours le sentiment de travailler de manière mécanique. Sur son bureau, des petits flacons, regroupés par deux ou trois, représentent les essais en cours pour chaque brief différent. Et chaque groupe d'essais olfactifs brandit son porte-mouillettes, petites bandelettes qu'elle trempe dans la fragrance pour la tester – jamais le nez à même le flacon ! Giulia peut ainsi évaluer l'évolution du parfum dans le temps, surtout la note de fond qui n'apparaît pas avant le lendemain. Au beau milieu de tout ça, une coupe remplie de grains de café, qu'elle hume entre deux tests afin de désaturer son nez des senteurs au fil des essais. Un peu comme l'œnologue se rince la bouche à l'eau entre deux dégustations de vin.

Nathalie, son évaluatrice, débarque dans le bureau. Elle sursaute.

— Je te réveille ou quoi ? Tu as l'air complètement endormie !

Giulia songe à sa soirée, qui s'est prolongée tard dans la nuit. À ces heures de recherche sur son projet secret, qui l'ont tenue éveillée. Il est peut-être trop tôt pour en parler, même à Nathalie… Comment lui expliquer le trouble qui l'habite depuis plusieurs jours, l'excitation, la peur, aussi ?

Une idée. Une idée a germé dans son esprit depuis sa rencontre avec Basile. Il lui avait raconté son parcours d'inventeur, qui l'avait mené aux quatre coins du monde. Elle avait été bluffée de découvrir la richesse de son histoire personnelle et sa reconnaissance dans le métier, dont il parlait avec beaucoup d'humilité. Dire que, de prime abord, elle l'avait pris pour un petit marchand d'objets bizarres ! Il lui avait raconté avec une sérénité étonnante ses succès, ses déboires, ses difficultés, et comment, à chaque carrefour de sa vie, il avait rebondi, en se remettant en question pour mieux réajuster le tir, en osant chaque fois tout remettre en jeu, comme on fait « tapis » au poker. Voir grand, miser grand… Il n'avait jamais trahi sa philosophie et avait cherché sans relâche la trajectoire qui l'emmènerait au plus proche de sa vie rêvée. Un projet de vie en résonance avec lui-même, le plus juste et aligné avec ses valeurs et aspirations profondes… Giulia en avait été secrètement impressionnée. Surtout en comparaison avec elle, qui se sentait ankylosée dans sa propre existence, lestée par une peur du changement profondément enracinée.

Elle revoyait Basile s'animant pour raconter tout cela. Il émanait de lui une énergie captivante, qui allait sans doute de pair avec un petit grain de folie, de ceux qui poussent au rêve plutôt qu'au crime… Leur conversation l'a chamboulée. À l'écouter parler, tout semblait simple dans la vie. Comme s'il était doté d'un gouvernail intérieur infaillible qui lui indiquait clairement quoi faire et comment agir. Il lui suffisait, semble-t-il, de se laisser guider par ses idées, ses désirs profonds, ses intuitions, puis de tranquillement dérouler le fil pour matérialiser le tout dans la vraie vie ! *Y croire, travailler, mettre en œuvre, persévérer.* À l'entendre, c'était à la portée de tout le monde. Il semblait si… convaincant ! Basile avait indéniablement ce *truc en plus*, indéfinissable – elle n'arrivait pas à mettre un mot sur ce talent, ou bien il faudrait en inventer un pour résumer un tel regroupement de qualités.

La question l'avait taraudée. Après réflexion, Giulia en avait même inventé un : *audacité*.

Oui, cela définissait bien ce mélange d'audace et de ténacité, d'esprit d'ouverture et de soif d'entreprendre, propre aux doux rêveurs, aux fous et aux grands conquérants !

— Tu as préparé les essais pour Nartex ? Ils s'impatientent au siège, et je dois absolument leur envoyer ta proposition avant la fin de la semaine !

Giulia revient au présent. Elle sait reconnaître la Nathalie-Terminator-de-brief. Adieu, pincettes et manières douces quand les *deadlines* approchent dangereusement. D'un geste prompt, elle s'empare des deux flacons de ses récentes tentatives. Nathalie sent son premier essai, tout à fait conforme aux attentes, proche de ce que la concurrence propose.

Elle aime le parti pris fleuri-aldhéidé.

— Mmm. Celui-ci fonctionne très bien. Je valide.

— Attends d'avoir senti celui-là ! Tu vas voir, c'est vraiment intéressant ! J'ai rajouté du castoréum…

— Quoi ?

— Je sais, c'est inattendu, mais je trouve qu'il faut savoir prendre des risques, aller un peu à contre-courant, Nathalie ! Tu n'en as pas assez de toujours brosser le client dans le sens du poil ?

Elle me regarde comme si j'avais mangé des champignons hallucinogènes. J'insiste.

— Dis-moi au moins que tu présenteras les deux ?

Le visage de Nathalie se durcit.

— Giulia. Tu sais bien que ça ne passera jamais ! C'est beaucoup trop décalé !

Elle laisse un blanc.

— Hors de question que je le présente. Désolée. Mais l'autre fera très bien l'affaire, OK ?

Giulia sent la crispation habituelle se manifester dans son arrière-gorge. Comme quelque chose qui serre pour étouffer.

— Et reprends un café, bientôt je vais devoir t'apporter des allumettes pour que tu gardes les yeux ouverts !

Nathalie quitte le bureau dans un mouvement vif qui fait trembler toutes les mouillettes exposées. Giulia sent le découragement la gagner, mais, aujourd'hui, elle n'a pas envie de s'y complaire. Elle songe à cette petite graine en train de germer au fond d'elle. Une conviction, une détermination. C'est une sensation nouvelle, qui lui plaît. Elle ne peut plus continuer comme ça. Elle doit bouger. Elle est en train de perdre son âme de nez. Son âme tout court. Ça n'a pas de sens. Elle n'a aucune envie de rester dans cet état émotionnel de tristesse, mais veut au contraire retrouver la joie, l'enthousiasme, le plaisir ! Elle a déjà connu de tels états dans sa vie. Même si cela fait longtemps, déjà…

La veille au soir, justement, elle a essayé de convoquer les fois où elle s'est sentie pleinement en confiance, heureuse, épanouie. Malheureusement, comme chez la sophrologue, elle a buté sur l'exercice. Agacée, elle a été obligée de constater qu'il était difficile de faire revenir ces expériences positives au seuil de sa conscience. Un vrai travail de réactivation de la mémoire était nécessaire. Après plusieurs heures assez infructueuses d'introspection, elle s'est dirigée vers la cuisine pour s'octroyer une pause. Il lui a fallu du café. Fort. Très fort. Pour se maintenir éveillée jusqu'à ce que ses recherches aboutissent. C'est alors qu'en ouvrant le paquet, l'arôme du grain torréfié l'a assaillie et soufflée de plaisir. Là, l'image était revenue. Elle s'est revue dans leur maison de vacances dans le sud-ouest de l'Italie, l'été, quand sa mère préparait un petit déjeuner spécial et savoureux, comme elle ne prenait jamais le temps de le faire durant l'année. Hyperactive, hypersociale et, en outre, avec peu de goût pour la parentalité, sa mère allait çà et là comme un heureux courant d'air, laissant dans son sillage flotter les essences de son eau de Cologne à la fleur d'oranger, qui ramenaient immanquablement Giulia au cœur de la Calabre.

La Calabre rendait sa mère si belle… et si disponible ! Ces petits matins où elle l'avait pour elle toute seule, où elle pouvait s'abreuver de sa présence, lui avaient laissé un souvenir extraordinaire. Elles s'asseyaient toutes les deux sur la terrasse, sous un pin qui embaumait, et Giulia regardait avec bonheur le visage baigné de lumière et de joie tranquille de sa mère dégustant le sombre et parfumé breuvage.

Giulia a revécu ce bonheur muet et intense grâce au parfum du café moulu et, tout à coup, un déclic s'est opéré dans sa tête. Voilà ce dont parlait Basile l'autre jour, et qui lui a manqué pour créer la réminiscence :

un détonateur sensoriel !

L'idée l'avait immédiatement séduite. La sensation d'un *eurêka* heureux, même si l'*eurêka* n'avait pour l'heure ni queue ni tête. Tout ce que Giulia savait, c'est que cette idée résonnait fort en elle.

Elle avait couru à son journal de bord et, jusque tard dans la nuit, avait écrit tout ce que l'idée brute lui évoquait. Dans son esprit, les pensées jaillissaient en arborescence, oui, comme un arbre à mille branches. De chaque pensée découlait une autre. Puis une autre. Des ramifications d'idées.

Elle s'enthousiasmait, toute seule dans son salon, tandis que son fils dormait d'un sommeil profond dans sa chambre. *Transposer les univers.* Cela faisait partie des propos tenus par Basile lors de leur conversation. Comme il avait raison ! Bien souvent, les clés de l'innovation se trouvent là : en créant des décalages ou des rapprochements inattendus. On attendait d'un parfum qu'il sente bon. Le décalage serait de lui trouver un nouvel usage, un usage inattendu, dans un univers inattendu, transposé. Et si, à la fonction primaire du parfum de sentir bon, Giulia lui ajoutait une fonction supérieure ? Une nouvelle dimension ? Un supplément d'âme ?

…

Et si le parfum pouvait aider l'homme à aller mieux ?

## *Scène 21*

*Basile, tu as intérêt à te retrousser les manches !* songé-je en jetant un regard oblique aux quarante-deux messages en attente de réponse dans ma boîte mail. Je ne les ai pas encore traités, bien que cela fasse un bon moment que je m'affaire dans mon arrière-boutique.

Je suis arrivé très tôt ce matin pour m'occuper enfin de ma communication et de mon site Internet, que j'ai laissés en plan plusieurs jours, faute de temps. Il s'agit pourtant d'une tâche majeure : le Web représente une part de marché très importante pour moi. Les deux crânes Carpe DIYem expédiés en Italie, et les trois autres au Japon le prouvent.

L'international, c'est bon pour les affaires. Plusieurs acheteurs ont aussi pris le soin de me faire un retour d'expérience très positif sur les objets achetés au Bazap. Dont un témoignage particulièrement touchant : celui de ce monsieur à qui Arthur avait vendu la fleur de compagnie. Il l'avait offerte à sa vieille maman, résidente d'une maison de retraite, et m'expliquait comment, depuis le décès de son mari, elle s'était renfermée dans une humeur taciturne qui ne la quittait plus, qui l'emmurait littéralement, lui coupant l'envie de parler à qui que ce soit. Le cadeau avait opéré un petit miracle, dont le personnel ne revenait pas : la fleur de compagnie avait éveillé en elle une soudaine lueur d'intérêt, un regain de plaisir inespéré. La vieille dame ne se lassait pas de regarder vivre cette fleur à l'étonnante intelligence artificielle, cette plante hi-tech à la personnalité bien trempée qui avait remis du jeu et de la malice dans son quotidien. Elle riait même, semblait-il dire, de ses humeurs fantasques et parfois boudeuses : quand on ne s'occupait pas assez d'elle, la fleur se faisait capricieuse.

J'avais passé de longues heures à programmer cette vaste palette d'émotions humanoïdes, à réfléchir à ce qui pourrait apporter réconfort et plaisir thérapeutique. L'empathie, l'écoute qui se perdaient parfois dans le réel, je voulais qu'on les retrouve dans mes objets provocateurs d'émotions, et ce sont ces qualités que j'avais cherché à implémenter dans ma fleur à l'intelligence artificielle, mais aux intentions profondes.

Perdu dans mes pensées, je n'ai pas entendu Arthur arriver derrière moi. Je sursaute, ça le fait rire.

— C'est malin…

— Désolé ! dit-il sans pourtant en avoir l'air.

Il paraît même content.

— J'ai une super nouvelle…

Je sais qu'il est passé devant le juge pour adolescents hier. J'ai hâte qu'il me raconte.

— Ça y est : le verdict est tombé !

— Alors ? lui demandé-je, impatient.

— Deux cents euros d'amende et trois semaines de travaux d'intérêt général.

— Ah, quand même…

— Tu ne te rends pas compte ! J'aurais pu écoper de milliers d'euros d'amende et même d'emprisonnement, selon l'avocat commis d'office. Tout ça, c'est grâce à toi ! Géniale, ton idée de *legal walls*. Je suis grave soulagé. Je ne sais pas comment te remercier…

— Ne t'inquiète pas pour ça. Je n'ai fait que quelques clics sur Internet, ce n'est pas grand-chose…

Arthur me montre une nouvelle façon de faire un check, une chorégraphie de poings complexe mais fort créative de son invention. J'adopte.

— Par contre, il va falloir que je mette les bouchées doubles pour rassembler ces deux cents euros. Ma mère refuse de débourser un centime. Elle veut que je répare moi-même mes conneries.

L'image de Giulia s'impose à mon esprit. Mes yeux en ont gardé une impression agréable. Avec mon radar à intuition intégré, je crois « lire » assez bien les gens. Et j'ai aimé ce que j'ai lu d'elle. Sa candeur résiduelle, sa fraîcheur, cette grâce dont elle ne semble pas consciente. Elle est belle parce qu'elle ne sait pas qu'elle est belle. Je l'avais sentie en proie au doute, à l'inquiétude, comme à une croisée des chemins. J'ai connu cela, fut un temps, cet état intérieur, et cela m'a ému, tel un lépidoptériste observant avec émerveillement la chrysalide sur le point d'éclore…

— Elle a bien raison, ta mère.

Arthur hausse les épaules, vexé.

— Ouais, de toute façon, vous les adultes, vous vous liguez toujours contre les jeunes !

— Et si tu te mettais au travail au lieu de faire ton rebelle buté ?

Le ton taquin-souriant marche avec Arthur, surtout quand il est bienveillant.

— Au fait, tu te souviens de la dame au chien qui est venue à la boutique l'autre jour ? Elle posait plein de questions ?

J'acquiesce distraitement en m'affairant à mes projets.

— Eh bien, il faut vraiment se méfier d'elle !

Je m'interromps.

— Comment ça ?

— C'est la directrice d'une association cheloue, Civilimachinchose, et crois-moi, elle déteste tout ce que représente le Bazar du zèbre à pois. L'autre jour, elle est venue en espionne, je te dis, pour mieux trouver comment te mettre des bâtons dans les roues !

— Arrête de te faire des films, Arthur !

Mais il me raconte l'épisode de l'assemblée plénière à son lycée, et l'intervention de Louise Morteuil, cassante envers le concept de ma boutique.

— Tu as raison, Arthur. On va se montrer prudents ! La façon la plus intelligente de jouer notre partie, c'est de mettre en place des nouveautés qui vont captiver nos visiteurs ! D'ailleurs, viens, je vais te montrer…

Il observe d'un air curieux les grands et hauts parallélépipèdes, dont sortent encore les derniers fils électroniques que je n'ai pas fini d'arranger.

— Je te présente mes *Brain*-bornes !

J'adore son air stupéfait.

— Qu'est-ce que c'est encore que ce machin ?

Derrière l'intonation pseudo moqueuse, je perçois ce qui pourrait ressembler à de l'admiration, teintée d'une certaine excitation.

— Tu sais, grâce au Bazar, ce que je souhaite, c'est intéresser les gens à une autre façon d'utiliser leur cerveau, ouvrir leur champ de vision, élargir les choix, les possibles, les potentiels, parce que tout ça va les rendre plus libres !

— Rien que ça…

— Eh oui ! Et c'est comme ça que j'ai eu l'idée de ces *Brain*-bornes : des bornes en libre accès pour venir entraîner les capacités de son autre cerveau, le moins utilisé : le cerveau droit !

— Fais voir !

Je branche l'une des *Brain*-bornes.

— Attends, ce n'est pas encore tout à fait fini, mais c'est suffisant pour te donner une impression générale.

La machine s'allume, et un panneau d'accueil au design attractif apparaît. Tout est intuitif. Arthur comprend d'ailleurs d'instinct le mode de navigation. Je le regarde faire et me réjouis. De l'index, il surfe sur mon interface tactile avec dextérité. Et en moins de temps qu'il n'en faut pour le dire, il s'est créé un profil et un avatar. Il est déjà prêt à tester ses capacités de droitier-du-cerveau.

— C'est marrant, ce truc.

Cinq *Brain*-bulles lui sont proposées. Cinq facettes à travailler pour développer son cerveau droit. Il lit :

**L'intuition**

« Je fais confiance à mon gouvernail intérieur »

**Les émotions**

« Je développe mon intelligence des relations
et des situations »

**La créativité**

« Je déploie ma capacité à rebondir,
à trouver des solutions »

**L'audace**

« Je dépasse mes peurs, mes freins.
Je saute le pas »

**La perception**

« Je change ma perception du réel
en développant mon acuité sensorielle »

— Et par quoi faut commencer ?

— Il n'y a pas d'ordre. Je mettrai régulièrement de nouveaux défis, des paliers d'entraînement. Chacun aura la possibilité d'augmenter ses scores et de voir sa progression.

— Sympa. Et ça coûtera combien ?

— Ce sera gratuit…

— Quoi ? Mais tu as dû passer des centaines d'heures à mettre au point ces machines et tu comptes pas te faire du fric avec ?

Je souris devant sa réaction.

— Tout n'est pas qu'une question d'argent dans la vie, Arth'. Ni de temps passé. Avec les *Brain*-bornes, j'ai envie d'amener les gens à s'intéresser de plus près aux incroyables capacités du cerveau droit, souvent sous-développées. Parce que les sociétés donnent encore généralement leur préférence aux approches très « cerveau gauche ». Forcément ! Elles ont quelque chose de plus rassurant : pragmatisme, rationalisme, mesures quantifiables, effets mesurables, fil linéaire d'un mode de pensée qui ne part pas dans tous les sens…

— Je vois pas en quoi il peut faire peur, le cerveau droit…

— Parce que, Arth', il fait entrer dans le monde des ressentis, des émotions, des idées qui sortent du cadre, et de mille autres choses non mesurables aux bords flous et surtout… qu'on ne contrôle pas forcément !

— Ah oui, ça, ça me parle, ce besoin de vouloir toujours tout contrôler…

Arthur sort de son sac un paquet de fraises Tagada et se met à les gober une à une sans retenue. Lui, question surcontrôle, il n'est pas trop menacé… Cela étant, comme il a l'air demandeur et attentif, je poursuis :

— C'est l'inconvénient de trop laisser son cerveau gauche aux commandes ! On finit par tomber dans les écueils de la normo-pensée. L'excès de normatif. Esprit critique surdéveloppé, rationalisation à outrance, raisonnement dans un cadre attendu et trop bien défini, qui parfois ne permet pas de trouver les solutions à un problème. Car la solution se trouve souvent hors du cadre. Là où on ne l'attend pas. La pensée *out of the box*. Moi, j'aime bien dire la pensée magique…

— La pensée magique ? C'est Disney, ton truc, ou quoi ?

Il balance sa blague en tirant une langue toute rose. Tu parles d'un drôle de Mickey ! Bien sûr, il crève de soif avec tout ce qu'il a boulotté comme bonbons. Il se lève pour prendre un soda dans mon mini-frigo.

— Tu n'as pas tort en parlant d'effet Disney ! Y a de ça ! La pensée magique permet de s'autoriser à formuler des idées même farfelues au départ, sans aucune censure. Tu fais comme si tu avais une baguette magique qui aurait balayé toutes les contraintes et les freins qui pourraient survenir. La pensée magique débloque l'imaginaire, et c'est précisément ce dont on a besoin pour sortir d'un problème ou d'une difficulté : débloquer. Le cerveau droit, pour activer ce mode de pensée génial, doit brancher ses circuits sur un max d'énergie positive et de spontanéité.

Il paraît intéressé.

— Tu m'apprendras ?

— Bien sûr.

— Et toi, alors ? T'es un vrai droitier du cerveau ?

— Mmm… J'aime bien dire… ambidextre ! C'est d'ailleurs le but : apprendre à se servir de nos deux cerveaux et avoir accès à toutes leurs capacités. Car les cloisonner, ce serait comme refaire le coup du mur de Berlin et rejouer la guerre Est/Ouest… Pas terrible ! Moi, je suis pour la réunification ! Mais, au-delà de ça, le travail sur le mental et les aptitudes cérébrales cachées, autres qu'intellectuelles, permet, je crois, de développer la confiance en soi, en sa capacité à rebondir, à trouver les ouvertures. C'est ce qui a marché pour moi…

— À t'entendre, j'ai l'impression que tu n'as jamais peur de rien !

— Bien sûr que si, il m'arrive d'avoir peur ! Les audaciels ont peur, mais la différence avec les autres, c'est qu'ils avancent *avec* la peur. La peur est tout à fait normale et accompagne tout chemin de transformation. Tiens, je vais te raconter un truc : à l'époque où je donnais beaucoup de conférences, j'avais un trac fou à l'idée de parler en public ! Tu aurais vu ma tête avant d'entrer en scène !

— Et comment tu as fait pour surmonter ça ?

Je me dirige vers la machine à café et me sers une grande tasse brûlante. Je m'appuie debout contre mon bureau et fixe Arthur par-dessus le mug. Il attend la réponse. Cette histoire de *comment on dépasse sa peur* semble l'intéresser au plus haut point.

— On fait *avec* la peur, Arth' ! On fait sa connaissance. On l'invite souvent à sa table ! On lui parle. Au début, c'est une inconnue. Puis, petit à petit, elle devient plus familière. Et un jour, c'est devenu une amie…

Arthur écarquille les yeux. Je comprends qu'il n'avait jamais envisagé la peur ainsi.

— Cela rejoint d'ailleurs la pensée de Thich Nhat Hanh…

— Qui ça ?

— Thich Nhat Hanh ! Un moine bouddhiste vietnamien. Un sage.

Je montre à Arthur une image de l'homme imprimée avec une citation, accrochée derrière mon armoire avec quelques autres. Il lit à haute voix.

« Les gens ont de grandes difficultés à abandonner leurs souffrances. Par peur de l'inconnu, ils préfèrent souffrir, parce que ça leur est familier. »

Je renchéris, pour finir de l'éclairer.

— Parce que en réalité, tu vois, ce qui fait le plus mal, c'est de rester dans l'immobilisme, dans une situation qui ne nous va pas. D'où l'importance d'oser ! Et l'audace est un muscle qui se travaille. Petit à petit, on élargit davantage sa zone de confort. Pour mon exemple de la prise de parole en public… Au début, j'étais malade de trac. Puis j'ai persévéré. Je me suis exposé graduellement à ma peur. J'ai recommencé et recommencé. Chaque fois, j'avais un peu moins la trouille. J'ai aussi décidé de me renseigner activement sur les techniques qui pourraient m'aider à être plus à l'aise. Et puis, un jour, je suis monté sur scène et je me suis aperçu… que j'étais dorénavant aussi comme un poisson dans l'eau !

— Pas mal, l'histoire !

Je lui rends un large sourire. Il a saisi l'esprit, je suis content.

— Tu m'aides ?

On installe les trois *Brain*-bornes dans le Bazar, accompagnées de leurs tabourets hauts design. Ça fait un bel effet.

— J'espère aussi, avec mes BB, créer de l'affluence dans la boutique et fidéliser une nouvelle clientèle, en plus des jeunes qui risquent de venir pour la Tagbox !

— J'espère ! En tout cas, original comme stratégie marketing !

— On se défend… dis-je avec un clin d'œil.

Je lui montre mes flyers ronds imprimés. Dessus, un flashcode graphique en forme de cerveau et une accroche :

**Oserez-vous défier votre cerveau droit ?**

Tous les jours, au Bazar du zèbre à pois.

*Brain*-bornes en accès libre gratuit.

— T'as mis les moyens !

— On n'a rien sans rien, Arth'. C'est ma façon de faire parler du Bazar autrement. Bon. Tu te sens prêt à sillonner la ville pour distribuer tout ça ?

Il attrape les paquets de flyers qu'il jette dans son sac et en garde une grosse pile dans les mains.

— Tu peux compter sur moi.

## *Scène 22*

Opus s'assoit sur son séant pour observer l'étrange comportement de sa maîtresse. Elle marche de long en large dans le petit bureau, s'agite et parle fort devant les quatre personnes présentes, dont le grand monsieur qui sent fort la naphtaline et la sueur séchée. Pouacre. L'humain lui a donné un bout de papier, et, depuis, il flaire chez elle une sécrétion accrue de particules de stress, ce qui a le don de lui mettre les poils à vif. De la race des canins cool, Opus a pour seul rêve une vie rythmée par des balades olfactivement intéressantes, des gamelles gustativement appétissantes, et occasionnellement quelques amourettes de parc pour faire friser truffe et moustaches.

Apparemment, le stress a aussi gagné le grand bijambiste, et l'homme se met à picorer dans un paquet de biscuits apéritifs dont Opus raffole. Il tend l'oreille au doux son des bruissements du papier. Immédiatement, l'humain, qui semble répondre au nom de Pollux, remonte dans son estime. Opus s'approche de lui en espérant obtenir la faveur d'un partage. Le gaillard tend la main pour lui offrir quelques-unes des précieuses friandises salées, puis lui donne une franche caresse dans cet endroit du cou inaccessible. Opus le remercie par quelques joyeux battements de queue – il peut se targuer d'être un chien avec du savoir-vivre.

— Pollux ! Vous m'écoutez ?

Penaud, le colosse à l'air gentil range le paquet de gourmandises. On dirait bien que la fête est finie, songe le teckel en allant se réfugier dans l'autre angle de la pièce. L'ambiance ne s'arrange pas. Louise fulmine.

— Quand je pense à mon intervention dans ce lycée l'autre jour, qui non seulement n'a servi à rien, mais en plus a eu l'effet inverse de celui escompté… Vous vous rendez compte ! Tous les ados du coin ont pris le contre-pied de mes recommandations et se sont précipités à ce Bazar du zèbre à pois pour utiliser la, la… la Tagbox et « graffer », comme ils disent, leurs vêtements et accessoires ! Moi, je vous le dis, c'est un fiasco pour notre association ! Et le maire, qui s'est mis en tête de suivre l'affaire, et me demande des nouvelles… De quoi vais-je avoir l'air ? Et maintenant ce Basile Vega lance des *Brain*-bornes – on aura tout vu ! – pour agir sur les cerveaux de nos concitoyens ! Inutile de vous faire un dessin sur ce que ça a de choquant, de bizarre, et même de potentiellement dangereux ! Ce genre d'énergumène ne recule décidément devant rien pour attirer l'attention, et en plus il ose utiliser comme émissaire ce jeune garçon déjà tangent et influençable.

Les humains présents s'animent et se mettent à parler tous en même temps.

— Un peu de silence, je vous prie !

Opus se fige.

Sa maîtresse se tourne vers le gentil monsieur-biscuits-salés.

— Pollux. Toi qui es très familier de l'univers informatique, tu me sembles être la personne la mieux désignée pour cette mission : tu pourrais te rendre au Bazar du zèbre à pois et voir ce que ces *Brain*-bornes ont dans le ventre. Moi, je ne peux pas, ils me connaissent déjà. Tu te ferais passer pour un client ordinaire qui a envie de tester les machines, et tu nous ferais ensuite un compte rendu détaillé… C'est le seul moyen de cerner l'ampleur du problème et d'évaluer le seuil de dangerosité de cette initiative abracadabrante ! Tu es d'accord ?

L'humain massif réfléchit un instant, et tous les regards sont braqués sur lui. Opus a déjà vu ce type de rougeur apparaître sur la joue de ces bipèdes, mais il ignore à quoi ça correspond.

— D'accord, Louise. Je le ferai. Si ça peut aider l'association…

Louise adresse un sourire à l'homme, ou plutôt un petit rictus caractéristique qu'Opus connaît bien, mélange de satisfaction teintée d'irritation. L'assemblée se dissout. Une question taraude Opus : sa maîtresse va-t-elle avoir la tête à penser à sa gamelle ? Il compte se rappeler à son bon souvenir en lui agitant sous le nez sa plus belle tête de chien battu.

## *Scène 23*

Arthur a enchaîné les *graff-tattoos* d'accessoires tout l'après-midi. Jamais il n'a ressenti un tel sentiment d'excitation et de satisfaction mélangées ! Pour la première fois de sa vie, une activité l'épanouit vraiment, alors que, il y a quelques semaines à peine, il ne pensait pas que cela soit possible : être heureux en travaillant. Avant Basile, il se sentait dans sa vie comme dans un cagibi. Le Bazar du zèbre à pois lui a ouvert des fenêtres, et un peu de lumière filtre dorénavant depuis son avenir. L'envie d'étonner Basile, mais aussi de le rendre fier, lui donne des ailes. Jusque-là, il avait, tout le long de son parcours, entendu les adultes parler de lui comme du champion des *procrastinateurs* – il était mal élevé de dire tout haut *branleur* –, avec un poil dans la main digne du Guinness des records. Ce qui n'était pas forcément faux, il en avait conscience. Mais là, un truc l'excite, lui occupe l'esprit, lui plaît. Au Bazap, il ne se reconnaît pas : il se montre ultra-réactif, disponible, responsable. Et regarde ce nouveau lui avec la curiosité étonnée et la distance prudente qu'on adopte lorsque l'on se retrouve face à un inconnu. Pourtant, d'ores et déjà, il aime ce qu'il voit. Et ce qu'il ressent quand il endosse la peau de cet « autre Arthur ».

Cinq adolescents, et même une dame, font encore la queue pour la Tagbox. Arthur jette un regard plein de reconnaissance en direction de Basile qui, lui, s'affaire avec les *Brain*-bornes. L'opération flyers-flashcodes est un succès ! Basile avait raison : les BB brassent un important trafic dans la boutique. Les personnes viennent d'abord essayer gratuitement les *Brain*-bornes, en profitent pour faire salon un moment en dégustant la collation mise à disposition, puis, charmées par l'esprit du lieu, finissent par craquer pour l'un des objets-provocateurs. Arthur admire sincèrement la tactique de Basile et lui voue un grand respect.

Le respect… C'est là que d'ordinaire le bât blesse entre lui et le reste du monde, surtout avec ses professeurs. La plupart de ceux qui avaient croisé sa route n'avaient vu en lui qu'un cancre fauteur de troubles. C'était du moins son impression. Une impression tenace comme la crasse, dont il n'avait jamais pu se défaire. Pour ces *supérieurs hiérarchiques scolaires* – une autorité à laquelle Arthur avait du mal à se soumettre faute de lui reconnaître une vraie légitimité –, il n'y avait rien à comprendre : Arthur était nul, point. « En échec. » Un verdict, une sentence, un sceau d'infamie qui frappait l'élève et l'individu dans un pêle-mêle dévastateur. Arthur lisait dans leurs yeux ce qu'il croyait être du mépris, tout du moins, du rejet. Il dérangeait. Il agaçait. On n'avait pas envie de s'occuper de lui. Alors à quoi bon ? Il partait de trop loin pour remonter la pente. Ce serait faire des efforts pour rien… Arthur reconnaissait qu'il n'était pas facile. Mais comment expliquer que l'insolence dont il faisait preuve par moments n'était qu'une protection, une carapace pour ne pas montrer à quel point il avait mal de se sentir ainsi jugé ? Que derrière son masque de gars fort que rien n'atteint, il cachait une sensibilité à fleur de peau et n'attendait au fond qu'une seule chose : une marque d'intérêt, un coup de pouce pour, peut-être, avoir l'influx de revenir dans la course…

Arthur chasse ces pensées désagréables pour revenir à celles, plus réjouissantes, de ce moment de félicité. Il voit la porte s'ouvrir et sa mère entrer. Giulia se dirige droit sur lui avec un grand sourire et l'embrasse fort. Arthur adore quand elle est affectueuse, pourtant, il recule, un peu gêné de cette démonstration publique, d'autant que plusieurs de ses copains de lycée traînent dans la boutique. Giulia saisit et chuchote :

— Fais comme si je n'étais pas là !

*Ça va être dur*, songe Arthur, néanmoins attendri par les efforts de discrétion de sa mère.

— Je suis venue voir Basile. Tu sais, pour le projet ?

— Le détonateur ?

— Oui !

Elle lui souhaite bon courage pour sa fin d'après-midi, et Arthur la voit se diriger vers les *Brain*-bornes. Basile est occupé depuis un moment à expliquer toutes les fonctions de la machine à un grand gars un peu chelou : ses cheveux mi-longs raides et rêches donnent l'impression qu'il s'est collé une perruque sur la tête…

Dès que Basile aperçoit Giulia, il s'interrompt et lui réserve un accueil chaleureux. Arthur est content que son boss et sa mère s'entendent bien. Ils travaillent ensemble depuis peu sur un projet qui a l'air de mettre sa mère de meilleure humeur. Si seulement elle pouvait être moins tendue ! Il n'en peut plus de la sentir tout le temps à vif, et ça l'inquiète de la savoir malheureuse depuis la séparation. Pour un peu, il aurait presque été content de la cata du commissariat : cela lui avait fait un bien fou de sentir sa mère *avec* lui, prête à le défendre, pleine d'un amour que, parfois, il peinait à voir. Cette question l'angoissait d'ailleurs plus qu'il ne voulait le montrer ou se l'avouer. Lui-même se considérait tellement décevant, comment sa mère aurait-elle pu avoir de l'affection pour un gosse qui se conformait si peu à ce qu'on attendait de lui ?

Giulia lui fait un signe de la main. C'est bon de sentir ses encouragements. Puis voilà qu'elle affiche une expression surprise en apercevant le grand monsieur aux cheveux jaunes. Arthur s'étonne quand il les voit se faire la bise. Ils se connaissent ? Alors ça… Arthur se demande bien d'où. Il a envie de s'approcher pour écouter ce qu'ils disent, mais à ce moment-là une jeune fille l'accoste. C'est Mila. Hip-hop dans sa poitrine. Il reprend sa respiration et feint la nonchalance, n'ayant aucune envie d'être le premier des deux à dévoiler son *crush*. La jolie métisse est lookée des pieds à la tête. Il lui trouve du style, même s'il pense qu'elle n'a pas besoin d'en faire autant. Lorsqu'il croise le regard de Mila, il est heureux d'y lire une certaine candeur réconfortante. Elle est intimidée, il le jurerait. Ça le touche, de la sentir gauche face à lui, et quand elle ouvre enfin la bouche pour lui parler, il aime percevoir son léger trouble.

— Tu me ferais un de tes *graff-tattoos* sur ce sac ?

Tandis qu'il acquiesce avec un large sourire, Mila lui tend un joli sac gris clair à la silhouette seau. D'après les motifs célèbres qu'il arbore, Arthur reconnaît immédiatement l'imitation d'un Louis Vuitton. Il s'empare du bel accessoire et entraîne Mila vers la cabine de la Tagbox, la tête déjà pleine d'idées. Avec le fond clair, sa création au pochoir se détachera super bien. Il sent que sa cote de popularité va grimper en flèche…

## *Scène 24*

Pollux rentre chez lui, envahi de sentiments contradictoires. La visite au Bazar du zèbre à pois lui a chamboulé la tête. D'un côté, Louise Morteuil va être contente : il ramène une tonne de matière pour alimenter sa mission d'espionnage. De l'autre, il est troublé de ne pas savoir quoi penser de cette boutique pas comme les autres. Il sent que Louise Morteuil a une dent contre ce genre d'endroit, très décalé, trop marginal. Il connaît sa façon de procéder, et ses moyens d'action pour limiter l'expansion et le « pouvoir d'influence » des initiatives créatives conduites par ce Basile Vega : le lent travail de sape d'une réputation dans ce genre de commune, la puissance de l'écrit *via La Dépêche du Mont*, du site Internet très fréquenté de Civilissime, et de toutes leurs actions auprès des citoyens pour les informer et les guider dans leurs choix. C'est d'ailleurs ce rôle actif qui lui avait tant plu au début. Un rôle avec du sens, à l'avant-scène de ce qui se joue d'important dans le quotidien des citoyens. Un rôle avec un peu de profondeur.

Ces dix dernières années chez Olfatum, il s'était toujours senti translucide. Il ne retenait pas l'attention. Personne ne cherchait vraiment à tisser de liens avec lui. Au fond, on se servait de lui comme d'un outil ; il était pratique, celui qui vous sort de vos galères informatiques. Pour ces parfumeurs, l'ordinateur était un coéquipier vital qu'il chouchoutait. Il était devenu au nez ce que la main est au prolongement de l'esprit. Malgré tous ses efforts pour socialiser, on le maintenait toujours à une distance polie qui le peinait. Quand on l'avait surnommé Pollux, comme le chien du « Manège enchanté », il avait fait semblant de trouver ça drôle. Pour ne pas faire de vagues. Et parce que, quand on vous donne un surnom, c'est déjà que vous existez un peu. Mais, en son for intérieur, son amour-propre en était piqué.

La seule qui se montrait amicale avec lui, c'était Giulia. Elle, elle prenait le temps de lui sourire, d'échanger quelques mots, et parfois même de partager un café. D'abord, il l'avait appréciée. Puis il s'était mis à beaucoup l'aimer. Puis à l'aimer tout court. Au fil du temps, elle était devenue à ses yeux une sorte de Vénus incarnée. Une perfection fantasmée. Son amour s'était transformé en vénération muette. Il projetait sur elle un idéal qu'il ne trouverait jamais. Il nourrissait cet amour souterrain avec une ferveur constante qui le faisait vibrer et alimentait son besoin d'intensité et d'absolu. Il n'avait jamais réussi à garder une femme très longtemps, lui qui vivait comme un vieux garçon, avec ses habitudes, dans un capharnaüm que lui seul pouvait supporter.

Quand il l'avait vue arriver au Bazar du zèbre à pois, son sang n'avait fait qu'un tour. Qu'est-ce qu'elle faisait là ? Il avait d'abord été heureux de la voir. Elle avait mis sa jolie robe, la rouge aux motifs blancs et noirs élégants et lumineux. Un maquillage raffiné embellissait encore ses traits. Surtout ce rouge à lèvres grenade qui donnait un irrésistible relief à l'ourlet de ses lèvres. Il avait dû discrètement enfoncer ses ongles dans ses paumes pour évacuer la tension émotionnelle provoquée par cette apparition. Son trouble avait encore augmenté quand il l'avait humée : elle s'était parfumée ! Giulia ne se parfumait jamais. Cela pouvait sembler étrange pour un nez. Mais, en réalité, elle finissait, semble-t-il, par avoir besoin de neutralité olfactive pour reposer ses sens. Là, Pollux avait reconnu des notes de citron, de bergamote et de cyprès. Exquis. Mais pourquoi s'était-elle parfumée ?

Alors son regard s'était porté de Giulia à Basile, de Basile à Giulia. L'évidence s'était imposée. C'était pour lui qu'elle venait. *Nous travaillons sur un projet*… avait-elle fini par confier sur le ton du secret. Elle l'avait mis dans la confidence avec un clin d'œil amusé, mais lui ne s'amusait plus du tout. Il les avait bien regardés, tous les deux, et avait immédiatement jalousé leur complicité criante. Cette espèce de synchronicité naturelle, d'émulation spontanée. Ces deux-là s'égayaient au contact l'un de l'autre, se coupaient la parole dans leur enthousiasme à échanger, s'illuminaient d'excitation à l'idée de creuser plus avant leur projet commun. Leur mise en présence créait des étincelles invisibles. S'en rendaient-ils seulement compte ? Non. En général, les gens vernis sont aveugles-et-sourds.

Basile lui avait aimablement imprimé tous les résultats des défis qu'il avait remportés sur la *Brain*-borne.

Sa bienveillance joyeuse avait achevé de gâter son humeur. Puis, après l'avoir salué poliment, Giulia et lui s'étaient éclipsés dans le bureau-atelier de l'étage, le laissant planté là, seul, avec sa frustration grandissante et un âcre et profond sentiment de vide.

Pollux, face aux feuilles éparpillées sur sa table basse, se demande quel retour il va bien pouvoir faire à Louise Morteuil. Il est obligé de constater que l'expérience de la *Brain*-borne lui a plu. En tant qu'expert informatique, il reconnaît que l'interface créée par Basile est ludique, ingénieuse, et les défis aussi amusants qu'instructifs.

Il regarde le graphique en forme de toile d'araignée – résultat d'un test qui évalue la manière d'utiliser son cerveau droit selon les cinq grands critères. Pour l'instant, ses capacités restent dans la moyenne basse, mais le commentaire d'analyse est rédigé de manière encourageante pour susciter l'envie de s'entraîner et de s'améliorer.

Le principe de la *Brain*-borne est de donner accès à des contenus courts et attractifs pour mieux comprendre les potentialités du cerveau droit et l'intérêt de l'utiliser davantage.

Pollux avait bien aimé le petit professeur virtuel qui servait de guide dans l'utilisation de l'appareil. En cinq grands axes, on pouvait développer les capacités de son cerveau droit.

D'abord, l'intuition.

Le professeur virtuel avait expliqué, à grands coups de bulles de dialogue colorées, que l'intuition n'avait rien à voir avec la logique ni aucun processus intellectuel.

*Vous « savez » des choses sans savoir d'où vous les savez. C'est la porte du sixième sens.* Feeling, *instinct, petite voix intérieure, flair, prémonition, guide intérieur, boussole interne…*

La *Brain*-borne proposait des conseils pratiques pour développer son intuition. Pollux avait retenu l'un d'eux :

*Apprenez à écouter ce que vous racontent vos sensations, émotions, impressions.*

Pollux ignorait que *ces choses-là* pouvaient vous parler !

Puis le défi du jour avait été lancé :

*Et si vous commenciez par être vraiment attentif à ce qui est bon ou mauvais pour vous ?*

Pollux ne se posait jamais ce genre de question. Assis dans son canapé, il s'aperçoit pour la première fois de sa vie à quel point il est coupé de ce qu'il ressent vraiment à l'intérieur. Tous les jours, il se lève et fait ce qu'il a à faire. Il s'interroge le moins possible sur ce qu'il ressent. Il aurait sans doute trop peur d'ouvrir la boîte de Pandore…

Néanmoins, la promesse de la *Brain*-borne est tentante : en travaillant sur soi, on peut apparemment se découvrir des potentialités insoupçonnées, et peut-être se donner une chance d'aller vers une meilleure voie, plus juste, plus épanouissante… L'idée le séduit et le bouscule à la fois. Il était tellement convaincu jusque-là que rien, jamais, ne changerait…

Il s'empare de la feuille mémo sur les émotions. Ah ! « L'intelligence des relations et des situations »… C'est là qu'il a eu le plus mauvais score. Il ne sait pas très bien pourquoi ça coince autant entre les autres et lui. Bien sûr, il est un peu ours. Mais, au-delà de ça, il se trouve plutôt gentil, serviable, conciliant. Entre lui et lui, il aimerait assez « s'avoir pour ami ». Alors pourquoi rencontre-t-il aussi peu de succès dans les rapports humains ? Ses difficultés relationnelles le font souffrir, mais il n'a pas eu le courage, jusqu'à présent, de regarder là où ça fait mal.

Un peu plus tôt, au Bazar du zèbre à pois, il avait donc délaissé l'entraînement émotionnel pour lui préférer celui consacré à la créativité.

Il s'était amusé avec l'exercice de niveau 1 sur les vingt petits ronds, qui proposait de transformer chacun d'eux en quelque chose de reconnaissable : un visage, une tête de chat, un soleil, une roue, pour les plus faciles… Pour en trouver vingt, il lui avait fallu se creuser les méninges, mais quelle satisfaction de sentir des zones endormies de son cerveau être stimulées !

La facette sur l'audace s'était révélée tout aussi palpitante, et particulièrement la question du *Comment dépasser ses peurs pour oser.*

Pollux se sentait sclérosé dans sa vie. Fossilisé dans l'ambre de ses routines, le thème l'avait intrigué.

*Dessinez les contours de vos habitudes, les murs qui entourent votre zone de confort. L'audace permet de repousser les murs*, avait clamé le petit professeur virtuel.

Il avait aimé cette idée-là.

*On ne peut pousser les murs si l'on ne sait pas pourquoi on a envie de les pousser. Cernez vos motivations. Celles qui feront levier pour passer à l'action.*

Changer. Agir… Pollux a le cerveau qui bouillonne. Sa vie est depuis si longtemps réglée comme du papier à musique. Bien ordonnée, sans surprises. *Les vies rangées n'ont pas de tiroirs.* Cette étrange idée apparaît dans son esprit. Comme si son inconscient s'exprimait et s'insurgeait brutalement contre sa façon de vivre.

Pollux pressent qu'une réflexion de fond sur sa vie est sans doute nécessaire. Peut-être même vitale ?

*Notez vos idées, vos pensées, vos réflexions, même les plus étranges.*

La *Brain*-borne dit que c'est un bon début pour enclencher un processus de transformation neuronale. L'amorce d'une nouvelle manière de penser. Il n'en perçoit pas vraiment l'utilité. Mais elle dit aussi qu'il ne faut pas chercher à tout comprendre ni tout rationaliser.

Alors il notera.

Muscler son cerveau droit permet de développer son acuité sensorielle, avait expliqué le petit professeur virtuel.

*C'est par les cinq sens que vous vous faites une idée du monde. Les affûter permet d'affiner votre perception de la réalité. Pour cela, entraînez-vous à écouter davantage tous les sons environnants, à manger en conscience, à regarder sous différents angles, à sentir sous vos doigts les nuances de textures, les variations de température. Observez la richesse de sensations et de ressentis !*

*En vous permettant d'être plus présent à vous-même et à l'instant, ces capteurs sensoriels mettent plus de vie dans la vie.*

*Plus de vie dans la vie.* L'expression avait marqué Pollux. Cela doit être agréable de ressentir plus intensément…

Il repousse les feuillets, un peu fatigué à présent. Toutes ces idées qui creusent des sillons pour faire leur chemin dans son esprit, ce n'est pas neutre. Finalement, Louise Morteuil a probablement raison de se méfier des activités du Bazap : l'expérience proposée par Basile est tout sauf anodine. Et, à ce moment précis, il revoit fugacement le visage de Giulia, heureuse de partager un projet secret avec Basile. Basile qui a réussi à la réjouir, lui. Rien que pour ça, il soutiendra Louise Morteuil.

## *Scène 25*

Giulia sent une main la secouer vigoureusement. Elle sort péniblement de son état comateux et ouvre les yeux.

— Mams ! Mams ! Réveille-toi ! Y a un truc qui brûle dans le four ! Je l'ai arrêté, mais il faut que tu viennes voir.

Giulia se lève d'un bond pour courir dans la cuisine. Avec un juron étouffé, elle attrape le premier torchon qui lui tombe sous la main, ouvre en hâte la porte du four et recule brutalement, soufflée par la chaleur et l'épaisse fumée âcre. Elle retire ce qui aurait dû être une pizza quatre fromages, qui atterrit lamentablement à la poubelle. Arthur a regardé la scène sans un mot, mais Giulia sait qu'il n'en pense pas moins. Ces derniers temps, elle est complètement à côté de la plaque. Elle travaille chez Olfatum la journée et fait des recherches jusque tard dans la nuit pour son projet personnel… Elle mange, boit, dort avec le détonateur sensoriel dans la tête. Tout à l'heure, exténuée, elle avait juste voulu fermer les yeux un instant en se posant dans son canapé et… elle s'était endormie.

— Qu'est-ce qu'on va manger, maintenant ?

Un adolescent qui a faim ne verse pas vraiment dans l'empathie. Lui, tout ce qu'il veut, c'est qu'il y ait quelque chose de comestible sur la table. Et vite, ce serait mieux. Giulia culpabilise de ne pas faire partie de ces mères qui prennent le temps de préparer de bons petits plats, des repas « équilibrés-comme-il-faut ». Une fois de plus, elle plonge la main dans son porte-monnaie et tend un billet à Arthur en affichant à la fois une moue d'excuse et de supplication. Il n'a pas besoin de sous-titres pour comprendre qu'il est en charge du dîner. Aucun cas de conscience pour lui. Il détale en moins de deux, non sans préalablement prendre soin de réajuster sa coupe de cheveux dans le miroir de l'entrée – il ne faut pas confondre vitesse et précipitation.

Une fois la porte claquée, Giulia se laisse choir sur une chaise et contemple ses notes éparses sur la table, avec, au milieu d'elles, l'ordinateur portable dont elle sent la batterie brûlante. Et pour cause, elle ne l'éteint même plus.

Ces derniers jours, elle avait tenté de réunir les pièces de son puzzle géant : l'idée du détonateur sensoriel, l'usage détourné des parfums, l'envie d'aider les gens à retrouver des états intérieurs positifs grâce à un déclencheur olfactif…

Giulia s'était immergée dans des sujets qu'elle connaissait peu jusqu'alors, notamment dans ce qu'ils appellent en psychologie les « états ressources » : se sentir calme, fort, en confiance, en paix, en joie… Toute une palette d'états intérieurs positifs !

Pourtant, elle savait d'expérience que les états négatifs pouvaient vite reprendre le dessus ! Anxiété, morosité, colère, fatigue, agitation, découragement…

Elle avait donc la conviction que les parfums pouvaient sérieusement aider à se reconnecter à des sentiments et sensations heureuses.

Seulement, une intuition ne pouvait suffire. Encore fallait-il l'étayer d'éléments probants.

Giulia avait senti la nécessité de s'intéresser de plus près au fonctionnement même du cerveau et de profiter des récentes avancées en matière de neurosciences. Elle s'était plongée dans le livre de Rick Hanson *Le Cerveau du bonheur*. Sur les pages de garde, elle avait noté les idées clés.

*Nos expériences de vie laissent des traces durables dans notre cerveau, et elles ont même le pouvoir de transformer notre structure neuronale.*

Une image s'était imposée à elle : son cerveau comme une pâte à modeler à laquelle on n'aurait pas vraiment pris la peine de donner forme. Quant aux circuits de ses souvenirs et sensations positives, ils devaient être aussi broussailleux qu'un vieux jardin laissé à l'abandon ! Pas étonnant qu'elle ait du mal à les retrouver…

*Lorsque notre cerveau se focalise sur les événements négatifs, ces événements impriment une empreinte négative durable et conditionnent négativement notre perception du réel.*

Elle avait souligné la phrase trois fois.

*À l'inverse, en focalisant notre attention sur le positif, on peut reprogrammer en profondeur notre système de perception et retrouver beaucoup plus facilement des états intérieurs de calme, de confiance ou de joie.*

Les heureux souvenirs, perdus quelque part dans les méandres de la mémoire paresseuse, étaient soudain apparus à Giulia comme un trésor enfoui en nous, sur lequel on ne capitalisait pas.

*On a de l'or dans le cerveau et on n'en fait rien.*

Giulia s'était fait cette réflexion la nuit précédente, et avait ressenti une sorte de déclic. Alors qu'elle allait enfin s'endormir, l'image d'un chercheur d'or avec une pioche et d'un trésor à déterrer lui était apparue. Elle avait vite rallumé la lumière pour noter l'idée : le détonateur sensoriel jouerait le rôle de la pioche pour creuser dans les mémoires positives et les faire remonter à la surface !

Giulia tousse à cause de la fumée de la pizza cramée et entrouvre la fenêtre. Puis elle retourne dans le canapé et continue sa lecture avec toute la concentration dont elle est encore capable malgré sa fatigue accumulée. Ce qu'elle apprend au fil des pages résonne tellement juste en elle ! Oui, elle en est persuadée : laisser son cerveau imbibé d'humeurs négatives à cause de ruminations ou de mauvaises expériences mal digérées a des effets secondaires notoires sur la santé physique et psychique, et provoque stress et mal-être. Elle lit, souligne, et est sur le point de noter une idée importante lorsque son portable sonne.

— Mams, j'prends quoi ? Des nems au poulet ou au porc ?

Elle soupire. Ne se doute-t-il pas à quel point cela lui importe peu ?

— Ce que tu veux, Arth'.

Aaah. Son idée s'est envolée. Elle inspire profondément et tente de se concentrer pour la retrouver. Ça y est ! Ça lui revient. Elle commence à écrire lorsque le portable sonne de nouveau.

— Eau pétillante ou soda ?

— Arthur ! Comme tu veux, je te dis ! Tout m'ira bien !

— T'énerve pas !

— Je m'énerve pas, mais…

— Mais quoi ?

— Rien. À tout de suite.

Elle raccroche et s'en veut de se sentir à vif. Arthur essaye de bien faire, et pourtant elle s'impatiente. D'autant qu'il serait en droit d'attendre plus d'implication de sa part et d'espérer autre chose à manger que des plats surgelés ou à emporter.

On ne va pas pouvoir continuer comme ça…

Giulia jette son feutre négligemment sur la table. Elle sent que, pour ce soir, elle n'aura pas la force d'aller plus loin. Elle doit regarder le vrai problème en face : elle ne pourra pas mener de front son travail au labo et ses recherches personnelles sur le détonateur sensoriel. Elle ne supporte plus cette impression de rouler sur les jantes : elle le sait, il est temps de prendre de vraies décisions. Des décisions qui l'engagent, elle. Et son avenir.

Arthur revient avec un gros sac de victuailles.

— J'peux manger devant la télé ?

Sans attendre la réponse, il se jette dans le canapé tout en ouvrant une canette de soda. Elle n'a pas l'énergie de se lancer dans la diatribe antisucre habituelle et décide de lâcher. *Pour un instant, pour un instant seulement*, songe-t-elle avec une dose d'humour et d'autodérision en jouant dans sa tête un court extrait de la chanson de Brel.

Puis elle prend place aux côtés de son fils pour profiter du plateau-télé, et avec un bonheur qu'elle n'a pas ressenti depuis longtemps, enfin elle « laisse glisser ».

## *Scène 26*

*Basile, ça ne sert à rien de t'énerver !* me dis-je en serrant les poings en passant devant l'emplacement vide des *Brain*-bornes. Je ne décolère pas. Huit jours après l'incident, je suis encore ulcéré par l'action de la mairie.

J'ai vu débarquer au Bazap un agent commissionné et assermenté chargé de contrôler les activités du lieu, à la suite d'une plainte anonyme déposée, exposant différents griefs. J'ai eu beau protester, l'agent avait appliqué la procédure.

— Une enquête tout ce qu'il y a de plus réglementaire, monsieur Vega. Nous sommes là pour garantir la sécurité de nos administrés et veiller à la tranquillité publique.

L'agent avait exposé les faits en revenant sur le désastreux incident survenu deux semaines auparavant lorsque, au beau milieu d'un samedi faste, une mère en furie avait débarqué au Bazar et fait un scandale, traînant sa fille – penaude – sur ses talons et brandissant son sac authentique Louis Vuitton défiguré par un *graff-tattoo* d'Arthur.

La mère avait gesticulé, hurlé, prenant même les gens à témoins. Arthur avait immédiatement reconnu son erreur et s'était platement excusé : il ne pensait évidemment pas que le sac était un vrai, croyant à une contrefaçon. La mère l'avait traité de tous les noms, en s'étouffant d'indignation. Un sac à deux mille six cents euros, offert par son époux pour leurs dix ans de mariage ! J'en avais moi aussi largement pris pour mon grade, mais, ce qui m'avait le plus blessé, c'était l'accusation de mauvaise influence sur la jeunesse.

Je m'étais vu traité d'irresponsable, de nuisible, de spécimen dangereux. Évidemment, la femme outragée avait incité haut et fort toutes les personnes présentes à ne plus jamais remettre les pieds dans la boutique. Une catastrophe pour l'image de marque du Bazap, qui s'était vu déserté en quelques minutes. La mère avait bien sûr réclamé un dédommagement intégral. Deux mille six cents euros perdus avec perte et fracas pour un tag vendu quinze euros. Ça me faisait mal au cœur.

Le fait d'avoir embauché un jeune garçon qui avait eu des problèmes avec la justice et d'avoir développé avec lui une activité de graffeur apparaissait comme un affront à la municipalité et ne plaidait pas du tout en ma faveur.

C'est donc presque logiquement que la plainte s'était portée aussi sur les *Brain*-bornes, suspectées de potentiellement exercer une mauvaise influence sur les jeunes esprits naïfs et influençables.

L'agent chargé de l'enquête de sécurité soulignait qu'il était assez inconséquent de laisser les BB en accès libre. La municipalité voulait de toute façon s'assurer de la moralité de leur contenu et vérifier, à l'instar de la signalétique pour les films et jeux vidéo avec les pictogrammes – 10, – 12, – 16 et – 18 pour contrôler l'âge autorisé des utilisateurs.

— … Mais enfin, il n'y a absolument rien de dangereux là-dedans, je vous assure ! m'étais-je défendu.

L'agent était resté de marbre.

— Je ne demande qu'à vous croire, monsieur Vega. Mais nous devons vérifier. Nous allons procéder à l'exploration de leur contenu pour dresser un rapport, étudié ensuite par une commission qui décidera si, oui ou non, ces machines sont dangereuses. Si elles sont jugées inoffensives, elles vous seront restituées. Vous aurez simplement à respecter les normes d'accès qui vous seront imposées.

— Mais… combien de temps cela va-t-il prendre ?

Évidemment, l'agent s'était montré évasif sur les délais d'enquête, et j'avais vu partir mes trois BB dans un camion de la préfecture avec la certitude que je ne les reverrais pas avant des semaines. J'avais eu des échos, par Arthur, de l'incidence sur les habitants de la commune de cette mauvaise publicité. Quelques camarades de lycée lui avaient raconté que leurs parents leur avaient interdit de remettre les pieds dans l'établissement. Et effectivement, depuis, la Tagbox était boudée. Quant à Arthur, il s'en voulait à mort. Et j'avais l'impression d'avoir perdu le bénéfice de semaines d'efforts pour booster son moral et sa motivation. Je crois que c'est cela qui m'énervait le plus : je retrouvais l'ancien Arthur, taciturne et désillusionné des débuts.

À ces déboires s'ajoutait une inquiétude supplémentaire, qui pouvait sembler anodine, mais qui m'agaçait : ma liaison avec Audrey. C'était une jeune femme pleine de fraîcheur, et j'appréciais les moments que nous passions ensemble. Mais j'étais inquiet de la sentir s'attacher plus que je ne l'aurais souhaité. Je m'en voulais de ne pas être capable de lui offrir ce qu'elle attendait.

Mes poings se crispent au fond de mes poches, espérant que cette marche rapide à travers les rues de Mont-Venus apaisera mon agitation. À cet instant, je reçois un message d'Audrey. Le deuxième, ce matin. Je le lis rapidement. Ça me fait plaisir, mais peur. Le poids de ses attentes se resserre comme un nœud coulant autour de ma gorge. Confusément, je sens que je n'ai pas envie de cela. La liberté est ma valeur première. Audrey, je l'aime bien. Mais il n'est rien de plus terrible que de juste *aimer bien* son amante.

Je range le portable dans ma poche. Je lui répondrai plus tard. Je me hâte. J'ai rendez-vous avec Giulia. Participer à son projet m'aère la tête. Voire m'enthousiasme. Je sens qu'elle tient une piste intéressante, et c'est très gratifiant pour moi de l'aider à faire éclore ses idées. Oui, c'est le mot, « gratifiant ». En songeant à elle, une expression me vient : « rencontre-silex ». C'est précisément cela. À son contact, je m'anime. Elle m'inspire et provoque une réaction presque chimique, que je ne m'explique pas totalement : est-ce de l'excitation ? Un engouement ? L'envie de me mesurer à un alter ego ? De me dépasser pour exister à ses yeux ?

Pourquoi n'en va-t-il pas de même avec Audrey ? Elle est pourtant charmante, intelligente, adorable… Pourquoi ce « truc-en-plus » chez Giulia, et pas chez elle ?

Je croise quelques personnes dans la rue qui me jettent des regards obliques. L'avantage de tous ces incidents, c'est qu'ils ont malgré tout contribué à me faire connaître des habitants ! *Voir le positif, voir le positif*, essayé-je de me convaincre.

J'aperçois Giulia à travers la vitre du café. Penchée sur ses notes. Une mèche rebelle s'est détachée de sa barrette, qu'elle tente de remettre derrière son oreille. Peine perdue. Cela me fait sourire. Elle lève les yeux et me voit, m'adresse un salut joyeux et me fait signe d'entrer. Je suis frappé par l'air de famille avec Arthur. Ces deux-là ont quelque chose qui me touche. Je suis étonné de l'affection instinctive que je leur porte. Je pousse la porte du café pour la rejoindre.

— Ça fait plaisir de voir des gens de bonne humeur ! nous renvoie le serveur en déposant devant nous les cafés.

Aucun de nous deux ne s'était rendu compte de l'expression réjouie sur nos visages respectifs.

## *Scène 27*

Giulia est heureuse de se retrouver là avec Basile. Elle lui est très reconnaissante du rôle déterminant qu'il a joué dans son projet et des déclics qu'il a provoqués.

Pourtant, ce matin, elle perçoit une humeur inhabituelle. Quand elle lui en fait la remarque, il confie sans hésiter ses tracas avec la municipalité. Elle s'indigne. Trouve cela profondément injuste. C'est vrai que, au début, elle avait été un peu sceptique quant au concept du Bazar du zèbre à pois, consciente que l'idée d'une *boutique comportementaliste* pouvait déranger, interloquer. Mais n'était-ce pas justement tout l'intérêt ?

Elle-même était de plus en plus lassée du côté uniformisé et souvent lisse du prêt-à-penser : les programmes, les contenus, les modes avaient tendance à dicter une manière monolithique de penser, de manger, de vivre. Au milieu de tout ça, une déferlante d'injonctions au bien-être et au bonheur, qui finissaient par être agaçantes, voire culpabilisantes…

Giulia ne cochait pas les cases de « ce qu'on était censé faire » pour rentrer dans les critères actuels qui élisent les gens heureux et équilibrés. Comment avouer tout haut, par exemple, qu'elle n'avait jamais réussi à se mettre au yoga tant elle ne tenait pas en place ? Ou confesser qu'elle n'aimait ni le quinoa ni le boulgour, qu'elle trouvait fades, en dépit de leurs vertus pour la santé ? Ou admettre à qui voudrait l'entendre que, non, elle ne faisait pas l'amour trois fois par semaine comme vanté dans les magazines féminins… Il faudrait déjà avoir un compagnon pour ça !

Giulia se rend compte que Basile s'est arrêté de parler et la regarde en souriant avec indulgence.

— Tu n'écoutais pas.

— Mais si !

C'est vrai, elle n'écoutait pas. L'espace d'un instant, elle s'était laissé distraire par la géographie de son visage. Ce n'était plus lui qu'elle regardait, mais un paysage vivant. Le mouvement des lèvres qui bercent comme le spectacle apaisant d'une rivière, le relief majestueux du nez comme un récif, la barbe jeune qu'on devine tendre comme une herbe verte, l'éclat des yeux comme une pièce perdue qui brille au fond de l'eau…

Cela lui arrive souvent. Ce genre de rêverie. D'un seul coup, ses sens l'embarquent et elle ne contrôle plus le mouvement. Une sensibilité exacerbée de tous les sens. L'odorat en premier.

— Ah ! Te voilà de retour. Je t'avais perdue un instant…

— Pardon.

Il n'a pas l'air désolé. Amusé, plutôt. Elle espère qu'il ne s'est pas aperçu de son observation muette. Mais, après tout, qu'importe.

— J'ai une grande nouvelle.

— Ah ?

— Ma boîte a accepté que je passe en temps partiel.

Basile la félicite. Giulia n'a pas besoin de lui expliquer. Il comprend tout de suite que cela valide l'importance qu'elle accorde à leur projet de détonateur sensoriel.

— C'est déjà une première grande étape, n'est-ce pas ? Je vais avoir plus de temps pour faire mes recherches et vraiment avancer…

— Oui ! Et peut-être que tu arrêteras de faire brûler les pizzas !

Giulia rougit.

— Oh ! Arthur t'a raconté… C'est que je ne dormais pas beaucoup ces derniers temps. Ça devenait intenable…

Giulia passe sous silence son inquiétude : ce qu'elle allait gagner en confort de travail, elle allait momentanément le perdre en pouvoir d'achat, et les fins de mois risquaient de devenir difficiles avec un salaire tronqué. Elle avait peur, et pourtant quelque chose prenait le dessus : le sentiment grisant d'enfin oser provoquer le changement, d'aller là où son talent prendrait tout son sens, son utilité, son ampleur… Payerait-elle le prix de son audace ? Peut-être, mais a-t-on vécu si l'on n'a pas pris de risques ?

Basile penche la tête vers les notes de Giulia.

— Je vois que tu as avancé.

— Oui, même si je ne sais pas encore quelle forme prendra l'objet. Ce qui est sûr, c'est qu'il ne s'agit pas d'une démarche passive de relaxation où l'on se détend grâce aux parfums, mais d'une démarche active et régulière pour, jour après jour, faire remonter les souvenirs positifs à la conscience en s'aidant des parfums afin de déclencher les réminiscences.

— Et que fait-on de ces souvenirs positifs ?

— On les consigne précieusement dans un journal de bord mémoriel ! On les relit, on s'en imprègne, pour faire revivre en soi les états ressources positifs qu'ils avaient su générer.

— Ce qui a pour effet de…

— Durablement reprogrammer le cerveau en positif ! J'ai envie d'appeler ça la méthode « plus-tu-plus-tu ». *Plus tu* pratiques avec le détonateur sensoriel, *plus tu* entraînes ton cerveau à capitaliser sur le positif. Bilan : cela devient de plus en plus facile de retrouver un état intérieur positif et serein !

Il feuillette mon livre sur le cerveau du bonheur et me demande comment je vois les choses pour la propulsion des parfums.

— J'ai réfléchi à la question. Techniquement, cela serait trop compliqué d'insérer dans un petit objet personnel un nombre de cartouches suffisant pour proposer des centaines d'odeurs spécifiques…

— Alors ?

Je le sens suspendu à mes lèvres, et son insatiable curiosité pour la résolution de problèmes me fait sourire.

— … Eh bien, j'ai décidé de contourner la difficulté en proposant seulement une douzaine de cartouches olfactives suffisamment puissantes pour embarquer chacun dans ses souvenirs personnels. Cela revient à concevoir, non pas des parfums précis restrictifs en termes de souvenir, comme le chocolat ou le monoï, mais plutôt des *ambiances évocatrices* capables de provoquer des réminiscences pour tout le monde, plus faciles à s'approprier.

— Génial ! Tu as déjà quelques propositions ?

— Bien sûr.

Giulia sort ses feuilles imprimées avec un soupçon de fébrilité – un léger trac au moment de dévoiler le fruit de ses recherches.

— Ce ne sont que des premiers jets, indulgence !

Le regard rassurant de Basile l'invite à se lancer sans appréhension. Elle lui explique la mécanique du détonateur sensoriel à partir de ses trouvailles d'ambiances mémorielles :

— Par exemple, pour retrouver un état de *sécurité intérieure*, les personnes pourraient aller rechercher les moments de vie où elles se sont senties « en sécurité et sereines », en sélectionnant l'ambiance « Bulle premier âge » comme déclencheur olfactif, avec des notes douces de talc, de shampooing pour bébé… Ou bien, pour retrouver un état intérieur de *paix et de joie*, chercher des souvenirs positifs à partir d'évocations de nature, avec l'ambiance « Yéti heureux » aux notes de pin et de baume à lèvres, « Humeur de goéland » côté océan, avec des notes marines d'embruns et d'iode, « Couleur grand bleu » côté Méditerranée, avec des pointes de garrigue et d'huile solaire, « Murmure à l'oreille des arbres » côté forêt, avec des évocations boisées, de mousse, de champignons, de fumet de feu de cheminée…

— J'adore tes noms !

Giulia lit l'enthousiasme dans les yeux de Basile, et une douce chaleur lui monte aux joues. *Ça lui plaît*, constate-t-elle avec un plaisir si fort qu'il la surprend.

— Je pensais à des tas d'autres possibilités en faisant la carte mentale de tous les types de moments heureux de l'existence : ceux avec des êtres chers, que l'ambiance « Festin festif » pourrait incarner, ou encore « Chamade » pour les temps forts amoureux, avec des notes pétillantes d'ambre, de musc ou de lys, peut-être même une once de gingembre, et pourquoi pas, très surprenante, une touche olfactive de chocolat !

Elle lève les yeux de son papier pour croiser le regard chaud de Basile et, comme de plus en plus souvent, elle sent ce bref contact visuel faire des étincelles entre eux. Cela l'encourage à poursuivre.

— … Mais peut-être le plus audacieux serait-il de trouver l'évocation pure de l'Homme et de la Femme.

Basile paraît interloqué. Elle s'explique.

— Lorsque je ne me sentais pas très bien dans ma vie, en proie au doute, au découragement, à la lassitude, je crois que j'aurais aimé, pour m'aider, réussir à recontacter les souvenirs heureux avec des hommes qui avaient compté pour moi, et qui avaient su me donner de la force et de la confiance… J'ai envie de chercher ce qui peut composer l'essence d'une telle évocation et mettre au point une fragrance unique pour incarner le Masculin et le Féminin.

— Ça me plaît beaucoup, Giulia. Merci.

— De quoi ? s'étonne-t-elle.

— D'avoir remis du sourire dans ma journée.

— Du sourire ?

— Oui. Il y a beaucoup de fraîcheur dans tes propositions. Ça fait du bien.

— Ah ? Tout le plaisir est pour moi, alors.

— Il est partagé.

Un ange passe. Le téléphone de Basile sonne. Giulia aperçoit le nom d'Audrey sur l'écran. Elle en conçoit un léger agacement, mais n'en montre rien.

— Réponds, si tu veux.

— Non, je rappellerai plus tard.

Il sourit, détendu.

— Maintenant, il va falloir lui trouver une forme, à ce détonateur !

— Oui… Et ce n'est pas vraiment mon point fort !

— Est-ce que tu acceptes de me laisser te guider dans l'idéation ?

— La quoi ?

— L'idéation, c'est le processus créatif de production et développement de nouvelles idées. Tous les différents stades, depuis l'innovation jusqu'au développement et à la concrétisation du concept. Tu veux ?

Giulia n'hésite pas. Est-ce son intuition qui lui dit, depuis le départ, de suivre cet homme sans trop se poser de questions ? Elle lui tend la main pour sceller leur accord. Il la garde serrée dans la sienne comme pour lui assurer qu'elle fait le bon choix. Elle aimerait lire dans ses pensées pour savoir quelle forme de design il imagine pour le détonateur sensoriel. Et, au passage, peut-être, découvrir aussi ce qu'il pense d'elle…

## *Scène 28*

Quand j'arrive au 239, rue Brossolette, je saisis l'anneau de porte et frappe trois grands coups – il n'y a pas de sonnette. J'entends un pas lourd approcher.

— Ah, Basile. Entre. Ça fait plaisir de te voir. Comment vont les affaires ?

Depuis mon retour à Mont-Venus, j'avais renoué avec les marchands et commerçants, et plus particulièrement avec Lucien. Nous avions de vrais atomes crochus ! Il était officiellement brocanteur-antiquaire, même si marchand de bric-à-brac semblait plus adapté. Sa grange reconvertie et réaménagée avait un charme fou, et proposait un étonnant mélange de fatras et de trésors, une caverne d'Ali Baba pour les esprits curieux. Il fallait juste savoir chercher.

*J'espère que tout le monde viendra*, songé-je, soucieux que cette séance de cocréation se déroule bien. Pour une séance de *brainstorming* réussie, il est bon de réunir des personnes aux profils variés. De ce côté-là, nous serions servis. Les personnalités et sensibilités présentes seraient différentes à souhait !

Giulia et Arthur arrivent les premiers. Nous nous disons bonjour un peu gauchement, avec cette retenue des liens tissés encore verts qui nous empêche, pour l'instant, de manifester ouvertement la vraie joie que nous avons à nous retrouver. Je suis heureux qu'Arthur joue le jeu en se joignant à nous. Quand je le remercie, il grogne en marmonnant qu'il n'y a pas de quoi… Ah, la douce bizarrerie de l'adolescence !

Peu de temps après, apparaît Audrey, les joues empourprées de s'être dépêchée. Elle fait la bise à Giulia et Arthur, et pose un baiser sur mes lèvres, auquel je ne réponds pas, pour ne pas mettre les autres mal à l'aise.

— Nous n'attendons plus que Pollux !

Quand j'ai parlé d'inviter des personnes d'horizons très différents pour enrichir cette séance de créativité, Giulia a eu envie de proposer à son collègue de bureau, que j'avais déjà croisé au Bazar du zèbre à pois. Je me souvenais de lui : il s'était montré d'une belle curiosité envers les *Brain*-bornes. Sa participation amènera sûrement quelque chose d'intéressant. Pollux arrive d'ailleurs, s'excuse du retard, nous embrasse tous tour à tour avec son énergie de colosse malhabile et nous gratifie d'un sourire plein d'entrain.

— Bien ! Nous allons pouvoir commencer.

Audrey s'est assise à côté de Giulia, et je me demande comment ces deux-là vont s'entendre. Pour l'instant, je dirais qu'elles sont dans une phase d'observation. J'aurais juré voir Giulia se pencher imperceptiblement vers Audrey et la humer discrètement comme pour saisir une « impression olfactive » d'elle, là où la plupart des gens s'en tiennent à une « impression visuelle ». J'avais déjà noté chez Giulia cette façon très personnelle et originale de se faire une idée de la personne en scannant son essence…

Elle surprend mon regard. Je le détourne.

Lucien a mis à notre disposition son arrière-boutique, qui dispose d'une grande table en bois brut, parfaite pour étaler nos recherches et croquis au fur et à mesure de la séance. Je suis venu tôt ce matin afin de créer une ambiance chaleureuse et inspirante : des bocaux de bonbons à réveiller les âmes d'enfant les plus enfouies, des bougies pour allumer la flamme de l'inspiration, des papiers et des feutres de toutes les couleurs, des jus de fruits frais avec des verres aux ombrelles multicolores, et, bien sûr, la thermos de café dont l'arôme subtil chatouille agréablement les narines. Le climat, c'est primordial.

Tandis que chacun se sert avec une mine réjouie, je rappelle la raison de notre présence : imaginer une forme originale pour donner corps au *détonateur sensoriel, un objet déclencheur d'ambiances olfactives actives qui facilite l'accès à nos mémoires positives enfouies et cultive un état intérieur durablement plus serein et heureux.*

Je livre les contours du brief créatif. Giulia et moi nous étions mis d'accord au préalable : nous souhaitions un objet qui sorte des codes traditionnels du zen et du bien-être, avec un quelque chose de magique ou d'onirique, favorable à l'évasion.

La vocation du détonateur étant d'inciter les gens à créer un rituel mémoriel, je trouvais intéressant de concevoir l'appareil avec ce petit côté magique-sacré. Après tout, depuis les peuplades primitives, l'homme a toujours eu besoin d'accessoires symboliques forts pour ancrer ses cérémonials.

Giulia explique brièvement sa méthode du « Plus-tu-plus-tu ».

— C'est un peu le même mécanisme que de se souvenir de ses rêves. Moins on a l'habitude de se les rappeler, moins ils nous reviennent… Il en va de même pour les souvenirs positifs ! Plus on se remémore les moments de joie, de calme, de confiance, plus on restructure positivement son cerveau. Le bénéfice est immense à moyen terme ! La personne améliore durablement ses ressources et son climat intérieur. C'est le pouvoir du mental…

La tablée semble captivée. À moi de bien guider vers la suite.

— Merci, Giulia. Vous connaissez maintenant le cœur du projet. Il va de soi que ce que nous partageons ici reste entre nous, et qu'il s'agit, pour l'heure, d'informations confidentielles. Nous vous remercions de votre participation et, bien sûr, nous serons heureux de vous offrir une légitime contrepartie dès que le projet aura vu le jour !

— Qu'est-ce qu'on doit faire, alors ? interrompt Arthur, pressé de passer à l'action.

— Vous allez déambuler dans le bric-à-brac de Lucien durant trente minutes et rassembler les objets qui vous parlent. Des objets singuliers, évocateurs, symboliques ou qui vous inspirent des idées en lien avec le détonateur sensoriel, même saugrenues. Bonne chasse au trésor !

Je m'amuse à les voir explorer l'entrepôt. Pollux, sur les talons de Giulia, lui soumet ses propositions tous les trois mètres. Gentil, mais pot de colle, songé-je. Pour donner un peu d'air à Giulia, j'attire Pollux dans ma zone afin de lui montrer mes trouvailles. Il semble s'éloigner d'elle à contrecœur. Je ne peux le lui reprocher, car, moi-même, je continue à l'observer discrètement du coin de l'œil en me demandant ce qu'elle va trouver dans ce bazar… Quand je tourne la tête, je me retrouve nez à nez avec Audrey. Son regard me fige. Car je le connais bien, c'est celui du reproche qui monte. Je m'aperçois que, depuis notre arrivée, je ne lui ai presque pas accordé d'attention. J'y remédie sur-le-champ et tente de désamorcer la tension.

— Alors, tu as découvert des choses intéressantes ?

Elle me montre une version ancienne du jeu de Mikado et une édition collector du tome I de *Harry Potter*.

— … comme tu as parlé de magie…

— Bien trouvé, Audrey !

Je suis sincère, mais elle n'a l'air de croire mon compliment qu'à moitié.

Au bout d'une demi-heure, je bats le rappel. Nous revenons dans l'arrière-salle avec les paniers remplis d'objets plus ou moins insolites, pour le moins hétéroclites.

— Mettons tout au milieu de la table !

Avant de commencer la séance, je leur rappelle le b.a.-ba de l'état d'esprit créatif à adopter :

*Être OPEN :*
***O**uvert, **P**ositif, **E**ncourageant, **N**ourrissant.*

— Tout esprit critique et négatif doit rester au vestiaire, car c'est une *posture idéicide*, le meilleur moyen de tuer les idées dans l'œuf. Au contraire, il ne faut pas avoir peur de dire ce qui vous passe par la tête, car c'est souvent en faisant un détour par des pensées brutes et même farfelues qu'émergent les vraies bonnes idées !

Cette règle du jeu semble plaire à Arthur.

— Dommage qu'on ne puisse pas appliquer cette technique à l'école ! Les cours seraient moins ch… !

Il s'arrête avant une remarque de sa mère.

— Chacun va présenter ses objets, et nous brainstormerons ensemble afin d'envisager un possible détournement d'usage pour le détonateur sensoriel ou s'ils nous conduisent à d'autres idées…

Audrey se lance en expliquant que les bâtonnets du Mikado lui font penser aux mouillettes dont se servent les nez pour tester les parfums.

— Le détonateur sensoriel pourrait fonctionner comme un jeu ? On tirerait un bâtonnet parfumé avec une ambiance évocatrice et on se laisserait embarquer par un souvenir ?

— Super ! dis-je en notant la proposition sur un Post-it géant. Et pourquoi le *Harry Potter* ?

— … J'avais adoré, dans le livre, les dragées surprises de Bertie Crochue, et je me suis dit qu'on pourrait s'inspirer du principe en créant un système d'ambiances olfactives « surprises » !

— Très intéressant ! Merci, Audrey.

Pollux, lui, a déniché une imprimante 3D.

— On pourrait peut-être imprimer des odeurs ?!

Le groupe s'esclaffe.

— Ne riez pas ! C'est une excellente inspiration. Tu sais que ça existe déjà ?

En trois clics, je ressors le concept de Smell-O-Gram imaginé par un étudiant chinois nommé Zhu Jingxuan : cette imprimante alimentaire, qui tient dans une main, capte l'odeur qu'on lui donne, la numérise, la code puis synthétise une odeur correspondant à des encres d'arômes contenues à l'intérieur de l'appareil. Ensuite, il devient possible d'imprimer l'odeur sur une carte papier.

— Incroyable !

Je rappelle au groupe l'intérêt, dans toute quête d'idées créatives, des moteurs de recherche qui explorent par mots-clés ce qui se fait déjà à travers le monde.

C'est au tour d'Arthur de présenter ses trouvailles. Il sort une lampe à histoires de Moulin Roty, lampe torche de poche à trois disques qui projette des images sur le plafond ou sur le mur d'une chambre d'enfant. Malin, songé-je… Puis une visionneuse View Master rouge et ses disques rotatifs qui diffusent les diapos d'une histoire en 3D à l'intérieur de la lunette.

— Je ne sais pas si ça peut amener quelque chose, mais j'ai bien aimé le look vintage. Et comme il est question avec le détonateur d'aller rechercher des souvenirs enfouis, je trouvais intéressant le côté « retour vers le passé ».

Arthur a bien compris les mécanismes créatifs. Je me surprends à être fier de lui, mon *poulain*, m'amusé-je à penser. Cela étant, il n'a pas l'air de se rendre compte de sa créativité et poursuit sa présentation avec un flegme désarmant.

Il brandit maintenant un très beau kaléidoscope fait de laiton poli, miroirs optiques, pierres naturelles et perles de verre couleur cristal.

— Je trouve que le kaléidoscope évoque une atmosphère propice à la rêverie, et c'est assez magique comme objet ! La forme me fait aussi penser à une longue-vue, ce qui peut être pas mal pour le voyage sensoriel ?

Nous sommes tous ébahis par ses trouvailles et réflexions. J'ignore encore comment on va les utiliser, mais ses idées ont du potentiel. À Giulia de prendre la parole.

— Moi, j'ai trouvé ça !

Elle pose sur la table un très bel objet en métal doré d'environ quinze centimètres de long. Des lettres gravées sur une matière semblable à de la nacre blanche sont disposées sur une série de cinq anneaux. Je reconnais d'emblée cette réplique.

— Il s'agit du cryptex inspiré de Léonard de Vinci ! Enfin… « cryptex », c'est le mot inventé par le romancier Dan Brown pour nommer cet objet dans son *Da Vinci Code*.

Ils me regardent tous comme si je venais d'une autre planète.

— Comment tu sais ça ? s'étonne Arthur.

— Cet objet m'a toujours fasciné. Ça marche comme un cadenas à code, où tu caches des informations secrètes…

— Qu'est-ce qu'on va faire de ce vrac d'idées, maintenant ? intervient Pollux, qui a la tête de ceux qui ne voient pas comment sortir quelque chose de tout ça.

— Tu verras, Pollux… La deuxième phase peut commencer : on va croiser les idées, les rapprocher, les confronter, les mixer, les torture-tester, bref, les frotter jusqu'à voir ce qu'il en sort…

— Comme une lampe d'Aladin ?

— Oui, Arthur. Comme une lampe d'Aladin.

## *Scène 29*

Pollux a eu une insomnie comme rarement. À 4 heures du matin, impossible de retrouver le sommeil. Il a repensé en boucle à la journée de la veille, à cette séance de cocréation chez Lulu le brocanteur qui lui a apporté une inattendue bouffée d'oxygène, de plaisir, de récréation sociale. C'était la première fois qu'on l'associait à une aventure comme celle-ci. Il revoyait la tête de Giulia quand elle était venue lui demander de participer au *brainstorming* pour son projet secret. Saurait-elle jamais combien la demande l'avait touché ? Combien il l'avait trouvée charmante lorsqu'elle s'était presque excusée de le solliciter et de prendre de son temps gracieusement ? Qui se souciait, d'ordinaire, d'abuser de sa serviabilité ?

Le plus douloureux avait été de trouver Basile brillant et sympathique. Il s'était même montré amical avec lui.

Pollux a mal à la tête. Il se lève, encombré de culpabilité. Son double jeu pèse sur son dos et sur sa conscience. Dorénavant, nuire au Bazar du zèbre à pois revient, indirectement, à nuire à Giulia.

Il a rendez-vous avec Louise Morteuil ce matin, avant d'aller au boulot. Elle n'est pas encore au courant du projet de détonateur sensoriel. Si elle en prenait connaissance, cela lui donnerait du grain à moudre pour continuer le travail de sape contre le Bazar du zèbre à pois.

Pollux ne sait plus très bien ce qu'il veut faire.

Quand il arrive devant l'immeuble de Civilissime, il marque un temps d'arrêt et prend une inspiration. Il se sent nerveux. Il trouve Louise Morteuil déjà à pied d'œuvre. Elle semble d'excellente humeur, elle vient de raccrocher avec le service de la mairie qui garde les *Brain*-bornes dans un dépôt. Louise s'est arrangée pour faire traîner la procédure, le rendez-vous pour l'intervention de l'expert n'est même pas encore fixé.

— Ah, bonjour, Pollux ! Tu arrives à point nommé. Il me reste quelques questions à te poser sur ces machines pour finir d'écrire mon article…

— Tu écris un article ? Pour *La Dépêche du Mont* ?

Elle le toise de son air supérieur, expression hautaine qu'il connaît trop bien.

— Évidemment, c'est tout l'objectif, Pollux. Je le passerai à la fois dans *La Dépêche* et sur le site de Civilissime. Les habitants doivent être informés de ce qu'il s'est passé au Bazar du zèbre à pois : l'altercation avec la pauvre femme qui a vu son sac de luxe ruiné par un affreux tag ; ce jeune garçon, Arthur, encouragé à s'adonner à sa passion coupable pour le graffiti par ce Basile Vega, avec cette stupide idée de Tagbox ! Et ces *Brain*-bornes, dangereusement expérimentales, dont on ne mesure même pas les effets sur le cerveau, et qu'il faut absolument mettre hors circuit !

Louise remonte nerveusement ses lunettes rondes cerclées de rouge sur son nez pointu et se remet à taper fébrilement sur le clavier. Elle continue à lui parler sans lever les yeux de l'écran.

— J'ai aussi besoin que tu ajoutes le Bazar du zèbre à pois dans la rubrique des Commerces indésirables sur le site de Civilissime.

Elle n'attend même pas de réponse, ayant l'habitude qu'on exécute ses ordres.

Louise Morteuil avait fait créer cette page pour référencer les commerçants et services de la commune suspects ou critiquables selon les critères chers à son association : fréquentation de l'endroit, propreté, moralité, dangerosité pour la jeunesse…

Étaient donc épinglés un certain nombre de bistrots, de boutiques de jeux vidéo, le magasin d'accessoires coquins de la ville, évidemment, mais aussi le bar à tatouages, et maintenant le Bazap.

Le site proposait en ligne des discussions de fond sur l'éducation et le civisme, qui rencontraient un succès certain. Leur vocation était d'éclairer, d'alerter, de fournir des informations délivrées par des spécialistes en psychologie, en santé et en éducation. De lever le voile sur le danger des addictions, des écrans, de la marginalité… Les articles du site revenaient inlassablement sur les besoins et mérites des normes, des cadres et des limites.

Qui pouvait contredire cela ?

Pourtant, Pollux n'y voyait pas très clair. Il avait l'impression, parfois, que les sujets avaient fini par s'amalgamer. Il se sentait tiraillé. N'était-ce pas, finalement, une idiotie que d'opposer ainsi le besoin de cadre et de règles à celui de l'audace et de la prise de risques ? Brandir l'intérêt de la discipline et du travail *versus* l'ouverture d'esprit et la créativité ? Fallait-il dresser les deux théories l'une contre l'autre ou, au contraire, les réconcilier, pour aboutir à une approche encore plus bénéfique pour l'individu ? La culture de l'audace ne rejette en rien le sens de l'effort et de la rigueur.

Au départ, la démarche de Louise avait fait écho en lui. Ses nombreuses actions pour la ville l'avaient impressionné, et il avait jugé profitable pour Mont-Venus que quelqu'un assure une veille active sur la qualité, la sécurité ou la moralité des commerces et services.

Louise aimait fixer des cadres. Mais jusqu'où allait-elle pousser le zèle ?

Concernant le Bazar du zèbre à pois, Pollux s'interrogeait sincèrement. Le concept était-il vraiment nuisible et critiquable ? Certes, Basile Vega proposait des idées déroutantes, mais devait-on pour autant avoir peur de son approche, qui, finalement, ne faisait qu'encourager des réflexions et déclencher des prises de conscience ?

Pollux avait senti un véritable enthousiasme à travailler en créativité de groupe. Où en serait-il aujourd'hui si, dans sa vie, il avait suivi ses envies et aspirations au lieu de se laisser scléroser par ses peurs et par les injonctions normatives de son entourage, lesquelles l'avaient incité à choisir la prudence d'un métier, qui, à défaut d'être palpitant, lui assurait un train de vie décent, mais au fond de lui… ?

— Eh bien, Pollux ? Ça va ? Tu devrais prendre un café, tu as l'air vraiment fatigué !

C'est la façon polie de Louise de lui demander de se mettre au travail. En cet instant, il prend une décision : ne pas lui parler de sa participation au projet de Giulia. Après tout, ça lui appartient. Il s'agace de sentir celle-ci proche de Basile, leur complicité ne lui plaît pas, mais il ne veut rien faire qui puisse nuire à Giulia. Et si le détonateur sensoriel lui donne des occasions de la fréquenter davantage, il ne va pas s'en priver.

## *Scène 30*

Une lumière blanche, intense, m'aveugle, et je tente de me protéger les yeux du revers de ma manche. Quand la lueur s'estompe un peu, j'avance le long d'un tunnel aux allures de toboggan. Au début, il est assez plat, puis il s'incline et m'entraîne dans une glissade incontrôlable. Je dévale de plus en plus vite, et il me semble apercevoir une sortie. Un objet est suspendu à un fil. J'essaye de l'identifier et me concentre pour voir de quoi il s'agit. À un mètre de lui, je tente de freiner, les pieds et les mains contre les parois, pour avoir le temps de l'observer. Tout est confus, mais je sens que ma solution est là ! Si proche ! Je lutte contre le pouvoir de la pente qui m'entraîne. Je passe tout près de l'objet. Soudain, un ralenti s'opère. Dans une incroyable jubilation, la solution apparaît et je pousse un cri : « Eurêka ! »

Audrey est penchée au-dessus moi et pousse un deuxième cri, de surprise, cette fois. C'est elle qui m'a tiré de mon rêve en faisant irruption dans mon bureau-atelier. Je me rends compte que je me suis assoupi en travaillant, posant la tête un instant sur mes avant-bras. C'est une des bizarreries des cerveaux hyperactifs :

le besoin de refaire le plein d'énergie grâce à des micro-siestes.

Rapidement, je reprends mes esprits, et la vision de l'objet hybride qui pourrait incarner le détonateur sensoriel me revient. Vite ! Prendre un bloc et noter l'idée avant qu'elle ne s'évapore. Je me jette sur un carnet et commence frénétiquement un croquis. Puis je sens une main qui tapote mon épaule.

— Hé, ho ? Tu te moques de moi ou quoi ?

Je lis sur le visage d'Audrey une vraie contrariété. Voilà un nuage noir de reproches sur le point d'éclater. Je tente de me justifier.

— Je note *juste* une idée, j'en ai pour une minute !

Mes mimiques ne la dérident pas. Je lâche le crayon et comprends qu'il faudra reprendre plus tard le fil de mon inspiration – en espérant que j'arrive à la retrouver.

— Qu'est-ce qu'il y a, Audrey ?

Je tente une caresse tendre sur sa joue, mais elle se dégage.

— Il y a que je t'ai laissé trois messages depuis hier, auxquels tu n'as pas répondu ! Que je suis obligée de venir te chercher jusqu'ici pour avoir une chance de t'intercepter ! Que…

Elle hésite, et je sens que le reproche reste bloqué dans sa gorge. Il finit par sortir.

— … tu passes plus de temps avec Giulia qu'avec moi !

*Nous y voilà*, songé-je.

— Mais pas du tout, enfin !

Elle croise les bras sous sa poitrine. Je la devine hérissée de colère, de frustration, de… jalousie ? La question me traverse l'esprit : aurait-elle des raisons véritables de l'être ? Je n'ai pas eu le temps d'y réfléchir. Je n'ai eu le temps de rien, à vrai dire ! L'agacement monte. J'ai dormi quatre heures la nuit dernière, et cinq celle d'avant. Je suis harassé et, en cet instant, j'ai besoin de tout sauf d'une scène.

— Combien de fois l'as-tu vue depuis le début de la semaine ?

— Je n'en sais rien, moi, deux fois, trois…

— Quatre !

— C'est possible, Audrey. Mais enfin, nous avons un projet commun, un travail à accomplir ! On ne fait pas aboutir les idées par l'opération du Saint-Esprit !

— Oh, je t'en prie, laisse le Saint-Esprit là où il est ! Fais preuve d'un peu de bonne foi et sois honnête !

Je la regarde sans comprendre. Cette discussion m'énerve au plus haut point. J'étais sur une bonne lancée après la courte sieste, et elle est en train de couper mon élan créateur.

— Est-ce que tu as conscience de ce qu'est le quotidien d'un inventeur, Audrey ? Oui, je suis habité par mes projets ! C'est la vie que j'ai choisie, et c'est ainsi qu'elle me plaît !

— Ce n'est pas la question ! tranche-t-elle d'un ton cinglant.

— Alors quel est le problème ?

Elle se penche vers moi, si près que je peux voir des éclats mi-miel, mi-larmes dans ses yeux.

— Le problème, c'est que tu es *attiré* par elle et que tu es bien le seul à ne pas t'en apercevoir !

J'ouvre la bouche pour lui répondre vertement, mais les mots ne sortent pas.

Elle n'a pas desserré les bras. Nous restons là, à nous toiser quelques secondes. Mon silence confondant doit lui apparaître comme un aveu. Mais comment la détromper ? Il n'y a pas d'échappatoire, je me dois d'être honnête avec elle. Je prends donc une grande inspiration pour me donner le cran de lui dire qu'elle a sans doute raison et que, en effet, il est préférable que nous en restions là. J'ajoute que je n'ai jamais voulu la blesser et que je regrette si cela a été le cas. Elle ne dit pas un mot et m'observe, froidement à présent. Puis elle quitte la pièce sans se retourner, en faisant lourdement claquer la porte de mon bureau.

Je crie son prénom, me lève d'un bond… mais j'interromps mon mouvement. Je ne la rattrape pas. Quelque chose m'en empêche. Peut-être la conviction que notre relation ne pourrait de toute façon pas aller plus loin… Je me rassois, le cœur lourd. Je me déteste d'avoir l'impression de la faire souffrir et me demande ce qui cloche chez moi pour laisser partir une fille aussi bien. Je repense à nos moments partagés. Beaucoup de plaisir. Une belle complicité. Et pourtant… Il me manquait ce petit supplément d'âme que je cherche tant. Mais existe-t-il seulement ? À vouloir toujours plus, ne risqué-je pas de finir seul et de l'avoir bien cherché ? Je suis tenté un instant de lui téléphoner pour arranger les choses, convaincu qu'elle dirait encore « oui ». Je reste ainsi suspendu à mon doute quelques instants. Les mots d'Audrey résonnent. *Tu es attiré par elle.* Giulia. Six lettres qui éveillent un vent doux de sensations. M'en suis-je aperçu auparavant ? J'ai mis mon engouement sur le compte de l'excitation suscitée par son projet olfactif. Je comprends à cet instant que c'est toute sa personne qui entre en résonance avec la mienne, l'écho de nos deux sensibilités est frappant. L'évidence de cette attirance m'apparaît soudain. Mais suis-je prêt à l'accueillir ? Pour échapper à cette perturbante réflexion, j'attrape mon carnet, mon feutre noir, et reprends le croquis commencé tout à l'heure. *Me plonger dans le travail*, songé-je. *Voilà le meilleur remède.*

Il s'agit d'un objet hybride à la forme originale : un mélange de cryptex – le fameux cadenas à code oblong inventé par Léonard de Vinci pour cacher des documents secrets – et de kaléidoscope avec des disques de verre externes. La forme allongée de l'appareil n'est pas sans rappeler la longue-vue des navigateurs explorateurs, et je prévois d'ailleurs pour habillage graphique un motif de carte marine ancienne.

J'ai une boule dans la gorge, mais j'essaye de faire fi de mes émotions agitées. Dessiner m'aide à faire le point. Bizarrement, la décharge émotionnelle de la dispute a boosté mon imaginaire, et la création du design du détonateur sensoriel me vient en trois coups de crayon.

Ce qui est amusant, avec ce cryptex, c'est l'idée de saisir le code secret spécifique qui déclenchera la diffusion de l'ambiance mémorielle voulue ! Un guide des codes sera fourni avec l'objet. Je m'imagine déjà en utilisateur :

*Je suis du doigt les instructions du manuel, réponds au petit questionnaire à l'issue duquel je me verrai proposer des codes à essayer sur le détonateur sensoriel.*

*« Aujourd'hui, stressé et fatigué, je voudrais retrouver des souvenirs de vie où j'étais dans un état de paix et de sérénité totale. »*

*Le manuel propose quatre ambiances mémorielles à tester. Je dois entrer un code sur le détonateur pour qu'il déclenche un parfum d'ambiance mémorielle.*

Ψ 3○
Y 7✱
Σ 8◘
Ω 12◈

*J'essaye tour à tour les quatre combinaisons. Chaque fois, le détonateur libère un étonnant nuage olfactif et, avec lui, une remontée de souvenirs, différente selon l'ambiance évocatrice. Je fais en sorte que le souvenir me revienne de la façon la plus précise possible, puis note le tout dans le « carnet de voyage mémoriel » prévu à cet effet. La puissance du parfum m'embarque et réactive les sensations agréables liées au souvenir. Après plusieurs minutes, concentré à revivre ces moments de paix et de quiétude oubliés, mon climat intérieur s'est métamorphosé. Je suis apaisé.*

Je quitte le mode utilisateur pour passer en mode technique.

Je réalise sur ordinateur la maquette 3D du cryptex, avec le dessin de l'intérieur de l'objet. Mon idée : utiliser la technique innovante de diffusion à sec des essences parfumées. Un procédé sans risque d'inhalation nocive, cent pour cent écologique, puisqu'il suffit d'installer un petit ventilateur à la base du cryptex. L'air soufflé traverse les billes parfumées contenues dans les cartouches olfactives et libère la fragrance spécifique… Et le tour est joué !

L'ajout de disques kaléidoscopiques externes m'apparaît intéressant pour amener une dimension onirique, créer une ambiance propice à la rêverie. L'originalité est de projeter les formes magiques colorées à l'extérieur, sur un mur ou au plafond, et non en regardant à l'intérieur de l'objet. Ce kaléidoscope extériorisé m'est venu par association d'idées, en croisant la lampe de Moulin Roty et le kaléidoscope. Les inventions sont souvent le fruit de rapprochements improbables, de détournements ou de transpositions d'univers.

Excité par cette option, immédiatement, je songe à Giulia : j'espère que ça lui plaira…

La querelle avec Audrey et ses propos me reviennent en boomerang. Giulia. Il est vrai que j'apprécie de plus en plus sa compagnie. Sa réserve qui, parfois, la tient à distance, et ces moments où elle relâche la vigilance et où elle se montre pleine d'entrain, de gaieté. J'aime chez elle cette personnalité tout en contrastes. Je voudrais lui donner confiance en elle. L'encourager. La soutenir. Me laisserait-elle faire ?

Cinq minutes, j'ai l'impression que c'est possible, puis, celle d'après, je sens qu'elle s'échappe de nouveau, qu'elle ne me laisse pas entrer dans son univers. Je n'arrive pas à la cerner complètement, et c'est sans doute cela qui me plaît. Cette once de mystère, cette personnalité complexe, de celles dont on ne fait jamais le tour…

## *Scène 31*

Tranquillement allongé sur son lit, Arthur regarde des vidéos sur son smartphone quand sa mère déboule dans la chambre en furie. Il a l'habitude et a développé, avec le temps, un système de fermeture des écoutilles proche de la perfection. En gros, il entend un mot sur dix. Mais, ce vendredi matin, la virulence de sa mère atteint des sommets. Les ondes d'énervement et d'excitation sont tellement palpables qu'elles pénètrent sa chair. C'est désagréable. Il préférerait qu'on le laisse tranquille. Mais elle en a décidé autrement. *Qu'est-ce qui lui prend ?* Bon gré, mal gré, il est obligé de se lever pour aller aider. Il est de corvée poubelles et courses.

Il observe sa mère en train de briquer la maison. Elle a sorti l'aspirateur et le plumeau. Les tas de papiers qui traînaient depuis des semaines ont disparu de la table et ont été remplacés par une nappe, sur laquelle on va pouvoir poser une assiette et ainsi manger ailleurs que sur ses genoux !

Soudain, ça lui revient. L'objet de tout ce raffut : Basile vient dîner ce soir ! Lui aussi, ça lui fait plaisir. Mais quand même. Ce n'est pas une raison pour se mettre en frais comme ça.

— Hé, Mams ! Tranquille ! C'est juste Basile qui vient dîner, hein ?

Giulia continue à s'agiter comme une abeille sur le point de piquer.

— C'est sûr que si on t'écoutait…

Arthur regarde alentour et n'en revient pas.

— Remarque, ça en jette, comme ça !

Giulia s'interrompt un instant pour lui lancer un regard victorieux.

— Ah ! Tu vois que c'est bien, quand c'est propre et rangé !

— J'avoue. Je t'ai pas vue hier soir. Tu as travaillé tard ? T'es restée enfermée tout le temps dans le cagibi.

— Oui ! Je voulais avancer sur la création des ambiances olfactives pour le détonateur sensoriel et… je vais demander à Basile de jouer le cobaye, ce soir ! J'ai bidouillé un prototype pour réaliser les premiers essais !

Les yeux de sa mère brillent. Ce projet a l'air de lui tenir à cœur et de lui donner un second souffle. Mais n'y a-t-il que ça ?

— Dis donc, Mams… Basile ? T'essayerais pas de le *défriendzoner*, des fois ?

— Quoi ?

À sa réaction, il se dit qu'il a peut-être mis le doigt au bon endroit.

— Mais pas du tout ! se défend-elle. On partage un projet, rien de plus.

Elle se justifie un peu trop. Il a envie de lui dire qu'il s'en moque. Enfin, au contraire, il serait content pour elle si elle avait quelqu'un dans sa vie. Elle serait sans doute moins *speed*, plus détendue. Plus heureuse, quoi ! Il adresse un sourire complice à sa mère et va lui faire un baiser.

— T'inquiète, j'vais pas te balancer !

— Hein ?

— J'dirai rien, promis !

— Mais enfin…

Arthur se marre, attrape les poubelles d'un air joyeux et disparaît.

Après s'être débarrassé de sa corvée, il songe qu'il ferait quand même bien de penser à ses histoires de cœur aussi. Il sort son portable et se connecte à Instagram. Il est temps de passer à la vitesse supérieure avec Mila. Objectif : décrocher un rencard. Elle a fait une story qui le hérisse un peu : apparemment, elle était à une fête chanmé la veille. On la voit, sublime, dans une robe moulante, entourée d'amis. Cette fille n'est pas comme les autres. Il ressent quelque chose de spécial. Alors il prend son courage à deux mains et commence à rédiger un message.

A : *Ça te dirait d'aller prendre un verre au Bateau ivre vendredi soir ?*

Quelques instants plus tard, il reçoit une réponse.

M : *OK ! A +*

## *Scène 32*

On sonne à la porte. Derrière le bouquet qu'il lui tend, se tient un Basile différent. Elle ne s'attendait pas à le voir si élégant : un costume gris perle avec une coupe cintrée, certes sans cravate, mais un costume tout de même. Porté sur un tee-shirt bleu marine ajusté, les boucles domptées coiffées vers l'arrière et les contours de la barbe soigneusement rafraîchis. Quand ils se penchent pour se faire la bise, ils sont embarrassés par les fleurs. Le film plastique crisse entre leurs deux corps. Giulia est, l'espace d'un instant, perturbée par l'effluve très masculine d'eau de Cologne dont elle raffole. Elle sent une trépidation au creux de sa poitrine. C'est bien normal : elle est excitée à l'idée de lui faire essayer son prototype. Oui, c'est ça. L'excitation du prototype…

— Tu vas faire un cobaye très présentable ! plaisante-t-elle pour masquer son trouble.

Arthur va saluer Basile avec un sourire chaleureux que sa mère ne lui voit que rarement.

Giulia ne le dira pas, mais Basile est la première personne qu'elle invite à dîner chez elle depuis sa rupture. Arthur et elle ont tellement l'habitude de rester repliés sur eux, presque en autarcie.

— Tu veux boire quelque chose ?

Giulia s'amuse de voir Basile détailler tous les objets de la pièce. Ça lui ressemble tellement, cette curiosité. Il répond distraitement à sa proposition tout en observant de plus près une peinture qu'elle a achetée dix ans auparavant à New York. Une œuvre très contemporaine d'une artiste en vogue. Elle adore le contraste entre le fin visage de la jeune fille peint en nuances de gris et ses cheveux remplis de graphismes hétéroclites et multicolores, ainsi que son corps habillé de motifs et de typographies. *Follow your dreams*, est-il écrit. Giulia aime avoir cette phrase sous les yeux tous les jours. Comme un mantra inspirant et énergisant.

Arthur dispose les biscuits apéritifs sur la table basse près du canapé.

Ça change tout, quand il s'implique ! Elle n'en revient pas de l'impact qu'a Basile sur lui. Elle jubile d'entendre son fils faire la conversation. C'est amusant de le regarder prendre un air adulte pour faire bonne figure, et de l'écouter s'exprimer avec de vraies phrases, ponctuées, avec un vrai point de vue aussi. Il ne s'emmure pas dans sa chambre, n'a pas sorti son portable, ne répond pas par onomatopées… Bonheur. Basile intercepte son regard et lui adresse un fugace sourire complice, avant de reporter son attention sur Arthur, désormais intarissable.

Giulia s'affaire en cuisine pendant que ces messieurs discutent. Depuis combien de temps n'a-t-elle pas fait ça ? Elle se surprend à prendre du plaisir à préparer ce repas. Elle a même retrouvé une vieille recette, transmise par sa mère, de colombo de poulet au gingembre. Elle finit de piler les cacahuètes et de râper la noix de coco fraîche pour agrémenter le plat. Elle s'empare de la bouteille de vin rouge, un corbières du Languedoc-Roussillon, et s'approche de Basile dans le salon.

— Tu l'ouvres ?

Leurs mains se frôlent quand elle lui tend le vin. Elle tressaille et s'en agace. Elle aperçoit le regard entendu d'Arthur. Le dîner est joyeux et animé. *On ressemble à une bonne équipe*, songe Giulia. *Presque à une jolie famille.* Elle raye aussitôt cette pensée saugrenue, consciente qu'il s'agit seulement d'une projection fugace d'un rêve enterré, d'une illusion douloureuse qui l'a laissée meurtrie et désillusionnée. Il n'est pas de famille qui n'explose, en est-elle venue à penser depuis sa séparation, à juste titre, elle en est convaincue. Aussi s'est-elle juré de ne plus jamais en passer par ce qu'elle a enduré. Cette cuisante réminiscence l'assaille soudain de façon désagréable. Elle se lève brutalement : ils sont là pour travailler, il serait peut-être temps de s'y mettre !

— Un café avant de tester mes trouvailles ?

Basile a l'air de percevoir son changement d'humeur, car il lui adresse un regard interrogateur. Il accepte volontiers le café et propose de l'aider à débarrasser. Elle refuse catégoriquement, il n'insiste pas. Elle a besoin de ces quelques minutes de retranchement dans la cuisine pour retrouver ses esprits et dissiper son léger malaise. Elle s'appuie un instant sur le plan de travail et ferme les yeux, comme prise de vertiges. Elle se sent tiraillée intérieurement. Agitée par un mouvement contradictoire. Se tenir éloignée de *ça.* Et en même temps avoir envie de *ça.* Or elle n'avait pas prévu *ça.* Hors de question que *ça* prenne le dessus !

Quand elle les rejoint à table, Arthur s'est levé et s'apprête à partir.

— Tu ne restes pas pour les essais ? demande-t-elle, un soupçon de nervosité dans la voix.

— Non, je vous laisse. J'ai un rencard.

— Ah bon ?

Giulia se rend compte que le son est sorti un peu trop fort et un peu trop aigu. Arthur pince les lèvres pour contenir son sourire, elle a envie de lui tordre le cou.

— Je rentre pas tard, promis. Vous me raconterez ?

Le claquement de porte sonne l'heure du tête-à-tête. Giulia, en un clin d'œil, a mis son masque le plus professionnel. Elle installe Basile dans le fauteuil inclinable pour le préparer au voyage sensoriel. Elle a prévu le mini-ventilateur pour diffuser les ambiances olfactives. Lui a apporté un tube évocateur de pré-cryptex en guise de maquette. Pour l'instant, c'est une lampe torche couplée à un disque externe de kaléidoscope.

Elle baisse les lumières et Basile allume la lampe. Immédiatement, le plafond se pare de merveilleuses formes multicolores, qui se mettent à tourner sous l'œil ravi de Giulia.

— J'ai ajouté un moteur rotatif, précise Basile avec un enthousiasme juvénile.

— C'est magnifique. Tout à fait ce que j'imaginais.

— Oui, cela me semble parfait pour créer une ambiance propice à l'évasion et à la rêverie joyeuse !

— Vous êtes prêt, cher cobaye ?

— Prêt pour le voyage !

Elle se garde bien de prêter attention aux étincelles dans ses yeux et se concentre sur le travail : elle pose un carnet à côté de lui, où il devra noter ses souvenirs au fur et à mesure qu'ils referont surface. Elle a improvisé ce prototype de carnet de voyage mémoriel, dans lequel il est possible de classer ses souvenirs positifs par états ressources : calme – confiance – joie – sécurité – énergie.

— Le détonateur sensoriel serait livré avec ce carnet de voyage mémoriel et un livret afin d'expliquer la méthode. J'imagine un joli coffret.

Giulia lui montre quelques esquisses qu'elle a réalisées.

— Je te laisse regarder, je vais chercher mes échantillons d'ambiances…

Elle entre dans le cagibi transformé en atelier de fortune avec un orgue à parfums d'appoint. Elle s'empare de ses essais et met les flacons dans les emplacements prévus à cet effet sur le plateau de démonstration. Elle sent ses mains fébriles et sait confusément que cette nervosité n'est pas seulement due au trac de la présentation. Cela fait si longtemps qu'elle n'a pas ressenti ce trouble. C'est agréable et ça fait peur en même temps. D'autant qu'une petite voix intérieure lui rappelle que Basile est déjà avec quelqu'un et qu'elle ferait bien de garder ça à l'esprit.

*Nous sommes là pour travailler et faire aboutir un projet. Point final.*

## *Scène 33*

Elle est partie depuis plusieurs minutes. J'ai reposé les esquisses prometteuses et me laisse doucement aller. Je me sens bien, étendu dans ce fauteuil. Mon esprit s'évade en suivant les arabesques colorées du kaléidoscope au plafond. Je ne m'attendais pas à passer une soirée aussi délicieuse. L'ambiance, le dîner, Arthur, à qui je m'attache malgré moi, de jour en jour. Ce sentiment gratifiant de sentir que je lui fais du bien, que je l'inspire peut-être un peu sur sa route d'homme. Sait-il combien sa confiance me répare aussi, moi qui n'ai jamais été le père que j'aurais aimé être ?

Et puis, il y a elle. Elle, c'est tout un sujet. Quand elle a ouvert la porte, j'ai été le premier surpris par l'émotion qui m'a saisi. Un instant, j'ai cru que c'était l'effet de sa jolie robe, suffisamment décolletée pour mettre en valeur le haut de son buste et son cou fin et gracile. Puis j'ai compris que ce n'était pas sa silhouette, mais l'expression radieuse, le grand sourire chaud que seule une joie sincère peut dessiner, qui m'a troublé plus que je ne saurais dire. Elle était *heureuse* que je sois là. Et j'en ai été ému.

Je tourne la tête et la vois revenir avec un plateau et plusieurs flacons disposés dessus. Elle le pose sur la table basse à côté de nous.

— Prêt ?

— Oui !

Elle me demande de choisir l'ambiance qui m'attire en premier, j'opte pour « Humeur de goéland ». Elle imprègne de parfum les petites billes disposées dans un cube translucide percé d'une multitude de trous, puis colle le ventilateur d'appoint dessus et s'approche pour me faire sentir.

— Ferme les yeux et laisse-toi embarquer par les effluves marins… Concentre-toi pour voir si cela ramène des souvenirs de grand calme et de liberté.

C'est incroyable : dans la fragrance complexe qu'elle a composée, je ne retrouve pas seulement les notes d'embruns, mais toute l'ambiance des paysages marins de l'Ouest : comme si elle avait capturé l'esprit du bon air, le parfum du sable mouillé, des algues séchées, du temps qui s'arrête.

Quand j'ouvre les yeux, je la vois qui me fixe avec un sourire attentif.

— La richesse olfactive de celui-ci est incroyable ! C'est tout un monde enfermé dans une petite bouteille… Bravo !

— Je suis contente que ça te plaise. Est-ce que cela a fait remonter des souvenirs ?

— Sincèrement, oui. Ce mélange a réimprégné de sensations les images de mes souvenirs et les a rendus d'autant plus présents.

— Quel effet cela t'a-t-il fait ?

— J'avais l'impression de revenir trente ans en arrière, de retrouver les moments de paix et d'insouciance, ceux des vacances avec mes parents et mes frères et sœurs.

— Bien ! Tu n'as plus qu'à noter, maintenant !

Elle tend le carnet et me demande de choisir l'état ressource auquel ce souvenir correspond.

— Plutôt grand calme ? Plutôt joie profonde ou plutôt liberté ?

— Mmm. Je dirais joie profonde !

Elle me demande d'être le plus précis possible dans la description sensorielle de ce souvenir heureux : les sons, les couleurs, les images, et bien sûr les parfums.

— Tu vois, semaine après semaine, ton carnet de voyage mémoriel deviendrait une *mémothèque de souvenirs positifs* ! Une incroyable et précieuse base de données, susceptible de changer petit à petit ton regard sur ta vie et de te réapprendre à focaliser sur ce qu'elle a eu de bon et de riche. Sans ce travail de mémoire, le positif s'atténue, presque jusqu'à n'avoir jamais existé. Le parfum aide à rendre tangible, à redonner une présence sensorielle au souvenir, une consistance aux ressentis positifs, qui sans lui restent flous dans l'esprit.

— Je suis impressionné, Giulia. Je trouve tout ça *assez* convaincant !

— Juste assez ? rit-elle. Attends d'avoir essayé d'autres essences. Choisis-en une autre !

Je balaye des yeux les étiquettes collées sur les petits flacons. Giulia y a inscrit, à la main, les noms. « Yéti heureux », « Bulle maternelle », « Chamade », « Festin festif »… J'ai tous envie de les essayer, mais je m'arrête finalement sur « Essence du féminin ».

— Celui-là.

Nos regards s'accrochent. Subrepticement, elle bat des cils pour échapper au contact visuel. Elle se concentre sur ce nouvel essai en imbibant d'autres billes. Elle doit sentir que je ne la quitte pas des yeux. J'observe ses longues mains fines aux ongles nacrés, ses joues légèrement empourprées par la chaleur ambiante, le vin et par l'intensité de ce moment peu ordinaire.

Elle approche son visage tout près du mien pour tenir le dispositif olfactif à portée de mon nez, et je ferme les yeux afin de m'en imprégner.

Elle attend mon verdict.

Quand je rouvre les yeux, elle tente de lire un avis sur mon visage. Elle comprend immédiatement que je ne suis pas tout à fait convaincu.

— Il manque quelque chose, c'est ça ? déclare-t-elle sans même attendre ma réponse verbalisée.

J'acquiesce, mais la rassure immédiatement : l'essai est déjà très probant !

— Tes associations sont vraiment incroyables. Il manque juste un petit quelque chose… Une pointe de rondeur, des notes tendres et voluptueuses, je ne sais pas si tu vois ce que je veux dire…

Elle semble goûter mes propos et recueillir avec plaisir mon opinion sur le vif. Elle est délicieuse ainsi, le sait-elle seulement ?

— Tu permets ?

L'idée est osée mais irrésistible : je lui demande de humer le parfum à même sa peau. Je me penche, soulève de ma main la lourde masse de ses boucles brun clair pour dégager la ligne de son cou et inspire. La sensualité du moment nous saisit tous les deux. Je la sens tressaillir au contact de mes lèvres qui effleurent sa nuque. Ma main s'est enfouie plus profondément dans sa chevelure, et je ne saurais décrire la chaleur et la douceur de l'instant. Je m'écarte sans ôter ma main. Nos visages sont proches, et je lis le même trouble dans son regard. Pourtant, elle se dégage et reprend une distance plus appropriée, peut-être plus rassurante.

— Alors, qu'est-ce qu'il manque ?

Je suis déçu. S'il n'y avait pas ce léger éraillement dans le timbre de sa voix, je pourrais croire avoir rêvé l'instant d'avant.

— C'est toi la spécialiste, dis-je, un peu piqué.

Elle fait mine de ne pas le remarquer et réfléchit à haute voix.

— … Peut-être la délicatesse d'une fleur blanche ? Ou bien un accord rond oriental-vanillé ? Attends, je vais aller chercher les flacons pour essayer…

Elle va pour se lever. Je la retiens délicatement par le poignet. J'ai terriblement envie de l'embrasser. Dois-je oser ? Mais, après tout, ne suis-je pas un enfant de l'audace ? Alors je me penche lentement pour déposer un baiser sur ses lèvres. Quitte ou double.

Double.

Quant à la sensualité des images qui suivent, elle interdit de fait toute projection dans une lampe de Moulin Roty…

## *Scène 34*

« Basile ! Redresse, ça penche sur la droite ! »

Je bénis Arthur de me donner un coup de main, et nous ne sommes pas trop de deux pour sortir sur le trottoir l'énorme empreinte 3D d'un mètre de haut, capturée dans un globe translucide de couleur orangé clair sur un socle-présentoir noir.

Nous manquons par trois fois de la faire tomber, mais arrivons à la stabiliser. Inutile de dire qu'une telle sculpture au milieu du trottoir a un effet incroyable ! Nous accolons un panneau qui incite le chaland à venir découvrir notre nouveau concept : les « Ayami ».

Ce nom à la consonance légèrement japonisante m'était pourtant venu en travaillant sur le thème de l'*identité personnelle*, à partir d'une expression anglaise : « *I am me.* »

Littéralement : « Je suis moi ! » Prononcé rapidement, c'était devenu les Ayami.

Un Ayami est donc son empreinte digitale reproduite en trois dimensions grâce à une imprimante nouvelle génération, mise au point par mes soins. Cette empreinte 3D est capturée à l'intérieur d'une boule de polymère teintée dans la couleur qui ressemble le plus à sa personnalité.

L'Ayami s'accroche où on le désire, pour témoigner et manifester de son unicité et de sa singularité. Comme toutes les créations du Bazap, les Ayami ont une fonction symbolique, celle d'un objet-ancrage pour se souvenir de l'essentiel : « Ne perds jamais de vue qui tu es, et fais en sorte d'être là où tu dois être. »

Le projet Ayami est un projet-riposte qui fait suite aux différentes tentatives de nuisance de l'association Civilissime pour porter atteinte au Bazar du zèbre à pois. Malencontreusement, la directrice de l'association se trouve être également la rédactrice en chef de *La Dépêche du Mont*. Elle me donne du fil à retordre pour contrer à répétition les effets désastreux de ses actions d'influence auprès du public, et reconquérir les faveurs de l'opinion me prend du temps. Et impose d'avoir de l'imagination. Dans une petite commune comme celle-ci, chaque voix compte.

Son dernier article a été particulièrement dévastateur pour l'image du Bazap, car Louise Morteuil y a copieusement dénoncé mon « inconséquence » : avoir embauché un « jeune mineur repris de justice condamné pour vandalisme au graffiti » était à ses yeux totalement irresponsable. Elle en avait profité pour remuer le couteau dans la plaie et évoquer le désormais célèbre « incident Vuitton », l'« outrage » du sac de luxe d'une mère de famille parmi les notables les plus influents de la ville, tagué par Arthur.

Ce qui m'avait réellement mis hors de moi, c'était l'aplomb de cette Louise Morteuil qui à aucun moment ne remettait son jugement en doute. Ne pouvait-elle envisager un instant ce que le travail d'Arthur au Bazap avait de valorisant pour lui ? Et à quel point il se révélait favorable pour lui redonner confiance en lui et l'aider à sortir d'une spirale de l'échec ?

Il fallait croire que non. Certes, Arthur a un profil atypique. Certes, il n'est pas « scolaire ». Mais j'avais la conviction qu'en faisant émerger ses talents spécifiques, il trouverait sa voie.

C'est en pensant à lui que j'avais commencé ce travail autour de la singularité. Tout le monde a « son ADN », mais il revient à chacun de l'identifier et d'en faire quelque chose :

**A** ffirmer son identité et ses singularités
**D** évelopper ses talents spécifiques
**N** ourrir la confiance en sa valeur propre

J'avais envie que chacun se donne une chance de découvrir son véritable ADN. Être bien avec sa singularité, s'affranchir du regard des autres pour tracer le chemin qu'on s'est choisi et non celui qu'on nous a dicté : cela pouvait changer toute l'histoire !

J'ai de nouveau une pensée pour Arthur, et m'agace contre cette manière qu'a le système scolaire de mettre au ban et sur la touche… Ce qui m'a rappelé un vieux film de Pagnol, *Le Schpountz*, où joue Fernandel, à qui on dit : « Ce n'est pas que tu es bon à rien, c'est que tu es mauvais à tout ! »

Peut-être étais-je un grand idéaliste, mais on ne pourrait m'ôter de la tête cette conviction : les personnes sans potentiel n'existent pas, ce sont juste des personnes qui ne sont pas à leur place.

Arthur et moi sommes vraiment contents de l'effet visuel produit par l'Ayami géant. On a prévu un événement de lancement l'après-midi même à 14 heures. J'ai voulu taper fort : jusqu'à réaliser une vidéo virale destinée aux réseaux sociaux qui promet un Ayami offert aux vingt premières personnes présentes.

Il est 13 heures quand Giulia arrive à la boutique, avec des sandwichs. Nous nous jetons dessus avec Arthur. On a beau parler de singularité, on a faim, comme tout le monde.

— Il ne manquerait plus qu'un bon café !

— Dommage que la machine soit en panne…

Je jette un regard implorant à Arthur :

— Dis, tu n'irais pas nous chercher deux cafés au bistrot d'à côté, pour sauver cet après-midi ?

Il soupire, mais attrape le billet.

Sitôt qu'il a franchi le pas de la porte, nous en profitons, Giulia et moi, pour nous embrasser comme des ados.

On entend toussoter. Arthur se tient dans l'embrasure de la porte. Il nous engueule :

— J'vous signale qu'on est censés ouvrir dans cinq minutes et qu'il y a déjà une queue d'enfer dehors !

— C'est pas vrai !

— Si. Alors, allez ! Zou ! Au boulot !

D'un coup, il a mis son costume d'adulte, dans lequel il flotte encore un peu, mais qui lui ira bien.

— Rabat-joie ! s'exclame sa mère en se levant.

Arthur râle en la voyant piquer des fraises Tagada prévues pour l'accueil des visiteurs.

Sa gaieté retrouvée m'enchante. Je n'ose m'en attribuer le mérite, mais je me plais à croire que je n'y suis pas étranger. Ce que je ressens pour elle me cueille à un endroit inattendu. Je ne comprends pas encore très bien, mais faut-il chercher à comprendre ? Je reste une seconde planté à l'admirer jusqu'à ce que son fils me tire par la manche et me pousse à m'installer derrière l'imprimante 3D. Il me regarde avec une certaine indulgence, celle qu'on réserve aux convalescents ou aux amoureux.

Me voilà donc prêt à créer des Ayami en masse. Il ne faut pas plus de cinq minutes pour en concevoir une. Une prouesse technique ! J'indique à Arthur d'ouvrir la porte, et les clients se pressent déjà dans la boutique.

## *Scène 35*

Pollux marche d'un pas assuré et rapide. Il se sent pousser des ailes. Cela doit être ça, la joie : il a donné rendez-vous à Giulia dans un salon de thé. Il a osé. Il a osé si peu de choses jusque-là dans sa vie. Mais, pour elle, il est prêt à tout. Il a rarement mis autant de soin à se préparer. La veille, il est même allé chez le coiffeur. Pour la plupart des gens, un acte d'une banalité sans nom. Pour lui, un exploit personnel : dire qu'il a horreur de ça serait un peu faible. Ce n'est pas une simple détestation. À son niveau, cela s'apparente plutôt à une phobie. Il n'a jamais pu supporter qu'on lui touche la tête. Quant à ses cheveux, il a l'impression d'être un héritier de Samson, et que couper le moindre centimètre pourrait lui ôter de sa force, lui enlever un peu de lui. Pourtant, il l'a fait. Certes, en serrant les dents tout du long, surtout lorsque les ciseaux passait dans sa nuque et crispait chaque parcelle de sa colonne vertébrale, réflexe de rejet dont il n'avait jamais pu se défaire.

Il avait aussi enduré les hauts cris du coiffeur devant la sécheresse quasi honteuse de sa tignasse et supporté la leçon de morale capillaire quant à la nécessité d'un soin hebdomadaire pour une nature de cheveux aussi rêche que la sienne. Une heure plus tard, la coupe rafraîchie de plusieurs centimètres, il avait passé de longues minutes à observer son nouveau visage dans le miroir. Surtout sa nuque, cette inconnue, ensevelie depuis tant années sous de longs et épais cheveux. Il y avait passé et repassé les doigts, caressant la surface lisse et courte avec incrédulité.

Pollux salue une connaissance dans la rue. Comme la personne ne l'a pas reconnu immédiatement, cela le fait sourire. Il se revoit, trois jours auparavant, dans le bureau de Louise Morteuil à Civilissime. Elle ne décolérait pas avec l'affaire des Ayami qui faisaient fureur en ville. Partout, des jeunes mais aussi des moins jeunes arboraient fièrement, à la ceinture ou sur un sac, leur empreinte digitale 3D dans sa boule colorée. « *I am me.* » Un anglicisme, en plus ! s'était-elle ouvertement offusquée devant lui. « Revendiquer sa singularité ! Et puis quoi encore ? » Elle voyait ces Ayami comme un coup porté contre elle, un pied de nez aux valeurs qu'elle incarnait. Pollux l'avait patiemment laissée expurger son indignation.

— Mais, au fait, tu voulais me dire quelque chose ?

— Oui… J'ai décidé de quitter Civilissime.

Elle avait réclamé des explications. Il avait simplement rétorqué qu'il ne se reconnaissait plus dans le positionnement de l'association. Après un instant de contrariété lié à la perte de temps que ce départ allait occasionner pour trouver un remplaçant, elle l'avait remercié, puis congédié d'un « au revoir » qui sonnait comme un « bon vent ». Pollux n'en avait pas été étonné outre mesure. Louise Morteuil estimait ses compétences utiles à l'association, mais n'avait jamais montré la moindre envie de le connaître, lui, en tant que personne.

*Tout ça va changer dorénavant !* se dit-il tandis qu'il approche du salon de thé. Aujourd'hui est le premier jour de sa vie de « personne visible ». Fini la transparence. Il veut exister aux yeux du monde. Et surtout dans ses yeux à elle…

Mais quand il l'aperçoit à travers la vitre, sa vaillance vacille. Le trac reprend le dessus. Il essuie nerveusement ses mains moites sur son pantalon. Soudain, il se demande s'il ne va pas rebrousser chemin. Il lui téléphonera plus tard, expliquera qu'il a eu un empêchement ! Il essaye de respirer plus calmement, et sent son cœur battre de façon désagréable dans sa poitrine. Pourtant, il se reprend. Impossible de reculer. Pas maintenant qu'il a fait tout ce chemin. Il se doit d'aller au bout.

Dans son élan, il pousse trop fort la porte de l'enseigne qui vient claquer sur la butée. Plusieurs visages se tournent dans sa direction, ce qui accroît son malaise. En trois enjambées, il la rejoint à sa table. Elle se lève, lui sourit. Ses jambes deviennent cotonneuses. Elle lui fait la bise. Elle ne s'est pas parfumée. Il en conçoit une pointe de dépit, puis se reprend. Il ne doit pas se détourner de son objectif. Il s'assoit et ouvre la bouche, prêt à tout confier.

## *Scène 36*

Giulia marche d'un pas assuré et rapide. Elle a rendez-vous avec Pollux, qui a dit avoir besoin de lui parler. Elle a accepté. Simplement parce qu'elle est d'humeur à faire plaisir et qu'elle s'est sentie traversée par l'étrange sentiment, commun aux gens heureux, selon lequel, quand on touche enfin du doigt le bonheur, il faut savoir en redistribuer autour de soi. Alors elle a accordé ce moment à Pollux. Aujourd'hui, donc, elle a des ailes. Elle a passé une belle journée, intéressante et excitante, à peaufiner ses ambiances olfactives et à poursuivre ses explorations. Une journée qui se terminera tout à l'heure de la plus agréable des manières au Bazar du zèbre à pois, où elle rejoindra Basile, sitôt son entrevue avec Pollux terminée. Cerise sur le gâteau de sa bonne humeur, la veille, l'annonce de l'excellente nouvelle d'Arthur, aussi inattendue que surprenante.

Son fils était rentré à la maison, fier comme Artaban, en brandissant la carte d'un certain Yves Lemoine. Intriguée, Giulia l'avait pressé de raconter.

Arthur avait ménagé ses effets, jubilant du récit qu'il allait faire : alors qu'il passait un agréable moment avec Mila, officiellement sa petite amie depuis quelques semaines, la jeune fille lui avait annoncé que son père voulait le rencontrer. Arthur en avait été aussi étonné qu'un peu inquiet, redoutant une mise à l'épreuve pour éprouver le sérieux du copain que sa fille avait choisi.

Le père de Mila leur avait donné rendez-vous dans une brasserie pour « prendre un chocolat ». *Mon ex-femme m'a montré son sac Vuitton revisité par tes soins*, avait-il lancé de but en blanc. Le sang d'Arthur s'était figé. Puis le père de Mila avait éclaté de rire. *Ne t'inquiète pas, je ne vais pas te faire une leçon de morale. Au contraire... Je vais t'avouer quelque chose : j'ai adoré !* Arthur n'en était pas revenu. Mila, elle, souriait, aux anges. Elle connaissait son père et savait déjà le truc de fou qu'il allait proposer à Arthur : *Je dirige une maison de création de mode et accessoires à Paris. Ça te dirait de venir faire un stage d'un mois cet été ? Je suis toujours à la recherche de gens qui ont des idées et de l'audace, et je sais les repérer quand j'en vois !*

Giulia a encore un sourire béat scotché aux lèvres quand elle arrive en vue du salon de thé. Elle est si heureuse, aujourd'hui. Elle revoit la joie de son fils arpentant le salon de long en large et son excitation contagieuse. La chance semble leur sourire, enfin ! Mais est-ce la chance ? Pas seulement... L'entrée de Basile dans leurs vies a fait souffler un grand vent d'*audacité*.

De ces formidables énergies qui vous poussent à aller de l'avant.

Giulia entre Chez Odette en songeant à Basile, et elle se sent gagnée par une bouffée de gratitude et...

de quelque chose qui pourrait bien ressembler à de l'amour ? Elle se reprend. Non, ça ne peut arriver si vite… Assise à une table près de la vitre, elle tente d'analyser les éventuels symptômes de sentiment amoureux, s'amuse à cocher mentalement les cases qui confirment le diagnostic. Perdue dans ses pensées, elle n'a pas vu Pollux arriver. Quelque chose a changé dans son apparence. De quoi s'agit-il ?

— Tu as changé de coiffure ! s'exclame-t-elle avec la joie exagérée des gens perchés sur leur nuage. Ça te va bien.

Il rosit. Giulia a toujours trouvé émouvants les hommes qui rougissent. Il a l'air intimidé. Pourquoi lui ferait-elle peur ? Elle tente de le mettre à l'aise, l'encourage à parler. Il gigote sur son siège, comme embarrassé.

— Arrête ! Je vais finir par croire que j'ai une tête de croquemitaine !

Pollux se tord nerveusement les mains et esquisse un pâle sourire.

— Non, ce n'est pas ça ! Ce que j'ai à te dire n'est pas si facile…

*Allons bon.*

Giulia s'efforce d'accorder une pleine attention à Pollux, mais ne peut s'empêcher de jeter des regards en biais sur son portable, au cas où Basile lui aurait envoyé un message. Pourquoi Pollux refait-il l'historique de leurs dix années passées à travailler ensemble chez Olfatum ? Son ton est bien solennel… Le ton de ceux qui vous annoncent un changement de vie. Il revient sur sa gentillesse, son sourire, sa *merveilleuse* présence quotidienne. Le niveau de compliment la fait rentrer dans le rouge de l'embarras.

— C'est gentil, Pollux, mais je n'ai rien fait d'autre qu'être une collègue agréable !

Il n'en démord pas.

— Non, tu as fait plus que cela.

Son visage devient encore plus grave.

— Il faut aussi que je t'avoue un truc… Je suis membre de l'association Civilissime.

La connexion met quelques secondes à se faire dans le cerveau de Giulia. Civilissime… La fameuse association avec à sa tête l'inspectrice des mœurs… Louise Morteuil ! La Détraqueuse ! La femme qui pourrit la vie de Basile et de son fils depuis des mois ! Consternation. D'un coup, son sourire s'évanouit. Elle ne comprend pas.

— Avant toute chose, je veux te dire que j'ai quitté l'association.

— Ah…

— Et je l'ai fait pour toi, Giulia.

— Ah…

La conversation prend un tour de plus en plus embarrassant.

— Au début, quand Louise Morteuil m'a envoyé étudier les *Brain*-bornes, je ne savais pas que tu connaissais Basile, et après quand elles ont été confisquées…

— C'est toi qui as fait confisquer les *Brain*-bornes ?!

Pollux se recroqueville dans son fauteuil, mal à l'aise.

— Je ne savais pas ! tente-t-il de se justifier.

— Mais après ? Pourquoi tu ne nous l'as pas dit ?

— J'ai eu peur de ta réaction… Et au moment où j'allais t'en parler, tu m'as proposé de participer à la conception du design du détonateur sensoriel… Quelle joie !

Un malaise sourd envahit Giulia.

— Ah…

Les yeux de Pollux brillent de plus en plus. Giulia recule pour s'adosser à sa chaise. Pollux penche son buste vers l'avant pour compenser son mouvement.

— Tu ne peux pas imaginer l'impact que tu as sur moi, Giulia. J'ai l'impression que, à ton contact, tout peut changer ! Tu as le don de me donner la flamme… Quand tu es là, je ne suis plus Pollux, je redeviens enfin Paul, tu comprends ?

Dans un élan soudain, il s'empare des mains de Giulia et les emprisonne fermement. Elle sent les siennes brûlantes et moites. Il se méprend sur le frisson qui la parcourt et se laisse emporter par cet accès de confession enfiévrée.

— Giulia ! J'ai des sentiments pour toi. Je crois que je t'aime comme je n'ai jamais aimé aucune femme. Je peux te rendre tellement heureuse. Tous les jours, tu souriras comme aujourd'hui. Plus jamais je ne verrai la tristesse voiler ton visage ! On sera tellement bien, tu verras !

Son sang se fige dans ses veines sous le coup de l'angoisse. Giulia retire ses mains prestement et met une certaine force dans le geste, tant Pollux les retenait fermement. Elle se tient maintenant très droite, raide même, face à lui.

— Pollux, je crois qu'il y a une grosse méprise.

— …

— Je t'ai toujours apprécié en tant que collègue. Je te trouve vraiment… gentil !

— Gentil ? répète-t-il comme si elle lui avait envoyé au visage la pire des insultes.

Ne sachant comment se dépêtrer de cette situation qui n'a que trop duré, Giulia se jette à l'eau.

— Écoute, Pollux…

— Paul, s'il te plaît.

— Paul, je suis désolée, mais je ne partage pas tes sentiments. Je ne crois pas qu'il y ait jamais eu aucune ambiguïté de ma part sur ce point. Je trouve formidable les changements que tu es en train de faire, mais je ne suis pas la personne pour toi… Je vais y aller maintenant, d'accord ?

Le silence de Pollux est éloquent. Face à elle, il semble assommé. Elle ne peut en supporter davantage.

— Au revoir Poll… euh, Paul.

Giulia n'attend pas sa réponse et s'échappe du salon de thé, soulagée de se retrouver à l'air libre. Un amour non désiré est aussi étouffant qu'un mauvais parfum entêtant.

## *Scène 37*

Pollux la regarde partir avec un sentiment d'irréalité. Voilà : son histoire d'amour, sitôt née, est déjà avortée. Son élue vient de s'enfuir, car l'idée même d'être avec lui, il l'a lu dans ses yeux, lui a semblé grotesque. Pollux regarde son reflet dans l'élégant miroir du salon du thé et lui donne raison : il est affreux. Comment a-t-il osé songer un seul instant qu'elle pourrait l'aimer ? Il se passe une main dans ses cheveux désormais courts et laisse ses doigts se crisper sur une poignée. Il a envie de tirer dessus jusqu'à se faire mal, jusqu'à les arracher, ses affreux cheveux jaunes.

Il étouffe une série de sanglots. Puis, dans un sursaut d'orgueil, se reprend. Il ne peut pas la laisser partir ainsi ! Il ne peut pas baisser les bras aussi vite ! Il repasse la scène dans sa tête : il n'a pas su trouver les bons mots, il aurait dû se montrer plus subtil, dire les choses autrement. Il a été trop direct, elle a pris peur. Alors Pollux se redresse sur sa chaise, soudain mû par une certitude : il doit s'expliquer de nouveau, mieux lui faire comprendre qui il est, l'intensité de ses sentiments, et lui ouvrir les yeux sur l'évidence de leur entente unique ! Il se lève d'un bond et jette un billet sur la table. Il doit la rattraper, vite.

Elle ne peut pas être loin, il n'a mis que quelques secondes à réagir. Réfléchir à toute allure : elle est forcément allée à droite vers le centre-ville et vers chez elle. À gauche, il n'y a rien d'autre qu'une zone résidentielle où elle n'aurait rien à faire. Il se met à courir, puis soudain reconnaît sa silhouette longiligne qui traverse le passage clouté. Giulia entre dans l'épicerie fine. Il se plaque discrètement contre le mur extérieur pour l'observer : volubile, charmante. Il l'imagine demandant conseil pour quelques fromages et charcuteries gourmandes. Le commerçant passe ensuite un moment devant les étals de ses vins du terroir. Giulia choisit une bouteille de rouge. Soudain, elle lève les yeux dans sa direction. Pollux se plaque brutalement contre le mur pour qu'elle ne le voie pas.

*Où va-t-elle comme ça ? À qui réserve-t-elle ces agapes ?* Une envie plus impérieuse que celle de l'aborder prend le dessus : découvrir où elle se rend et, surtout, auprès de qui.

Quand elle sort, il se fait aussi discret qu'une ombre. Il la laisse prendre un peu de distance pour qu'elle ne le remarque pas. Elle paraît enjouée. Subitement, il la déteste pour ça : comment peut-elle l'avoir laissé si désespéré et l'instant d'après se montrer aussi légère ? Elle l'a balayé de son esprit en quelques secondes. Son cœur fait un soubresaut sous l'effet du choc. Il se sent trahi, meurtri. Horriblement déçu. Ses ongles s'enfoncent dans ses paumes sans qu'il s'en aperçoive. Les grandes tristesses insensibilisent les douleurs d'épiderme.

Il continue à la suivre. Son filage est facile : Giulia semble ne prêter attention à rien. Il s'arrête lorsqu'il la voit entrer au Bazar du zèbre à pois. Allons bon : elle doit encore avoir des détails à régler pour ce truc de détonateur sensoriel. Il admire cela chez elle : son tempérament travailleur. Plusieurs personnes le croisent. Certaines lui jettent un regard en biais. Son gabarit imposant ne passe pas inaperçu.

Il commence à trouver le temps long. C'est alors qu'elle apparaît avec Basile, bras dessus, bras dessous. Leur complicité joyeuse fait offense à sa tristesse. Basile tient un trousseau de clés et entreprend de fermer la boutique. Elle s'amuse à le lui piquer, l'agite en hauteur pour l'inciter à venir le chercher. Pollux essaye de comprendre ce manège. Basile a l'air de se prendre au jeu. Il tente de saisir les clés au moment où elle ne s'y attend pas. Raté. Elle a été plus rapide. Pollux croit entendre un éclat de rire. Le jeu continue. Pollux observe cette Giulia espiègle, mutine, qu'il ne connaissait pas. Cela le surprend. Le choque presque. Quand elle finit par cacher le trousseau derrière son dos et se tient droite comme un « i » face à l'inventeur, qui ne semble pas résigné à s'avouer vaincu, qui s'avance d'un pas jusqu'à se tenir tout près d'elle. Ses deux bras l'enlacent alors, pour aller chercher les clés dans son dos, lesquelles finissent par tomber à terre avec fracas. Pollux s'attend à ce qu'il les ramasse. La boule grossit dans sa gorge. Mais l'autre, au lieu de les récupérer, enlace Giulia encore plus étroitement et l'embrasse langoureusement. L'évidence crache au visage de Pollux. Il se détourne brutalement. C'est plus qu'il n'en peut supporter.

Un tsunami d'émotions déferle en lui. Il traverse la rue pour déguerpir, loin, manque de se faire renverser par un vélo qu'il n'avait pas vu. Sa vue se brouille, de tristesse, de rage. Il n'a plus l'esprit clair. Une fois sur le trottoir d'en face, il se retourne à nouveau et aperçoit le couple enlacé s'éloigner en titubant de la joie d'être ensemble, cette joie légère, aérienne, qu'il ne connaîtra jamais avec elle. Il se prend les pieds dans un pavé – le trottoir est en travaux de ce côté-là –, il jure à voix haute. Saleté de pavé. Il ramasse la pierre et la fait tourner et retourner dans ses mains. L'envie de la balancer au loin le gagne. Il renifle bruyamment. Il ne s'est pas rendu compte des larmes qui dévalent sur ses joues. Il s'essuie le nez d'un revers de manche. Qu'est-ce que ça peut faire, si c'est dégueulasse ? Qui s'en préoccupe, de toute façon ?

La colère prend maintenant toute la place. Le Bazar du zèbre à pois le nargue, là, sous ses yeux. Si cette maudite boutique n'avait pas ouvert, jamais la route de Basile n'aurait croisé celle de Giulia. Il aurait alors eu une chance. Peut-être.

— Salaud !

Dans un ultime accès de rage, Pollux jette le pavé dans la vitrine qui se fracasse en mille morceaux. Surpris par la violence de son geste, il recule, saisi d'effroi. Le bruit assourdissant l'a comme réveillé de sa crise de folie douce. Il murmure un « pardon, pardon » que personne n'entend, et s'enfuit dans le soir qui tombe.

## *Scène 38*

*Basile, t'es un sacré veinard*, me dis-je en observant mon reflet dans le miroir du hall de l'immeuble. Je viens de quitter les bras de Giulia après une nuit aussi douce qu'un *Nocturne* de Chopin. Elle est arrivée, hier soir, comme un petit Chaperon rouge avec son panier gourmand de *delicatessen.* Elle m'avait enchanté toute la soirée de sa drôlerie, ponctuée par moments d'une surprenante touche juvénile, et sa féminité, si pleine de sensualité qui semblait sortie d'un long sommeil, j'avais, comme dans un conte, réussi semble-t-il à la réveiller. Tout cela tenait de la divine surprise ! Je nous savais deux grands blessés de l'amour. Nous avancions donc avec prudence sur le lac gelé d'Éros, Philia et Agapé. Nos histoires passées respectives avaient laissé quelques fêlures importantes, mais je voulais croire que l'intensité de ce que nous ressentions nous donnerait un jour la force de les dépasser.

Je revois son visage baigné de la lumière du petit matin, ses yeux encore pleins de sommeil, mais déjà éclairés par la lueur touchante du désir quand il est mêlé de tendresse. Je me surprends à siffloter en pleine rue et à sourire tout seul. J'allume alors mon téléphone portable, resté éteint depuis la veille, tout occupé que j'étais à mes amours. Je suis surpris de la dizaine de notifications qui apparaissent. J'entends le message de l'agent de police alerté la veille au soir par des voisins, au moment où j'arrive devant le Bazar : la vitrine a été brisée ! Ma bonne humeur s'écroule.

— Oh non ! C'est pas vrai !

*Est-ce que rien ne me sera épargné avec cette boutique ?*

Je constate avec effroi les dégâts. C'est un acte de vandalisme délibéré ! Je n'en peux plus qu'on s'en prenne au Bazar du zèbre à pois ! Pas besoin de faire une enquête pour savoir de qui vient cet énième coup bas… J'ai été poli et patient jusqu'à présent, mais là, c'en est trop. S'il faut employer la manière forte, je suis prêt.

En attendant, c'est très mauvais pour les affaires : il y a du verre partout, ce n'est pas la peine de songer à ouvrir. Je passe la matinée à nettoyer et à accomplir les procédures nécessaires dans ces circonstances. Rappeler la police pour que nous puissions faire ensemble le constat des dégâts et déposer une plainte, puis mon assurance afin de déclarer le sinistre. M'entendre dire que la réparation risque de ne pas être prise en charge, étant donné l'absence de rideau métallique pour protéger la boutique – clause présente au contrat écrite en corps quatre, en annexe, page quarante-trois.

Vu qu'il n'y a aucune tentative d'effraction, il s'agit d'un cas de nuisance pure. Si cette ville ne veut pas de moi, pourquoi rester ? L'espace d'un instant, je suis découragé. Je dois être un peu fatigué, aussi. Les dernières semaines ont été intenses, je me suis donné sur tous les fronts ! Peut-être trop de fronts ?

Contrer les attaques de Louise Morteuil m'a demandé une énergie folle ! C'est le genre de petites guerres qui s'ajoutent à tout le reste : monter le projet de détonateur sensoriel avec Giulia, faire tourner les affaires du Bazap, développer le commerce en ligne au niveau national et international, gérer l'ordinaire d'un commerce indépendant et concevoir les incessantes ripostes aux sabotages de Civilissime… Cela m'a mis à plat !

Il faut me rendre à l'évidence : je suis un entrepreneur au bord de la crise de nerfs. Comment tout concilier si certains prennent un malin plaisir à toujours me mettre des bâtons dans les roues ? Je me laisse choir sur une chaise et laisse flotter mon regard sur la devanture fracassée. J'ai appelé le vitrier, tout à l'heure. Catastrophe : le modèle que j'ai choisi à la base pour son originalité n'est évidemment pas en stock et ne pourra pas être livré avant au moins deux semaines. Les ouvriers passeront tout à l'heure poser des planches pour protéger la boutique en attendant. Ce qui va accessoirement la plonger dans le noir. L'idéal pour vendre, bien sûr !

Je maudis Morteuil.

*Mais ça ne va pas se passer comme ça, foi de Vega.*

Dans mon esprit en colère, j'échafaude la contre-attaque. Je me lève pour aller chercher mon carnet dans l'arrière-salle et très vite couche mes premières idées sur les pages blanches. Ma stratégie se met en place et je recommence à respirer mieux. Je décroche mon téléphone pour prévenir Giulia de ce qu'il se passe. L'entendre, si concernée et tendre au téléphone, m'apaise instantanément.

— J'ai pris une décision, Giulia…

— …

— Je vais fermer le Bazar du zèbre à pois…

— Quoi ?

— Attends ! Je n'ai pas eu le temps de finir ma phrase… Je n'ai pas dit pour toujours !

Elle pousse un soupir de soulagement.

— Je crois que j'ai besoin de faire une vraie pause… J'ai pensé que…

— Dis-moi.

— … que je pourrais peut-être fermer la boutique deux ou trois semaines, le temps que les choses se tassent. Prendre un peu de recul, tu vois… Et puis, ce serait l'occasion de…

Elle me coupe.

— … passer du temps ensemble ! s'exclame-t-elle avec un enthousiasme communicatif.

Ça me fait sourire, et je partage son exaltation.

— Oui, ça, c'est sûr ! En fait, j'imaginais qu'on pourrait joindre l'utile à l'agréable…

— Tu es bien mystérieux !

— Allez, trêve de suspense : que dirais-tu de partir deux semaines à Paris ? À la fois pour s'octroyer du temps ensemble, et aussi pour rencontrer quelques personnes utiles au détonateur sensoriel…

— Quelques personnes… ?

— Je voulais te faire la surprise, mais j'ai décroché des rendez-vous avec trois investisseurs et distributeurs potentiels.

Elle accueille la proposition d'un grand « oui » sonore ! Quelques dizaines de baisers virtuels plus tard, nous raccrochons. Mon optimisme a retrouvé son niveau maximal, et c'est avec entrain que je contacte l'hôtel de ville. Quand je demande à parler au maire, une secrétaire me rembarre sèchement. Normal. Je lui sers alors mon grand numéro de concitoyen hors de lui et lui hache « menu menu » tous les légitimes arguments de ce mécontentement. Je tâche d'être explicite sur l'urgence d'une entrevue avec monsieur l'élu, qui le resterait s'il montrait suffisamment de préoccupation envers ses administrés, surtout dans un cas comme le mien, commerçant respectable victime d'une injuste persécution. La dragonne n'a commencé à m'écouter réellement que lorsque j'ai parlé du soutien que j'avais au plus haut niveau de l'État, parmi les plus éminentes personnalités politiques qui ne comprendraient sûrement pas, si l'affaire venait à leurs oreilles, que le maire de Mont-Venus n'ait pas pris les mesures nécessaires pour défendre une boutique comme le Bazar du zèbre à pois, lieu qui incarne l'esprit d'innovation et d'entreprise prôné par le gouvernement pour sortir de la crise.

— J'ai des preuves pour confirmer ce soutien, dis-je afin d'enfoncer le clou.

C'est non sans une certaine satisfaction que j'entends, sitôt mon laïus achevé, la phrase sésame de l'assistante prononcée à contrecœur de sa voix pincée :

— Ne quittez pas, je vais voir s'il est disponible…

## *Scène 39*

Opus trouve sa maîtresse encore plus agitée qu'à l'ordinaire.

Ce matin, il a réclamé ses croquettes comme à l'accoutumée, avec cette mimique savamment travaillée du museau, mélange d'expression implorante et d'attendrissement parfaitement au point – il a mis des mois à parfaire le dosage lui permettant de voir exaucés promptement ses desiderata canins. Pourtant, ce matin, tout a été de travers. Il a dû rajouter moult gémissements de supplication pour attirer l'attention de sa maîtresse avant que, exaspérée, elle finisse par s'emparer du paquet de nourriture sèche et en verse dans sa gamelle – enfin, surtout à côté. Quant à la petite gâterie de pâtée pour chien, il a compris que, ce matin, elle lui passerait sous la truffe.

En signe de protestation, il a décidé de mordiller l'une de ses chaussures à talon oubliée derrière le canapé, et de s'en servir comme jouet d'appoint. Après tout, lui aussi a le droit à ses humeurs, non ? Sa maîtresse n'a pas été de cet avis en découvrant son talon à moitié rongé, et il s'est fait traiter de tous les noms de chat, comble du désagréable. La queue entre les jambes, il a voulu se réfugier dans son panier pour bouder, mais sa maîtresse l'en a empêché *manu militari* : visiblement, il leur fallait sortir en urgence. Elle l'a attrapé sans ménagement pour le caler entre ses deux jambes afin de le maintenir immobile. Saura-t-elle jamais combien il hait le ridicule imperméable jaune dont elle l'affuble lorsqu'il pleut et dont la matière plastique lui hérisse affreusement le poil ?

Ils marchent depuis dix minutes à bonne cadence. Opus sent qu'il n'est pas question de traîner à chaque coin de réverbère. Ils dépassent l'humaine qui habite le banc au pied du marronnier marqué par le scottish-terrier noir au collier en strass, et arrivent bientôt devant le grand édifice au sol froid, avec, à son entrée, des morceaux de tissu aux bandes tricolores flottant dans les airs.

Opus, pour être agréable à sa maîtresse, grimpe d'une patte légère les grands escaliers familiers de la mairie. Contrairement à celle-ci qui n'a pas desserré les dents, il gratifie d'un battement de queue tous les humains qu'il croise.

Une dame qui sent le patchouli les fait entrer dans l'immense bureau au parquet sombre qu'Opus connaît et apprécie pour son tapis moelleux. Sa maîtresse s'entretient avec le spécimen mâle à l'habit sombre. Impossible de s'assoupir comme il en avait rêvé : ces humains aboient comme pas permis !

— Cette affaire est allée trop loin, Louise !

— Dites simplement que vous n'avez plus envie de soutenir l'action de Civilissime, monsieur le maire !

— Pas du tout, Louise. Croyez-moi, j'apprécie ce que votre association fait pour la ville. Mais tout est une question de mesure ! Ce M. Basile Vega est venu me trouver et m'a fait la liste des attaques contre sa boutique…

Opus dresse distraitement une oreille pour percevoir les variations des intonations humaines et évaluer le taux d'agressivité, comme il le fait quand deux chiens sont sur le point de se battre.

— Ça fait beaucoup, Louise ! Les articles dénigrants, la confiscation des *Brain*-bornes, le scandale de la Tagbox à la responsabilité discutable, la mise au ban de la boutique sur votre site Internet… Et maintenant la vitrine brisée !

Ma maîtresse éructe :

— Je ne suis pour rien dans cet acte de vandalisme !

Le mâle se racle la gorge avant d'enchaîner :

— Il y a des informations nouvelles que vous ignorez, Louise…

— Ah…

L'humain mâle sort un papier d'un gros classeur noir et le tend à ma maîtresse.

— Qu'est-ce que c'est ?

— Un bon de commande. Regardez mieux de qui il émane, Louise.

— De… la Première dame !

Opus dresse l'oreille : il a l'impression que sa maîtresse a le souffle coupé.

— La Première dame est une cliente du Bazar du zèbre à pois ?!

— En effet… Il se trouve qu'elle est séduite par le concept de la boutique en ligne et a décidé d'offrir plusieurs objets en cadeau à des amis dans l'entourage du Président. Vous comprendrez, dans ces conditions, que nous ne pouvons continuer à tourner le dos à cet entrepreneur *original*, qui a les faveurs des personnes les plus haut placées de l'État ! Ce serait… un impardonnable faux pas !

Opus s'inquiète du silence qui s'installe.

— … Je comprends bien, monsieur le maire.

Sa maîtresse utilise pour répondre une intonation grinçante désagréable. Il se frotte l'oreille avec sa patte arrière, comme pour chasser le bruit de son tympan.

— Qu'attendez-vous de moi, alors, monsieur le maire ?

L'humain mâle prend une intonation dure. Cela doit être la façon de donner des ordres dans leur race.

— *Primo*, je veux que vous enleviez le Bazar du zèbre à pois des commerces indésirables sur votre site. *Secundo*, je souhaite qu'on restitue sans délai ses *Brain*-bornes à Basile Vega. Je vous laisse régler ça avec le service des dépôts de la mairie. Et *tertio*, je vous demande de cesser d'écrire des articles négatifs sur sa boutique. Est-ce clair ?

— Très clair, monsieur le maire.

— Bien. Vous pouvez disposer.

Sa maîtresse le traîne sans ménagement hors du bâtiment, et tous deux se retrouvent dehors sous un crachin horripilant. Alors qu'ils traversent le parking à ciel ouvert de la mairie, elle l'arrête devant une voiture à l'emplacement réservé.

— Pipi, Opus, pipi ! répète-t-elle en boucle jusqu'à ce qu'il s'exécute.

Ce n'est pas le jour à la contrarier, aussi, pour lui faire plaisir, il laisse un souvenir devant la portière du conducteur, ce qui lui vaut un compliment et une bonne caresse. Puis sa maîtresse marmonne :

— Ça lui apprendra à me parler comme à un chien !

Opus n'a pas compris l'allusion à la race canine, mais, content d'avoir pu la satisfaire, il trottine d'une patte légère.

## *Scène 40*

— Tu as récupéré les *Brain*-bornes ! s'exclame Arthur, ravi de les retrouver en place dans la boutique.

Basile acquiesce distraitement. Il a déjà la tête dans ses préparatifs.

— Tu es content, alors ? insiste l'ado. Les choses vont s'arranger, hein ?

Il n'aime pas l'expression sur le visage de Basile. Il n'est pas rassuré.

— Je ne sais pas, Arth'… J'ai vraiment besoin de prendre du recul.

— Comment ça, tu ne sais pas ?

Il voit Basile prendre une profonde inspiration, comme si ce surplus d'air inhalé allait l'aider à mieux réfléchir. Ce n'est pas bon signe.

— Eh bien, c'est vrai que j'ai gagné la dernière bataille grâce à mon contact avec l'Élysée et à cette commande extraordinaire de la Première dame, mais…

— Mais ?

Arthur redoute ce que Basile va dire.

— Depuis mon installation ici, tout est compliqué ! Trop. Louise Morteuil est calmée, mais pour combien de temps ? Je ne sais pas si j'ai envie de vivre dans une commune qui ne veut pas vraiment de ma présence…

— Mais qu'est-ce que tu racontes, Basile ! Il y a plein de gens qui t'aiment, ici ! Et les autres, il faut peut-être leur laisser un peu de temps pour intégrer le concept !

Basile lui lance un sourire vaguement désabusé. Soudain, Arthur sent comme un trou à l'intérieur de sa poitrine. Pas lui. Pas être lâché, encore.

— Tu ne songes quand même pas à t'installer ailleurs ?

— Je n'en sais rien… Je n'en sais rien. Je vais tâcher de profiter de ces deux semaines à Paris avec ta mère pour prendre du recul, d'accord ?

Arthur voit bien que Basile s'efforce de prendre une voix assurée pour ne pas lui faire peur, mais il sait que la crise est grave. Tout à coup, il déteste cette ville, cette ville de rien, qui a tout fait pour décourager quelqu'un d'aussi génial que Basile, un homme plein d'idées et d'audace, de générosité aussi, un homme qui lui a redonné confiance, qui l'a soutenu, comme un vrai ami. Comme… un père.

Arthur s'aperçoit, mal à l'aise, qu'il est probablement en train de développer des sentiments plus forts pour Basile que pour son propre père. Est-ce mal ? Une grosse boule se coince dans le fond de sa gorge.

— Dis, tu partiras pas, hein ?

Basile doit percevoir sa détresse, car il l'attrape par les bras pour lui faire face et le regarde droit dans les yeux :

— T'inquiète, dit-il avec un sourire apaisant, quoi qu'il advienne, je te lâcherai pas.

Malgré tout, Arthur n'est pas tranquille. Il a l'habitude des belles promesses des adultes, qu'ils ne tiennent jamais ensuite. Il n'y a qu'à voir son père qui, au prétexte d'une activité professionnelle nécessitant de fréquents déplacements, ne vient le chercher que quand ça lui chante ! D'ailleurs, pendant les deux semaines d'absence de sa mère, il ne pourra l'accueillir que quatre jours ! Pour le reste, il a fallu que Giulia s'arrange avec des amies. En réalité, Arthur n'est pas mécontent de ce bref éloignement qui lui permettra d'une part de concrétiser la grande idée qu'il a derrière la tête pour venir en aide au Bazap, et de l'autre de passer plus de temps avec Mila… Sa première vraie amoureuse, qui a le don de lui ramollir le cerveau et d'accélérer ostensiblement ses pulsations cardiaques.

Dire que sa mère s'inquiète de le laisser deux semaines ! Elles passeront sûrement bien trop vite ! Il a fallu qu'Arthur déploie des trésors d'arguments pour la convaincre du bien-fondé de ces quelques jours avec Basile, escapade qui permettra en outre de faire avancer la cause du détonateur sensoriel.

De plus, il voit d'un très bon œil le rapprochement entre Basile et sa mère. L'idée même le réjouit. Cela fait bien longtemps qu'il n'a pas vu sa mère aussi épanouie. Quelque part, cela lui ôte une certaine pression. Depuis le départ de son père, il s'est mis plus ou moins inconsciemment sur les épaules la responsabilité du bonheur de sa mère qui n'a que lui, et, n'y arrivant pas, il se sent parfois écrasé, incapable. L'apparition de Basile a amené un souffle de joie dans leurs vies. Et le déleste d'un poids.

C'est pourquoi il est vital que ce dernier ait envie de rester et de s'installer définitivement à Mont-Venus.

Le jour du départ, Arthur accompagne Giulia et Basile sur le quai de la gare. Il embrasse sa mère tendrement. Basile lui donne une brève accolade et lui glisse quelques mots rassurants.

— Ne t'inquiète pas. On revient vite, mon grand.

Arthur voit disparaître les deux personnes les plus importantes de sa vie à bord du TGV en direction de Paris. Sa mère apparaît à la fenêtre. Arthur agite la main et souffle un baiser. Le train s'éloigne. Maintenant, c'est à lui de jouer…

## *Scène 41*

Depuis plusieurs jours, Arthur n'a plus qu'une seule idée en tête : prouver à Basile que la ville l'aime et tient à ce qu'il s'y installe définitivement ! En un temps record, il a échafaudé un plan ambitieux. Une pétition d'un nouveau genre, du jamais vu, qui pourrait frapper fort. Seul un acte symbolique puissant changerait la donne. Il devait faire coup double : estomaquer Basile et changer sa mauvaise impression sur Mont-Venus. Mais aussi rallier l'opinion à sa cause. Basile représentait plus qu'une boutique. Que ce soit pour la manière d'apprendre, d'entreprendre, de penser, d'interagir, les sociétés devaient songer à changer de vitesse et de siècle ! L'état d'esprit de quelqu'un comme Basile allait dans ce sens.

Arthur se sentait survolté. Jamais il n'avait ressenti une telle énergie, une telle volonté de faire aboutir un projet ! Rien ne l'arrêterait. Pour Basile, il se sentait capable de soulever des montagnes ! Basile avait tant fait pour lui, il n'accepterait pas de le voir baisser les bras et quitter Mont-Venus, découragé par une poignée de personnes à la vision trop étriquée pour reconnaître à quel point il était avant-gardiste.

Malheureusement, son projet ne pouvait voir le jour qu'avec l'accord de la mairie. Cette fois-ci, il ne pouvait pas se permettre de faire dans l'illégalité. Mais qui prenait au sérieux un ado de seize ans, seul dans sa démarche ? On ne lui avait d'ailleurs pas laissé la possibilité de parler au maire, impossible même de franchir le barrage du standard téléphonique. Après s'être morfondu une soirée et avoir retourné dans sa tête toutes les solutions, il en était venu à la conclusion que seule Louise Morteuil pourrait faire quelque chose pour lui. C'est par elle que tout se jouerait. Il n'avait pas le choix. Elle était à la fois son problème et sa solution. À lui d'aller la trouver… et la convaincre.

Il s'est levé très tôt pour prendre le temps de se préparer psychologiquement et physiquement : les cheveux parfaitement coiffés, sa tenue préférée enfilée, une touche d'eau de toilette, histoire de magnifier sa masculinité et de se vieillir un peu… Il s'est enfermé trois jours et trois nuits pour mettre au point son concept. Médine est venu partager une pause burger et lui a donné son avis : c'est, selon ses dires, son œuvre la plus aboutie ! Son pote n'étant pas vraiment du genre à lancer des fleurs à tout-va, le compliment n'en a eu que plus de valeur… Et comme Mila s'est montrée du même avis, il a commencé à avoir confiance. La seule idée de demander de l'aide à Louise Morteuil le hérisse, pourtant, il doit aller au bout de sa requête… Il s'est renseigné : elle passe à l'association le matin avant de se rendre au journal à la mairie. À moins de se pointer à l'improviste, elle ne le recevra pas. Seule option : le culot. Il a besoin de courage, car le caractère de cette femme l'impressionne, et il redoute ses réactions. Ses mains tremblent légèrement. Qu'importe. Maintenant, il ne peut plus reculer.

Arrivé au pied de l'immeuble de Civilissime, son précieux press-book sous le bras, il prend une profonde inspiration, puis pousse la porte. L'association se trouve au deuxième étage. Il prend les escaliers et grimpe les marches deux par deux. Une plaque dorée indique qu'il est au bon endroit. Il sonne. C'est *elle* qui vient ouvrir. En personne.

— Qu'est-ce que tu fais là ?

Il avait beau s'attendre à un accueil froid, ce ton sec le déstabilise.

— Il faut que je vous parle.

— Je n'ai rien à te dire.

Elle va pour lui fermer la porte au nez, mais il la bloque du pied et l'oblige à ouvrir.

— Oh, si ! Vous allez m'écouter.

Arthur s'engouffre dans l'appartement en forçant comme un bélier, et Louise Morteuil recule sous la surprise. Il a un air si déterminé qu'elle consent à le laisser entrer.

— Très bien. Suis-moi.

Deux ou trois personnes de l'association observent la scène avec curiosité. Arthur se redresse de toute sa hauteur pour se donner de la contenance.

Louise Morteuil a un bureau vitré qui lui permet de s'isoler tout en continuant à suivre l'activité de l'équipe. Elle referme la porte derrière Arthur.

— Vas-y. Je t'écoute.

Il ne doit pas se laisser impressionner. Le visage de Basile dans son esprit lui donne le courage de dire ce qu'il a sur le cœur.

Alors il raconte. Comment Basile Vega lui a permis de retrouver confiance en lui et lui a redonné espoir dans un avenir possible malgré son décrochage scolaire, en mettant en valeur ses talents et en lui montrant une troisième voie.

— Cet homme, je lui dois un nouveau départ. Vous n'avez pas idée de ce qu'il peut apporter aux gens, à la communauté. Je ne sais pas pourquoi vous vous êtes mis en tête de le dézinguer dès le départ, et c'est ce que je suis venu tirer au clair aujourd'hui. *Pourquoi*, madame Morteuil ? Pourquoi voulez-vous couler le Bazar du zèbre à pois ? Pourquoi avez-vous tellement peur de cette boutique ?

Le visage de Louise Morteuil se crispe.

— Je ne fais que mon devoir. Il n'y a rien à prendre personnellement.

— Je n'en crois pas un mot ! Je la sens d'ici, votre animosité pour les gens « comme nous » ! Cette dent que vous avez… Elle vient d'où, hein ?

À la façon dont elle s'est figée, Arthur sait qu'il est dans le vrai. Elle réagit d'une voix blanche.

— Les gens *comme vous*, c'est vrai… Vous vous croyez toujours plus intelligents que les autres, n'est-ce pas ? C'est tellement plus facile de nous faire passer pour les méchants, pour des pauvres coincés qui ne comprennent rien à rien, pas vrai ?

Arthur sent son plexus se serrer sous l'attaque. Comment lui expliquer que, dans cette histoire, il faut sortir du *qui a tort, qui a raison* ? Si chacun reste campé sur ses positions, rien n'avance jamais ! Louise Morteuil est comme arc-boutée de crispation ! Il doit absolument désamorcer les tensions pour parvenir à ses fins.

— Mais non, pas du tout. Vous vous trompez, madame Morteuil. Ce n'est pas ce qu'on pense. Nous, tout ce qu'on veut, c'est pouvoir réaliser nos projets tranquillement…

— Réaliser vos projets tranquillement… (Elle affiche un rictus amer.) Il t'a bien monté la tête, ton mentor ! Parce que quoi ? Il t'a fait croire que tu allais pouvoir te créer un avenir sans passer par la case *effort et travail à l'école*, sans te conformer à la rigueur et à la discipline de l'apprentissage ?

— Non… Il ne m'a rien fait croire de tel. J'ai bien conscience que les efforts sont nécessaires pour réussir. Seulement, on n'arrive à rien sans motivation, et moi, je l'avais totalement perdue. Ce qui a tout changé et provoqué un déclic dans ma tête, c'est qu'il m'a montré que je pouvais prendre du *plaisir dans l'effort* et tirer une vraie satisfaction à travailler pour des projets que j'aime ! Pourquoi faudrait-il *souffrir pour mériter* ?

Les propos d'Arthur heurtent visiblement Louise Morteuil.

— Mais qu'est-ce que tu connais à la vie toi, du haut de tes seize ans ? Moi, je sais les dégâts que ça fait de laisser croire à des blancs-becs dans ton genre que la vie peut être autre chose que du labeur, qu'elle n'oblige pas à des efforts pour s'en sortir ! Évidemment, la vision de ton Basile est tellement plus attirante, tellement plus amusante ! Mais elle ne t'ouvre pas les yeux sur la réalité de l'existence. J'ai vu où penser de telles choses a conduit mon père et mon frère…

Après cet aveu, Louise Morteuil se détourne pour qu'il ne puisse plus voir son visage. Un ange passe.

Arthur retient son souffle : il a trouvé la faille. Et s'y engouffre d'une voix plus douce.

— Moi, je crois surtout que rien ne devrait être tout blanc ou tout noir, et qu'on devrait surtout se méfier des avis trop tranchés… Qui vous dit que je ne vous donne pas raison sur l'importance de mettre du cadre, ou de donner le goût de l'effort et de la discipline ? Si vous saviez le nombre d'heures de travail que nous avons passées avec Basile pour mettre au point ses inventions ! Il en a fallu, des efforts et de la rigueur, mais, quand je bosse sur ce type de projets, je ne compte pas mes heures, et, d'ailleurs, je ne les vois pas passer…

Louise Morteuil se tourne de nouveau vers lui.

— Qu'est-ce que tu es venu faire ici, en fait ? Tu veux que je t'applaudisse, que je te donne ma bénédiction pour ta future carrière d'artiste bohème ?

Arthur se racle la gorge avant de poursuivre son plaidoyer.

— Madame Morteuil, lance-t-il le plus posément possible. Basile Vega a changé ma vie, et je peux vous assurer que c'est en bien. Seulement, toutes vos actions, votre travail de sape ont fini par lui faire perdre l'envie de rester dans cette ville… Or, pour éviter cela, j'ai imaginé une pétition d'un nouveau genre, quelque chose de grand et surprenant, pour lui montrer que les habitants tiennent à lui et refusent la fermeture du Bazar du zèbre à pois. Mais, afin de réaliser ce projet, j'ai besoin de vous pour obtenir l'autorisation du maire…

Louise Morteuil jette un coup d'œil au dossier qu'Arthur a sorti de sa sacoche. Elle s'y attarde un instant en silence. Il voit ses sourcils s'agiter. Elle semble étonnée.

— C'est en effet très ambitieux.

Elle se tourne vers lui, le visage de nouveau impénétrable, les yeux plissés, sur la défensive.

— Mais qu'est-ce qui te fait penser que j'ai la moindre envie de t'aider ?

C'est le moment crucial de la confrontation finale. Ou ses arguments portent, ou c'est la fin.

Les yeux d'Arthur tombent sur une collection de quatre splendides papillons au fin graphisme noir et blanc relevé d'un liseré rouge, exposés dans un coffre-cadre en bois sombre.

— De si jolis papillons, enfermés dans ce cadre, épinglés… Vous ne trouvez pas cela dommage ?

— … Je ne vois pas le rapport.

— Et pourtant. C'est le cœur du sujet, madame Morteuil ! *Nous avons tous à libérer notre partie papillon !* Moi, vous… Nous avons tous en nous cette part sensible, créative, libre, merveilleuse quand elle s'ouvre, mais qui, parfois, est restée épinglée dans une boîte en bois comme celle-là, et qui l'a empêchée de se déployer…

— …

Elle le fixe sans trouver mot. Il profite de ce silence pour caser ses arguments qui semblent faire mouche.

— C'est toute la démarche de Basile et la philosophie du Bazar du zèbre à pois. Libérer notre partie papillon.

Il marque un silence, comme au théâtre.

— Vous êtes une femme intelligente, madame Morteuil. La ville a besoin de vous et de votre association. Être bon citoyen, ça a du sens, même pour moi ! Veiller à transmettre des valeurs, valoriser la culture, la qualité du cadre de vie, je trouve ça chouette, honnêtement ! Mais on a aussi besoin d'un Basile !

Si seulement vous pouviez ouvrir les yeux sur ce qu'il apporte en termes d'inventivité, d'esprit d'ouverture, de modernité dans sa philosophie !

— Je ne sais pas… Peut-être…

Elle a dit « peut-être » ? Est-il en train de gagner du terrain ?

*Ne rien lâcher…*

Il s'approche du cadre aux papillons et l'enlève du mur.

— Honnêtement, vous n'en avez pas assez de les voir emprisonnés là ?

Louise Morteuil se saisit du cadre et fixe les papillons épinglés dans la boîte, comme si elle les voyait pour la première fois. Arthur se tient derrière son dos et lui souffle ses ultimes arguments.

— D'ailleurs, je trouve qu'il faudrait symboliquement les libérer de cette boîte… Oui, c'est ça : *les rendre à la Terre !* Peut-être qu'ainsi ils pourraient renaître d'une autre manière ?

Arthur laisse ses paroles résonner dans la pièce. Louise Morteuil le regarde droit dans les yeux.

Il sent que son énergie a changé.

— Je t'ai écouté. Il faut que tu t'en ailles, maintenant.

— Vous me promettez d'y réfléchir ?

Arthur griffonne ses coordonnées sur un bout de papier qu'il dépose sur le coin du bureau.

Elle ne répond rien. Il s'en va, incapable de savoir s'il a réussi à la convaincre de l'aider ou non.

## *Scène 42*

Louise Morteuil est très perturbée par la visite d'Arthur. Elle s'empare du cadre aux papillons et le raccroche nerveusement au mur en veillant à ce qu'il soit droit. Les éléments de cette étrange conversation se bousculent dans sa tête. Elle est subitement épuisée. Par cette scène, mais peut-être aussi par ces années de lutte, à se battre pour une cause qui la classe invariablement du côté des austères, des rabat-joie… Elle ne sait plus très bien où est le juste.

Incapable de travailler, pour la première fois depuis des siècles, elle prend la décision de ne pas aller au journal et de se faire porter pâle.

Elle appelle Opus qui accourt à ses pieds et, ensemble, ils marchent jusqu'au garage souterrain où est garée leur voiture. Rouler, jusqu'à avoir les idées claires, voilà ce qui lui est venu en tête.

Opus aboie, visiblement content de ce tour inespéré, et grimpe sans se faire prier côté passager. Louise Morteuil quitte la ville et gagne les petites routes rurales propices aux voyages sans but. Elle ignore où elle va et, tout à coup, cela lui fait du bien de ne pas savoir. Elle se surprend à avoir les mains crispées sur le volant et desserre son emprise. Peut-être que tout est là, dans ce simple geste, celui de relâcher la pression, de sortir du rôle écrasant de la personne-qui-contrôle-tout.

Elle pense à sa vie et à la succession de belles occasions ratées à cause de ce trait de personnalité : son mariage, notamment. Elle avait compris trop tard que l'amour ne se régente pas. Elle ne s'était pas rendu compte à quel point elle pouvait être étouffante, avec son désir de tout contrôler, ni combien son mari avait souffert de ce manque d'espace de liberté au sein de leur couple. Cette expérience avortée de vie conjugale l'avait finalement privée aussi de maternité. Elle s'était jetée à corps perdu dans le travail et surinvestie dans une cause qui lui paraissait suffisamment noble pour justifier ces sacrifices. Accaparée volontaire, elle n'avait jamais réussi à reconstruire un couple. Elle ne s'en trouvait pas plus mal, du moins s'en convainquait-elle la plupart du temps.

En s'éloignant de la ville, les paysages de rase campagne deviennent quelque peu désolés.

À l'image de son panorama social. Un entourage dépeuplé. Ce vide lui donne froid, si froid.

L'image de sa famille lui apparaît brusquement. Son père, son frère, sa mère… Elle ne leur a pas rendu visite depuis Noël dernier. Elle s'était contrainte d'y passer le temps d'une tasse de thé, le temps de la bonne conscience… Chaque fois, elle a la désagréable impression de troubler un bonheur d'Épinal. Leur harmonie a l'insupportable gaieté d'un arc-en-ciel tout droit sorti de *Pleasantville* de Gary Ross. En quelque sorte, elle faisait tache. Pourtant, ils lui réservaient chaque fois un bon accueil… Ils tentaient de tenir une conversation, prenaient des nouvelles…

Louise se repasse le film de ces moments et revoit son attitude fermée, ce regard critique posé sur eux.

Malgré elle, une colère ancienne rejaillit : la faute à qui si elle ne s'était jamais sentie intégrée parmi les siens ? Si son manque de sens artistique lui donnait l'impression d'être un mouton noir ? S'étaient-ils rendu compte à quel point elle en avait souffert ?

Une larme perle au coin des yeux de Louise. Elle essuie promptement d'un revers de main le témoin gênant de ses états d'âme. Son dialogue intérieur se poursuit.

*Tu as le droit d'être en colère, Louise. Mais comment veux-tu qu'ils s'en aperçoivent si tu ne les vois et ne leur parles pas ?*

Elle fait les questions et les réponses.

*Et pourquoi ce serait toujours à moi de faire le premier pas ?*

*Reconnais-le, ils en ont fait, des pas vers toi… Mais ça t'arrangeait de rester campée sur tes positions.*

Louise met son clignotant et s'arrête sur le bas-côté. Elle plonge la tête dans ses bras sur le volant.

*Se pourrait-il que je me sois montrée un peu trop… intransigeante ? Ils le méritaient, aussi ! Ont-ils jamais cherché à me comprendre, moi ?*

*En attendant, la plus punie, c'est toi ! Celle qui passe ses dimanches à travailler et les jours de fête à trinquer avec sa télé…*

Louise Morteuil redresse la tête et regarde au loin. Une route en ligne droite vers nulle part.

Elle décide de changer de direction. Rendre visite à sa famille est sûrement une idée saugrenue ! Pourtant, en cet instant, cette initiative la réconforte.

Trente minutes plus tard, elle se gare devant la maison familiale si familière et marche jusqu'au portail. Elle reste un instant le doigt en suspens devant la sonnette. Comment réagiront-ils à cette visite inopinée ?

Elle sonne. Un rideau s'écarte. Sa mère apparaît derrière la fenêtre fermée et fronce les sourcils, visiblement incrédule de voir sa fille à la grille. Elle sort de la maison, s'essuie les mains sur un torchon et vient à sa rencontre.

— Qu'est-ce que tu fais par ici ? Tu t'es perdue ? plaisante-t-elle avec une once de reproche dans la voix. Les hommes sont à l'atelier. Tu restes déjeuner ?

Louise acquiesce. Mal à l'aise, elle ne trouve pas les mots. Elle préfère s'échapper.

— Je vais leur dire bonjour…

— Va ! Ça me laisse le temps de rajouter un couvert !

Louise se dirige vers l'entrepôt. Le gravier crisse sous ses pas. Elle trouve son père et son frère affairés sur une pièce sculptée : un meuble en bois à tête de chat, au port de tête altier, dont l'abdomen est un coffre aux portes qui se soulèvent pour former des ailes.

— Lizzie !

Il n'y a que son frère pour lui donner ce surnom.

— Louise ? C'est toi ?

Elle s'agace de la question de son père. Évidemment que c'est elle, et pas encore son fantôme !

Les deux hommes s'approchent et l'embrassent du bout des lèvres. Louise, d'ordinaire si pleine d'aplomb, se sent gauche face à eux et se dandine d'un pied sur l'autre.

— Je vous dérange ?

Son père toussote et son frère regarde par terre.

— On finit une pièce. La patine.

— Ah… Je peux vous aider ?

Le père et le frère échangent un regard surpris : c'est la première fois que Louise propose de se joindre à eux pour contribuer à l'un de leurs travaux.

— Euh, oui, si tu veux… Attrape un tablier par là-bas.

Quand elle revient affublée de la blouse trop grande, son père lui tend un pinceau avec le début d'un sourire. Elle le fixe. Hésite. Le prend.

Pendant l'heure qui suit, ils n'échangent pas un mot, mais c'est un silence teinté de l'espoir muet d'assister à un réchauffement des relations.

Vient le déjeuner. Leur convivialité naturelle termine de dégeler les derniers froids. Quelque chose d'exceptionnel arrive à Louise : elle se détend enfin !

Ils la taquinent sur le temps écoulé depuis sa dernière visite, mais ne semblent, au fond, pas lui en tenir rigueur.

Un affreux doute étreint Louise : et si, pendant toutes ces années, elle s'était elle-même punie en se tenant à l'écart des siens ? Et si elle s'était enfermée dans le jugement, cloîtrée dans ses certitudes ? Certes, ses proches étaient si différents de ses cadres de référence ! Pourtant, ils semblaient heureux, fiers de leur singularité. Ils avaient trouvé leur place. Et, malgré le décalage évident entre leurs univers, ils restaient une famille.

Quand son père, sa mère et son frère la raccompagnent à sa voiture, son père la prend à part un instant. Il cherche ses mots.

— … Je sais que ça n'a pas toujours été facile entre nous, Louise, mais… ne crois pas que je n'aurais pas aimé qu'on passe plus de temps ensemble… et qu'on puisse se parler plus simplement aussi !

Louise sent une émotion étrangère la gagner. Elle s'entend répondre :

— Oui… Moi aussi, papa.

Le sourire détourne l'attention de l'œil embué.

— Bon, tu reviens nous voir, pas dans six mois alors ?

— Promis.

Ils s'étreignent fugacement et Louise monte dans la voiture.

Les trois agitent la main. Elle se surprend à faire de même.

Elle reprend la route, paisible et joyeuse comme elle ne l'a pas été depuis longtemps. Cette jolie parenthèse champêtre semble aussi avoir fait du bien à Opus, qui, après quelques battements de queue éloquents de satisfaction, sombre dans un sommeil de bienheureux.

Tandis que la voiture avale les kilomètres, Louise repense à Arthur, à son projet de pétition étrange, à sa fougue, à son énergie, à sa façon étonnante de se battre pour venir en aide à ce Basile Vega. Tout de même, malgré ses égarements passés, ce garçon ne manque pas de courage. Dans un sens, cela force le respect.

*Il est peut-être temps de mettre un peu d'eau dans mon vin…*

Deux jours plus tard, elle quitte la mairie d'un pas pressé, Opus sur les talons. Dans une main, elle tient un papier avec l'adresse où elle doit se rendre. Dans l'autre, un sac qui vient cogner son mollet au rythme de ses pas. Inutile de prendre la voiture, elle ne va pas loin.

Arrivée à destination, elle sonne à la porte. Une dame aux cheveux bruns ouvre. Louise demande à voir Arthur. L'ado apparaît dans l'embrasure.

— Madame Morteuil ?!

Il semble estomaqué de la voir ici.

— C'est bon.

— Quoi ? Qu'est-ce qui est bon ?

— L'autorisation. Tu l'as. Pour ton projet.

Le visage de l'ado s'illumine de joie. Louise Morteuil plonge une main dans le sac pour en sortir l'objet. Arthur la regarde sans comprendre.

— Et je voudrais que tu me montres…

— Quoi ?

— Comment on fait…

— Quoi ?

— Pour rendre les papillons à la terre !

La procession funéraire des lépidoptères eut lieu dans le square Alboni. Adieu, cadre sarcophage et tristes épingles qui perforaient le corps gracile des petits papillons. Ils voltigent de nouveau dans le cœur et l'esprit de leurs deux libérateurs.

## *Scène 43*

J'ai reçu un texto d'Arthur : il nous attendra sur le quai à l'arrivée du train. Giulia trépigne à la perspective de revoir son fils après ces quinze jours d'absence. Le séjour à Paris s'est avéré très positif pour le devenir du détonateur sensoriel et, qui plus est, particulièrement agréable pour de jeunes amoureux. Prendre de la distance par rapport aux récents événements, nous éloigner quelques jours de Mont-Venus a été salvateur. Ce tête-à-tête au cœur de la ville la plus romantique du monde n'a rien gâché non plus au plaisir de ce voyage à vocation initialement professionnelle.

L'un comme l'autre, nous nous savions fragiles, encore écorchés par nos passés sentimentaux, de ces blessures qui rendent, qu'on le veuille ou non, plus méfiant, plus réticent face à l'engagement. Aussi, nous étions d'accord pour nous laisser du temps et y aller petit pas par petit pas, sans la pression des surlendemains et autres projections à long terme.

Pourtant, en regardant Giulia, concentrée à lire son journal, la tête penchée sur le côté, j'ai la certitude que notre histoire ne peut être une passade… La profondeur de ce qui nous lie me surprend, et j'ai conscience du caractère presque providentiel de cette rencontre.

Justement, je ne veux pas tout gâcher. Je connais la difficulté de faire rentrer quelqu'un dans sa vie. Les habitudes solitaires sont des compagnes envahissantes. Oser faire une vraie place à l'autre, c'est un défi. À moi de le relever.

Giulia lève les yeux vers moi et me sourit, balayant mes doutes. Oui, je suis confiant. Pour elle, j'aurai toutes les audaces…

Nous arrivons en gare.

Arthur nous attend. Embrassades. Rires. Effusions. Il est heureux de retrouver sa mère, et tout autant, visiblement, de me revoir. Je me surprends à ressentir une joie brute.

— Venez ! On nous attend…

— Comment ça ?

— Chut ! Je ne peux rien dire !

Il manigance quelque chose. Je trouve ça attendrissant. En effet, une voiture est venue nous chercher. Je demande où nous allons : *Surprise !* est la seule réponse que j'arrive à arracher à Arthur.

— On ne repasse pas par la maison ? s'étonne Giulia qui aurait aimé y déposer ses affaires.

— Nan, on peut pas. Pas l'temps… rétorque l'ado, énigmatique.

Intrigués, nous jouons le jeu.

Nous sillonnons les rues de Mont-Venus que je retrouve avec affection. Nous ne sommes qu'à quelques encablures de la boutique. Pourquoi Arthur voudrait-il nous y conduire ?

Nous voilà maintenant à une centaine de mètres, et j'ai l'impression d'apercevoir un rassemblement devant le Bazar du zèbre à pois. Des barrières ont même été installées pour rendre piétonne cette parcelle de rue. Des tables ont été dressées pour accueillir des cocktails colorés. Je reconnais le maire, installé derrière un micro en pied sur une tribune de fortune, prêt à prendre la parole. La voiture s'arrête à quelques mètres de là.

Arthur se tourne vers moi avec un sourire radieux.

— Va ! dit-il simplement pour m'inviter à aller découvrir ma surprise.

Je descends du véhicule, éberlué, et m'approche du Bazar du zèbre à pois, que j'ai laissé, quinze jours auparavant, dans un triste état, des panneaux camouflant sa vitrine brisée.

Ils sont toujours là, mais le spectacle qu'ils m'offrent me laisse sans voix.

Arthur se tient à mes côtés, les yeux brillants de fierté. Je balbutie.

— C'est… C'est toi qui as fait ça ?

Il opine du chef.

Sous mes yeux, s'étale une impressionnante fresque. Un réalisme saisissant, un impact visuel interloquant, une symbolique frappante. Arth' appréhende le *street art* comme de la poésie urbaine.

Cette fresque est l'expression même de l'esprit libre !

Un bagnard dans son costume iconique à rayures noires et blanches chevauche un zèbre cabré et fier. Dans le mouvement, les rayures du bagnard et du zèbre se mêlent et se transforment en rubans dansant dans le vent. L'ensemble symbolise si bien l'esprit de ma boutique : la liberté de penser, de créer, d'entreprendre !

Le bagnard… Comme l'image est bien trouvée pour incarner nos inhibitions, nos peurs, ces croyances qui emprisonnent nos idées audacieuses et les empêchent de se réaliser !

Quelle belle métaphore de la prison de l'esprit qu'on se construit soi-même, avec les barreaux de la peur du jugement, du regard d'autrui, de l'échec…

Je l'ai souvent dit à Arthur : il n'y a pas d'échecs. Que des expériences.

Les rayures du bagnard sont des fêlures. J'aime les mots d'Audiard :

« Bienheureux les fêlés, car ils laisseront passer la lumière. »

Je regarde ce zèbre, fièrement cabré, qui revendique son atypisme et sa singularité.

Comme si Arthur en avait fait la figure emblématique de l'*être-soi* !

*Être là où l'on doit être,* songé-je, *voilà l'enjeu.*

Et le cadre du socialement correct ?

Le zèbre est malin : il joue avec le cadre. Il se conforme juste ce qu'il faut aux règles sociales, et s'affranchit du reste pour affirmer sa personnalité.

Souplesse et flexibilité de l'esprit ouvrent les possibles.

En m'approchant de la fresque, je suis bluffé par la technique utilisée : ce n'est décidément pas une œuvre classique réalisée juste avec des bombes de peinture. Non. Arthur a imaginé un procédé beaucoup plus ambitieux et complexe. Son image est tout en tramé, comme dans certaines œuvres du pop art. En imprimerie, la trame correspond à un maillage de points, qui permet de reproduire les visuels puisque, en réalité, ceux-ci sont constitués d'une multitude de points pixels qu'on ne perçoit pas individuellement, sauf en grossissant le tout suffisamment.

Et c'est là qu'Arthur a eu une idée incroyable : concevoir une image géante en tramé, en utilisant, en guise de point pixel, le logo rond du Zèbre à pois !

En regardant de plus près, une nouvelle surprise me saute aux yeux : à l'intérieur de chaque pixel-logo zèbre, je remarque une signature. Des centaines de points, des centaines de noms… Je me retourne vers Arthur pour obtenir ses explications. Je comprends qu'il s'agit d'une sorte de *pétition visuelle avant-gardiste*, par laquelle les habitants de Mont-Venus ont voulu témoigner leur soutien au Bazar du zèbre à pois. Et ils sont beaucoup plus nombreux que je ne pensais à apprécier ma démarche ! Mon cœur bat plus vite : peut-être que, finalement, Mont-Venus ne veut pas que je parte ?

Arthur pointe alors le doigt sur le logo zèbre signé par Louise Morteuil.

— On n'est plus fâchés, je t'expliquerai… me glisse-t-il.

Mes yeux tombent aussi sur un logo zèbre signé Pollux. Où je crois lire un minuscule : *Pardon*.

Tandis que le maire s'apprête à prendre la parole, Giulia se faufile jusqu'à moi et vient glisser sa main dans la mienne. Arthur se tient à ma gauche, tout proche. Je suis heureux.

Le maire dit quelques mots chaleureux sur la boutique, puis se lance dans un discours plein de verve consacré à l'esprit d'innovation et d'entrepreunariat qui fait la fierté de la ville. Mon esprit s'évade.

Je songe, comme dit la chanson, à ma drôle de vie. À cette chose curieuse que sont les trajectoires, ces directions que l'existence nous fait prendre.

En mathématiques et en sciences physiques, la trajectoire est la ligne décrite par un objet en mouvement. En sciences humaines, une trajectoire rend compte des étapes et passages d'un individu au cours de sa vie.

Mais une trajectoire humaine peut-elle être linéaire ? Quelle tête aurait la ligne de ma trajectoire de vie, pour rendre compte de ses volte-face, de ses retours en arrière, des zigzags de ses hésitations, des parties gommées ou effacées, des zones raturées, de ses trépidations en forme de sursauts sinusoïdaux ?

C'est une trajectoire particulière, un brin bizarre, que je me suis dessinée. Elle ne ressemble à aucune autre. Elle me ressemble à moi, et n'est-ce pas ce qui compte par-dessus tout ?

Je regarde les habitants présents qui m'adressent des signes de tête chaleureux, et je me dis que, finalement, l'enfant tombé de la Lune a réussi à se faire une petite place parmi les Terriens.

Le maire annonce son intention d'exposer de façon permanente l'œuvre d'Arthur dans le grand hall de la mairie. Pas comme un mur de la Paix, mais presque. Un peu comme un mur du son. Un mur qu'on peut franchir en dépassant les barrières invisibles des peurs et des jugements pour être davantage dans l'ouverture, le courage, l'inventivité… Le mur des Esprits libres.

… Le mur de son Audacité.

# LE JOURNAL DE BASILE

*Chers amis du Bazar du zèbre à pois,*

*Je suis heureux de mettre à votre disposition ces quelques notes pour vous permettre de mieux cerner ma philosophie de l'Audacité, et les quelques notions essentielles qui gravitent autour.*

*Rêver plus grand, penser plus large, oser plus librement… Je crois beaucoup en votre potentiel d'audaciel ! Puissiez-vous porter haut et fort votre singularité, car c'est, je crois, en lui étant fidèle que vous pourrez le plus sûrement trouver le chemin de votre félicité…*

*Belle route.*

*Créativement vôtre,*

Basile

## L'Audacité

L'audacité, mot-valise de mon invention, qui compacte « audace » et « ténacité », prône un système de pensée ouvert à une autre façon d'aborder l'existence.

L'audacité est une posture mentale positive qui génère l'élan de motivation et l'énergie indispensables pour oser agir, rebondir et inventer des solutions créatives en toutes situations.

Pour comprendre en un clin d'œil la philosophie de l'audacité, il suffit de remplacer l'état d'esprit du **oui, mais...** par l'état d'esprit du **oui, et...**

Le **« oui, mais... » est un état d'esprit idéicide, castrateur,** qui, dès le départ, met des freins et bloque les possibilités d'innovation, de rebond et de sortie du problème. Le **oui, mais...** a tendance à créer des tensions et à opposer les avis.

À l'inverse, le **oui, et...** est un état d'esprit ouvert, constructif, positif, qui raisonne en terme de solutions et non de problèmes, et encourage la cocréation plutôt que les rivalités.

Le **oui mais...**, en termes d'analyse transactionnelle (outil de psychologie fondée par Éric Berne), est à la fois la voix du parent normatif et de l'adulte, qui pensent avec des filtres et une grille d'évaluation pragmatique, privilégiant le rationnel, le raisonnable, le connu et le quantifiable. Le **oui mais...** pense en termes de contraintes, de faisabilité, de réalisme.

Le **oui, et...** contacte plutôt la partie « enfant libre » en soi, créative, indépendante et spontanée. Il ouvre le champ des possibles, ose sortir de la zone de confort pour aller explorer de nouveaux territoires.

**Le « oui, et... » s'autorise, là où le « oui, mais... » freine ou se bloque.**

**L'audacité a pour objectif de décloisonner l'esprit** pour sortir d'un mode de pensée trop normatif et limitant, afin de développer des ressources intérieures favorables à l'accomplissement personnel, comme l'audace, la curiosité, l'enthousiasme, la volonté et la ténacité.

## L'audaciel

Déf. **audaciel** – nom masculin singulier : il s'agit d'un audacieux unique en son genre, puisque totalement singulier.

Origine du nom : « audaciel » est le singulier d'« audacieux », car « *ciel* » est le singulier de « *cieux* ».

P.-S. : encore un mot que j'ai inventé pour souligner la singularité de chaque personne dans une démarche d'audacité.

Un audaciel est bien sûr un inconditionnel de l'audacité.

**Le cœur de son état d'esprit :**

*Élargir sa vision, penser en dehors du cadre, ouvrir le champ des possibles...*

Et, bien sûr, cultiver le **oui, et...**

Quand on a un rêve chevillé au corps, il ne faut surtout pas commencer par le torpiller avec des **oui, mais**... ! Une graine de rêve, c'est fragile, il faut la traiter avec délicatesse et en prendre grand soin.

Mais, avouons-le, le **oui, mais...** ça nous connaît !

*Oui, mais... tu ne sauras pas faire !*

*Oui, mais... ça va coûter trop cher !*

*Oui, mais... la concurrence sera trop rude !*

*Oui, mais... tu n'arriveras pas à tout concilier !*

***L'objectif : désapprendre le « oui, mais .. » pour le remplacer par le « oui, et .. ».***

La posture du **oui, et...** autorise **la pensée « baguette magique »**, très bénéfique au début d'un projet rêvé.

Il s'agit de jouer à : **« Et si... tout était possible ? »** Cela permet de faire émerger des idées et solutions particulièrement intéressantes, car momentanément débarrassées de toute forme de freins et limitations.

Dans un deuxième temps, et seulement dans un deuxième temps, on resserre, on trie les idées, on revient à des critères de sélection, on fait des choix.

## L'Audacité sur le bout des doigts

**Comment appliquer concrètement le principe d'audacité ?**

Voici un moyen mnémotechnique infaillible pour vous souvenir facilement de la méthode, grâce aux cinq doigts de la main :

♣ **Le pouce donne l'impulsion**

*L'image en tête :* le pouce levé, le « grand oui », c'est le « *yeah power* », synonyme d'enthousiasme et d'approbation. Le déclencheur et le carburant de tous vos projets. L'effet « c'est génial » !

*La chose à faire :* identifier vos leviers de motivation, ceux qui vous donnent la force et l'envie de passer à l'action. Cette énergie positive sera le vrai « coup de pouce » de vos rêves.

♣ **L'index montre la direction à suivre**

*L'image en tête :* le doigt qui pointe la destination, l'objectif final, le rêve qui vous donne des ailes et l'envie de soulever des montagnes ! L'effet « c'est ça que je veux ! ».

*La chose à faire :* aller là où on aura besoin de vos talents et expertises. Développer une vision nette de cet « endroit » bon pour vous.

♣ **Le majeur s'impose**

*L'image en tête* : le doigt qui dit « *Fuck !* » aux détracteurs (osons le dire).

*La chose à faire* : booster votre confiance en vous, y croire, faire la sourde oreille aux gens négatifs, pessimistes ou frileux. Penser « *Fuck !* » vous aidera à oser moins vous « conformer ». L'audacité, c'est aussi être plus rock'n'roll dans sa tête.

♣ **L'annulaire cherche les alliances**

*L'image en tête* : le doigt qui porte l'anneau. L'effet « l'union fait la force ». Pour réussir, il est bon d'être bien entouré ! On ne fait rien tout seul...

*La chose à faire* : développer un esprit de cocréation, susciter des rencontres-silex, se rapprocher des bonnes personnes, positives, complémentaires, capables de générer une émulation porteuse pour vos projets.

♣ **L'auriculaire a des antennes**

*L'image en tête* : « mon petit doigt m'a dit ». Le petit riquiqui symbolise votre « antenne », votre gouvernail intérieur.

*La chose à faire* : être à l'écoute de votre intuition et de vos émotions pour réajuster le tir au fur et à mesure de l'avancée de vos projets, pour savoir ce qu'il est « juste » de faire.

*La deuxième image en tête* : « petit poisson deviendra grand ». « *Think big but start small* ». Les plus grandes réussites ont commencé par être de petites conquêtes.

*La chose à faire* : devenez le Petit Poucet de vos rêves, ils chausseront vite des bottes de sept lieues.

**Voici la main de l'Audacité !**

La main qui ose, et dont le poing serré incarne la détermination, le courage et la persévérance.

## Les ennemis de l'Audacité

L'apathie. Le jugement. Le sur-sens critique. L'anxiété chronique.

Les projections anxieuses et négatives. Le surcontrôle. Les fausses croyances.

Les peurs. L'ennui.

> La bonne idée : identifier vos freins et, au besoin, vous faire accompagner par un professionnel (coach ou thérapeute) pour les gommer, voire les dégommer.

## Devenir ambidextre du cerveau…

Gaucher du cerveau, droitier du cerveau… Et pourquoi pas plutôt **ambidextre** ?

L'idée : apprendre à vous servir des potentialités de vos deux cerveaux.

**Le bénéfice :** vous donner encore plus d'**envergure** et un sentiment de **complétude**, en explorant toutes les facettes de soi.

Le **cerveau gauche** est davantage associé au raisonnement logique et rationnel, et le **cerveau droit** plutôt à l'intuitif et l'émotionnel.

Bonne nouvelle ! Toutes ces capacités peuvent se développer, puisque le cerveau est un « muscle » qui se travaille.

Il s'agit d'entraîner les parties de votre cerveau que vous avez le moins l'habitude de convoquer. Notamment pour développer les capacités du cerveau droit, encore sous-investi dans nos sociétés qui privilégient souvent le système normo-pensant et les approches plus pragmatiques, rationnelles, logiques.

L'univers de l'intuition, des émotions et de la créativité, notions non mesurables et difficilement contrôlables, provoque encore une certaine défiance.

Or il est certain que nos deux cerveaux sont faits pour travailler ensemble, main dans la main. Alors, prêt à devenir ambidextre ?

## Drôle de zèbre…

Giulia, Arthur et moi, nous sommes ce que l'on appelle des « zèbres ».

Ce terme a été initialement employé par la psychologue Jeanne Siaud-Facchin, auteure de *L'Enfant surdoué* et *Trop intelligent pour être heureux*.

Pourtant, il me semble important de distinguer les « surdoués », sortes de petits génies au QI extrêmement élevé, et les « zèbres », ou neuroatypiques, dont je fais partie.

Les zèbres ne sont pas « plus intelligents », ils sont **intelligents *autrement*.**

C'est cet « autrement » qu'il est intéressant de prendre en considération.

Il existe plusieurs formes d'intelligence. Pourquoi n'en valoriser qu'une ?

**Une autre façon de penser, une autre façon de percevoir…** Les zèbres ont un système de pensée foisonnant, plus en arborescence que linéaire, et souvent un cerveau hyperactif qui ne leur laisse que peu de repos ! Ils s'ennuient vite et ont donc besoin de s'inventer tout le temps de nouveaux projets. Ils décrochent quand ça ne les intéresse pas, mais se montrent d'une ténacité à toute épreuve quand leur intérêt est capté. Ils font alors tout pour exceller ! (Arthur en est un bon exemple.)

**Hyperréceptifs, hypersensibles, hyperréactifs, les zèbres réagissent, et fort !** Avec des capteurs sensoriels surdéveloppés, ils ressentent tout plus intensément (c'est le cas de Giulia avec son sens olfactif). Même si certains ne le montrent pas et tentent de le cacher. Pas si simple d'avouer par exemple une hypersensibilité à la lumière, au bruit, aux variations de température, aux odeurs... **Le zèbre est soucieux de sa « normalité » et n'a pas envie de paraître « bizarre ».**

Et pour cause : l'hypersensibilité, qu'elle soit sensorielle ou émotionnelle, peut paraître péjorative de prime abord. « Hypersensible », cela sonne encore souvent aujourd'hui comme un aveu de faiblesse ou une fragilité !

C'est pourquoi, quand j'étais petit, j'en étais venu à imaginer un **observatoire de la normalité.** *Que faut-il faire pour être « socialement acceptable » ?* Cette question n'a jamais fini de tarauder les zèbres...

Comme toujours, la solution est probablement dans un juste milieu : intégrer les codes sociaux fondamentaux paraît incontournable pour faire partie d'un groupe ! Ça, c'est la moitié du chemin. L'autre moitié, c'est pouvoir affirmer sa part de singularité sans se sentir jugé ni rejeté. **Ce travail d'acceptation des différences est la responsabilité de tous.**

Le zèbre se sent souvent en décalage, **« pas dans le moule »**.

Deux choix s'offrent à lui :

— Soit se suradapter pour se fondre dans le décor du socialement acceptable.

— Soit affirmer sa singularité et ses différences, et surtout trouver le bon environnement, capable d'accueillir son atypisme !

... Atypisme qui représente une véritable richesse pour le groupe, au même titre que toute forme de diversité.

## Les exta-projets

« Exta », comme « extatique ». Euphorisant.

Il s'agit de tous ces projets ou activités qui vous font passer des moments uniques et transcendent votre vie. Ils vous mettent hors du temps et vous extirpent de considérations matérielles (faim, fatigue, problèmes).

Ces exta-projets vous donnent un sentiment d'intense satisfaction et d'accomplissement personnel.

**Exemples d'exta-projets**

Tout projet de création (peinture, écriture, danse, etc.).

Tout projet de dépassement de soi (sport, compétition, défis, etc.).

Trouvez vos propres exta-projets : riches de sens, ils n'ont pas leur pareil pour vous donner le sentiment d'être nourri en profondeur, libre, heureux.

Quand vous êtes plongé dans un exta-projet, vous êtes non seulement dans un état de conscience modifié, mais surtout dans un état de présence différent par rapport au réel : votre esprit réussit alors à s'extraire de l'ordinaire et à échapper au flot de pensées désénergisantes. Vous « êtes » tellement à ce que vous faites que vous habitez le présent de votre tâche avec une intensité immersive. Ces moments transcendés sont, de mon point de vue, parmi les plus heureux de l'existence…

## ꕥ Comment déployer ses exta-projets ?

- Identifier ses domaines de prédilection, les activités qui nous font vibrer et nous apportent une grande joie.
- Se réserver de belles plages de pratique !
- Se fixer des défis impliquant un résultat à atteindre.
- Faire miroiter dans son esprit le résultat final. En faire un levier de motivation. Se réjouir de cette perspective d'accomplissement.

## La sérendipité

Il s'agit, au départ, d'un terme anglais : *serendipity*, employé en 1754 par Horace Walpole, et inspiré par le conte oriental *Voyages et aventures des trois princes de Serendip* de Cristoforo Armeno, publié en 1557.

Le récit raconte les aventures de trois hommes missionnés pour une quête et qui, au cours de leur voyage, tombent sur des éléments a priori sans rapport avec leur recherche, mais qui s'avèrent en réalité essentiels à la réussite de leurs objectifs.

Depuis les années 1980, le terme de « sérendipité » a été adopté dans nos pays francophones et porte l'idée de hasard heureux dans les découvertes.

**Comment devenir un heureux sérendipiteur ?**

- Vous mettre dans une posture de chercheur (éveil, curiosité...).
- Être prêt à l'inattendu (disponibilité intellectuelle).
- Reconnaître et savoir saisir « cette chance », « ce hasard heureux » ou parfois même « accident heureux ».
- Voir le potentiel alors même qu'il ne saute pas encore aux yeux.
- Exploiter la trouvaille, en « faire quelque chose ».

## Les rencontres-silex

Mettez certaines personnes en présence : il ne se passe rien.

Mettez-en d'autres ensemble, et soudain c'est un feu d'artifice.

Il y a des personnes qui s'éteignent mutuellement. D'autres qui « s'allument ».

Le courant passe. Des étincelles jaillissent. Les deux êtres s'inspirent mutuellement. Se sentent sur la même longueur d'onde. C'est un peu magique, inexplicable. Voilà ce que j'appelle des rencontres-silex.

Elles seront prolifiques, fructueuses, riches.

Ne perdez jamais une occasion de provoquer des rencontres-silex, avec des alter ego stimulants.

À l'inverse, fuyez les relations qui vous « éteignent », appauvrissantes et pas nourrissantes.

## Mon amie la peur

La peur s'apprivoise. Elle sera forcément votre compagne de route, car tout changement et tout chemin de transformation s'accompagne de peurs.

**N'attendez pas d'être prêt pour oser** (on ne l'est jamais).

Avancez AVEC la peur. Ce que l'on craignait le plus se révèle souvent moins terrible que ce que l'on avait imaginé. Les peurs « fantasmées » sont pires que les quelques appréhensions vécues dans le réel lors du passage à l'action.

Être dans l'action gomme les peurs.

## Le mental du vrai gagnant

**Le pire, ce n'est pas d'échouer. C'est de ne pas avoir essayé.**

Ceux qui ne tentent rien ne risquent pas en effet de se tromper. Ne vous en laissez pas conter ! Il n'y a pas d'erreurs, que des expériences dont vous pouvez tirer des enseignements.

Un mental de gagnant va de pair avec une certaine humilité : oser se regarder en face et se remettre en question.

C'est à ce prix que l'on accède à la lucidité et que l'on se donne la chance d'ajuster le tir pour adopter une meilleure stratégie.

« Il faut savoir perdre pour gagner » (Mgr de Souza).

« Les gagnants trouvent des moyens, les perdants des excuses » (Franklin D. Roosevelt).

**Le pouvoir de la remise en question**

Ne jamais rien tenir pour acquis, s'interroger sur ses pratiques, les remettre en question.

*Qu'est-ce qui marche ? Qu'est-ce qui ne marche pas ? Comment je peux améliorer mon organisation/mode de fonctionnement ?*

**Stratégie gagnante suprême :**

A : je gagne ;

B : je gagne.

## Les secrets de la créativité

*Conduire une séance de* brainstorming

*Être OPEN : **O**uvert, **P**ositif, **E**ncourageant, **N**ourrissant.*

Tout esprit critique et négatif doit rester au vestiaire, car c'est une posture idéicide, le meilleur moyen de tuer les idées dans l'œuf. Au contraire, ne pas avoir peur de dire ce qui vous passe par la tête, car c'est souvent en faisant un détour par des pensées brutes qu'on trouve les vraies bonnes idées !

**La créativité est avant tout un état d'esprit à cultiver :**

- Vous donner des permissions.
- Travailler votre ouverture d'esprit.
- Cultiver la jeunesse de l'esprit en entretenant un esprit de curiosité.
- Ouvrir les possibles, focaliser sur le positif, penser solution plutôt que problème, coopération plutôt que concurrence.

## ADN

S'affirmer dans sa singularité, trouver son essence.

**A** ffirmer son identité et ses singularités.
**D** évelopper ses talents spécifiques.
**N** ourrir la confiance en sa valeur propre.

*L'ultime audace,*
*n'est-ce pas d'oser le bonheur d'être soi ?*

Bons baisers de Basile

*Pour poursuivre l'expérience de transformation dans la vraie vie, où que vous soyez dans le monde, ma sœur jumelle Stéphanie vous accompagne via des entretiens à distance sur femina-coaching.fr*

## Remerciements

Aux audacieux et aux esprits libres.

Clin d'œil à Giordano Bruno, plus un ancêtre de cœur que de lignée, mais qui incarne si bien l'audacité ! Audace, courage et ténacité… Il s'est battu pour démontrer la pertinence d'un univers infini, peuplé d'une quantité innombrable de mondes identiques au nôtre. Brûlé vif pour ses idées.

À mon grand-père paternel, Roger Giordano, inventeur de « presses plieuses » révolutionnaires auxquelles personne ne croyait au départ, et qui firent sa fortune.

À mon grand-père maternel, Jean Nohain, pionnier de la télévision française, toujours à la recherche d'idées nouvelles pour encourager la créativité et le talent.

À mon père, François Giordano, inventeur d'un dispositif informatique de sécurité devenu un standard mondial, et qui a profité à plus de quatre-vingts millions de véhicules à ce jour.

Un grand merci à Édouard Vaury de la société Inhalio à Saint-Malo, spécialisée dans la diffusion de parfum, pour sa précieuse contribution. Merci de m'avoir fait entrer dans l'univers de l'olfactif, qui nous a emmenés jusqu'à Grasse pour visiter le site de la SFA Romani, Société française d'aromatiques. Merci à ses équipes qui m'ont si généreusement ouvert leurs portes pour m'initier au monde mystérieux des parfumeurs et des fragrances…

Un grand merci également à Olivier Mével, créateur d'objets connectés, pour nos inspirants échanges zébresques.

À ma mère. À ma sœur. Entre nous, l'effet silex a toujours quelque chose de magique. Même longueur d'onde, même longueur d'âme…

À mon fils Vadim, mon bel électron libre, que je regarderai avec émotion s'inventer sa propre trajectoire.

À Régis, Nonk toujours.

À Joë et Nina, mes chers neveux droitiers du cerveau, et Émile aussi.

À Christophe, mon frère, un bel artiste.

À Caroline, mon éditrice et bien plus encore.

À toute l'équipe de Plon que j'affectionne particulièrement.

À toutes les personnes qui ont œuvré autour de ce livre pour qu'il fasse son chemin jusqu'à vous, amis lecteurs.

À tous. Soyons inventeurs de nos vies.

Ouvrage composé par
PCA 44400 Rezé

Imprimé en France par

Maury Imprimeur
à Malesherbes (Loiret)
en août 2022



POCKET - 92 avenue de France, 75013 PARIS

N° d'impression : 264840
S32086/01